シャーロック・ホームズの栄冠

ロナルド・A・ノックス、アントニイ・バークリー他

シャーロック・ホームズ——作家アーサー・コナン・ドイルが生み出した不滅の探偵にして、世界中の人々を惹きつけてやまない名探偵の代名詞である。彼の活躍はドイル自身の手も離れ、初登場から百年以上を経た今なお、多くの作家によって新たに語り継がれている。著名な推理作家による本邦初訳の一品から異色作家の珍品、原典に残された「語られざる事件」のパスティーシュまで——星の数ほどある“知られざる”冒険譚のなかから当代随一のシャーロッキアンが選び抜いた、類稀なるホームズ・アンソロジー。

シャーロック・ホームズの栄冠

R・A・ノックス、A・バークリー他
北原尚彦 編訳

創元推理文庫

THE GLORIES OF SHERLOCK HOLMES

edited by

Naohiko Kitahara

2007, 2017

目次

第Ⅱ部　もどき篇

第Ⅲ部　語られざる事件篇

第Ⅳ部　対決篇

第V部　異色篇

シャーロック・ホームズの栄冠

序　緋色の前説

シャーロック・ホームズは、一八八七年「ビートンズ・クリスマス・アニュアル」誌上にて、『緋色の研究』で初めて登場した名探偵です。作者は、言わずと知れたアーサー・コナン・ドイル。

その後、一八九〇年には「リピンコット」誌に第二作『四人の署名』が発表されます。そして一八九一年七月「ストランド」誌上にて短篇連作の形式で『シャーロック・ホームズの冒険』の連載が始まったことにより、シャーロック・ホームズは圧倒的な人気を得ることになるのです。

その人気のほどは、パロディという形でも現われました。現在のところ確認されている一番古いホームズ・パロディは、作者不詳の「シャーロック・ホームズとの夕べ（未訳）」My Evening with Sherlock Holmesという作品ですが、これが発表されたのは『〜冒険』の連載開始の僅《わず》か数か月後である同年十一月、「スピーカー」誌上でのことなのです（ただし「絶対に一番古い」ということを証明するのは非常に難しく、今後、それよりも以前に発表されたホームズ・パロディが発掘されることがないとは言えません)。

その後も、雨後の筍《たけのこ》の如く、ホームズ・パロディが次々に発表され続けました。その現象は、百年以上を経た現在まで、未だ続いているのです。

また一方で、パスティーシュという作品も書かれるようになりました。パロディが、ホームズを茶化したり揶揄《やゆ》したりするものが多いのにくらべ、パスティーシュはなるべくドイルの筆致を真似て、原典そっくりに書こうと「真面目に」意図したものです。

無名作家だけでなく、有名作家たちまでもホームズ・パロディやパスティーシュを手がけてきました。マーク・トウェイン、O・ヘンリー、ジェイムズ・M・バリー、ヒュー・ロフティング、エラリー・クイーン、アガサ・クリスティ、ジョン・ディクスン・カー、アイザック・アシモフ、ジョン・レノン、キングズリー・エイミス……。

しかし、様々な場所に書かれた短篇ホームズ・パロディ&パスティーシュがアンソロジーの形でまとめられるのは、パロディの登場から半世紀ほど待たねばなりませんでした。一九四四年に刊行されたエラリー・クイーン編の『シャーロック・ホームズの災難』です。この原書は、現在ではかなりの稀覯《きこう》本となっていますが、幸いなことに我が国では邦訳が文庫本で簡単に手に取ることができます。

それ以外にも、ホームズ・パロディ短篇は訳されてきましたが、雑誌に掲載されたままのものが多いのです。また、なぜかずっと未訳のままの作品も、これまた多いのも事実です。

かくして、ここに新たなるホームズ・パロディ集を編むことに致しました。詳しくは巻末の解説で述べますが、既刊のパロディ集との重複は避けるように致しました。未訳か、雑誌などに訳されたきりのものばかりです。

また、これまで「どうして訳されないのか」と歯がゆい思いをさせられてきた、有名作家の作品や、面白い作品をなるべく選ぶように致しました。シャーロッキアンだけでなく、ミステリファンや一般読者にも楽しんで頂けるように心がけたつもりです。

シャーロッキアンでなければ分かりにくいところ、ミステリファンでなければ知らないだろうところなどには、余計なお世話かと思いつつも、幾つか訳注を付しておきました。宜しければ、適宜ご参照下さい。

それでは、宝石のようなホームズ・パロディの数々を、どうぞご堪能下さい。

北原尚彦

第Ⅰ部　王道篇

ホームズ・パロディ&パスティーシュには、シャーロック・ホームズ本人が登場する場合と、ホームズもどきが登場する場合とがあります。まず第I部では、シャーロック・ホームズ本人が登場する「王道」作品からどうぞ。

ただし、「王道」=「真面目」とは限りませんので、そこのところはご留意下さい。シャーロック・ホームズ本人を出しておいて、茶化しのめすのもパロディの醍醐味《だいごみ》のひとつですから。

といいますか、真っ当なパスティーシュ作品は、この第I部では冒頭の「一等車の秘密」(ロナルド・A・ノックス)だけです。もしその傾向の作品を先に読みたいという方は、「一等車」の後は第III部【語られざる事件篇】へお飛び下さい。

もちろん、第I部のノックス以外の作品も、面白さは保証します。その面白さの方向性の違いもまた、お楽しみ下さい。

一等車の秘密

ロナルド・A・ノックス

ドイルには、正統的なホームズ作品六十作――シャーロッキアンには「キャノン（正典）」と呼ばれています――以外に、戯曲やパロディなど、ホームズ作品ではあるが番外的な「アポクリファ（経外典）」と称される作品が幾つかあります。

しかし、ドイル以外の作家が書いたパスティーシュであっても、非常に出来の良い作品はこのアポクリファとして評価される場合があります。この「一等車の秘密」こそ、その一つなのです。

著者は、ミステリファンには「ノックスの十戒」で知られる、ロナルド・A・ノックス。その腕前のほどを、どうぞお楽しみ下さい。

わたしが我が友シャーロック・ホームズの事件記録者として活動し続ける理由は――もし理由が必要ならばだが――、世間からわたしの努力に対して、激励ばかりが贈られてきたがゆえである。とはいえ、わたしが個人的に関わる名誉を得た事件に限るという足枷《あしかせ》を自ら課したところで、わたしの自由裁量に任されている事件は山ほどあるので、その中から取捨選択を行うのは難問である。

記録をひっくり返してみると、国家的もしくは国際的に重要な事件を扱ったものが幾つか見出せる。だがこれらは、例えば最近のパラグアイの政変に関する真相のように、問題なく発表できる時期にはまだ至っていないのだ。それとは別なもの――例えば「消えた乗合馬車」事件など――は、センセーションばかり欲求する最近の読者を大いに喜ばせるところだろう。だが、ホームズの見解によるところの〝偏好〟にわたしが従事すれば、彼自身が真っ先に慨嘆《がいたん》することは、わたしにはよく分かっている。

わたしの好みは、ホームズが具えている著《いちじる》しく発達した分析能力、それを発揮する絶好の機会となるような、奇々怪々な特徴を帯びた事件を記録することである。その類《たぐい》のものでは

「刺青《いれずみ》の養樹園主」事件や、「光る葉巻入れ」事件などが、自然と念頭に浮かぶ。だがおそらく、我が友の才能が特に際立って発揮されたのは、ナサニエル・スウィシンバンク氏の失踪事件を捜査した際のことだろう。数々の揣摩《しま》臆測を引き起こしたこの事件が発生したのは、五年前の九月初旬のことであった。

シャーロック・ホームズは、いわゆる階級意識なるものに影響されることの誰よりも少ない人物だった。彼にとって階級などギニアの切手同然に無意味なもので、依頼人は依頼人に過ぎなかった。だから、その晩、ベイカー街の下宿でお馴染みの暖炉《だんろ》の側に座っていた時――日中は晴れていても夜になると早くも冷気が落ちるようになっていた――、ホームズから、使用人の職についているある女性が訪ねて来るのを待っているところだ、と聞かされても意外ではなかった。その女性は、中部地方南部で裕福だが子どものない夫婦に奉公しているのだという。

「最後に訪ねて来たのは伯爵夫人だった」とホームズは言った。「だが彼女の知性はつまらぬものだったし、真実というものにも大して関心がおありじゃなかった。持ち込んできた事件も、全く初歩的なものだったし。ジョン・ヘネシー夫人の方が、もっと重要で聞くに価する話を持って来てくれると思うよ」

「じゃあ、もうそのヘネシー夫人に会ったのかい？」

「いや、まだその栄誉には与かっていないよ。だが、複数の知らない相手から手紙を受け取る習慣のある人間ならば、口を揃《そろ》えてこう言うだろう――筆跡《ハンド・ライティング》は往々にして、握手《ハンド・シェイキング》よりも優れた紹介の方法だとね。ヘネシー夫人の手紙は、マントルピースの上に置いてあるから、見てみたまえ。特に、彼女のjとwの字に注意して見れば、我々は人並みはずれた女性を相手にすることになる、ということに君も同意するだろう。おや、もう呼び鈴の音がする。僕が間違っているのでなければ、ガイズバラ・セント・マーティンのザ・コテージから来たヘネシー夫人が、シャーロック・ホームズに何を依頼するのか、ほどなく分かることだろう」

数分後、まめやかなるハドスン夫人に案内されてやって来た老婦人は、外見上は、ホームズの事前評価の正しさを立証するようなところはどこにもなかった。一見したところでは、彼女はその階級の典型的な見本であり、婦人帽《ボンネット》のビューグル飾りから、両脇がゴム布になった深靴《ブーツ》に至るまでの全てが、春の朝ならばロンドン市中のどこの事務所前でも見かける、玄関の上がり段を磨《みが》く古風な管理人を連想させた。話し出したその声は、不必要なまでに意識してはっきりと発音していたが、それも堅気の労働者階級の女性にありがちだった。ところが、事件について説明するその言葉には、何か精密かつ能率的なものがあって、もっと教育を受ければ簡単に進歩し得るような知性が感じられた。

「ご活躍ぶりは、わたしも拝読しておりますわ、ホームズさん」と彼女は話し始めた。「ですので、お屋敷で思わしくない物事が起こり始めてからすぐに、いま真実の光を見出して下さる方が英国にひとりだけいるとしたら、それはシャーロック・ホームズさんだと思いついた次第です。わたしの夫は、最近までチェスターの鉄道会社で上等な仕事をしておりました。ところがリューマチを患《わずら》ってしまってからというもの、何もかもうまくいかず、夫は仕事を辞める羽目にまでなり、二人してバンベリーにほど近い田舎村に住むことにしました。何か半端仕事でも手に入らないかと期待したのでございます。

そこに住むようになって一週間しか経たぬ頃、スウィシンバンクさん御夫妻が、長い間空家になっていた古い田舎屋敷に引っ越してらっしゃいました。この地方にお住まいになるのは初めてですが、面倒を見るべきお子さんがいらっしゃらず、たすべき用事もあまりございません。そこで、わたしと夫が雇われまして、屋敷の近くの番小屋に引っ越して住み込み、お二人のために一切の御用をすることになったのです。お給金はよろしいですし、仕事は楽ですから、喜んでこの働き口をお引き受けしたのです」

「ちょっと待ってください！」ホームズが言った。「雇い主は広告を出したのですか、それとも何か個人的な推薦があったおかげですか？」

「御夫妻は急遽《きゆうきよ》引っ越してらしたんですよ、ホームズさん。それで、臨時の手伝いということで、わたしどもが斡旋《あつせん》されたわけです。ですが、じきにわたしどもの仕事ぶりが御屋敷にちょうどよいとお気付きになり、そのまま雇い続けて下さることになったのです。お二人は人付き合いを滅多になさらない質《たち》で、ぞろっとメイドたちを雇い入れて、そこから村中に噂話が広がったりするのを嫌ったのかもしれません」

「示唆に富んだお話ですな。あなたの説明ぶりは実に明晰《めいせき》です。どうぞ続けて下さい」

「これらはみな、この七月以降のことです。それ以来、お二人はロンドンへ一度お出かけになったぐらいで、あとはほとんど近所の人とも顔を合わせず、ガイズバラで過ごしてらっしゃいます。教区牧師さまは訪ねて来ましたけれども、よけいな首を突っ込むような方ではありませんし、お二人があまり来て欲しくないということをはっきり示されたのでしょう。そんなわけで、近在ではお二人のことは、噂話になるというよりも、揣摩臆測にしかならなかったのです。とはいえ、家庭内のお勤めをしておれば、色々と内情を見聞きしてしまわずにはいられません。そして夫とわたしは、じきに二つのことを確信するようになりました。一つは、スウィシンバンクさん御夫妻が、借金で首が回らなくなっているということ。もう一つは、お二人の夫婦仲があまりうまくいっていないということです」

「借金というものは、当人の出したり受け取ったりする手紙に反映するきらいがあってね」とホームズが言った。「彼のくずかごを掃除すれば誰だって、必然的にそれに気付くことになるものですよ。しかし、夫婦関係についてはどうだろう。人前で言い争いをするようになる以前に、険悪になっているものですからね」

「そうでしょうね、ホームズさん。でも人前で言い争っていたのです。そうそう、つい先週も、わたしがブランマンジェを運んでいきましたところ、旦那様がこうおっしゃっていたのです。『本当のところ、わたしが棺桶に入っているのを見て、お前以上に喜ぶ者はいないということだ』と。確かに、その後は旦那様もちょっと狼狽《ろうばい》したような顔をなさって、口を閉じておしまいになりましたし、奥様も何食わぬ顔をしようとしてらっしゃいました。でもホームズさん、わたしも歳は重ねておりますから、女性が泣いていた時は分かってしまいます。それからこの月曜日、わたしがお部屋でカーテンを引いておりました際にも、わたしが引き下がってまだ扉を閉めきらないうちに、いきなり旦那様が『この世の中は、わたしたちが共存できるほど広くはないんだ』と叫んだのです。わたしが聞いたのはこれだけですが、これでも聞きすぎたと思っております。ですが、こちらへお伺いしましたのは、このような使用人部屋の噂話をお耳に入れるためだけではございません。

本日、くずかごを掃除しておりましたところ、同様なことが旦那様の筆跡で書かれた手紙の切れ端が見つかったのです。どうぞごらん下さい、ホームズさん。善良なクリスチャンの女として、ただ手をこまねいて何もしないでいていいものかどうか、御教示下さいませ」

彼女は大きな婦人用手提袋《レティキュール》へ片手を突っ込むと、麗々しい仕草で意気揚々と、証拠の書類を取り出した。ホームズはなめるようにしてそれを眺《なが》めると、わたしへと手渡した。そこにはこのように書かれていた――「わたしは正気だ。陪審員席のぼんくらどもが何と言おうとも」

「誰が書いたかは、識別出来るんですね？」我が友が言った。

「旦那様の筆跡です」ヘネシー夫人が答えた。「わたしはよく知っておりますから。銀行だって、同じことを言うに違いありません」

「ヘネシーさん、いいですか、お互い本当のことだけ言うことにしましょう。好奇心は、人間の際立った本能です。あなたはこの手紙の上で思わず目を輝かせてしまった。あなたは他にも切れ端が入っていないか、くずかごの中身を吟味《ぎんみ》したに違いありません、賭けてもいい」

「はい、致しました。夫と一緒に、念入りに調べました。だって、人の命がかかっているかもしれないんですよ？　ですが、新たに見つかったのは一枚だけでした。同じ筆跡で、同じ便箋に書かれておりました」そして彼女は、二番目の紙片を膝の上で伸ばした。それはどう見ても、同じ便箋の一部だったが、趣《おもむき》は甚《はなは》だしく異なっていた。どうやらセンテンスの途中で引き裂かれたものらしく、残っていたのは次のような言葉だけだった――「湖畔《こはん》の葦《あし》の茂みにて、古塔の陰に二階の中央の窓双方が隠れる位置を確かめ――」

「ほほう」とわたしは言った。「これは少なくとも、何らかの手掛かりは与えてくれるね。ヘネシーさん、この記述に合致するような地点がガイズバラにあったら、是非とも教えて下さい」

「確かにございます。この指示は極めて明白です。お屋敷の庭を下って行ったところに小さな湖がありまして、そこに突き出る形で老朽化した建物が建っておりますので、そこならば書いてある通りの場所を造作なく見つけ出せるでしょう。どうしてわたしどもが湖畔まで行って、そこで何が見つかるか自分の目で確認して来なかったのか、きっとお二人ともいぶかしんでおいででしょうね。それはですね、腹蔵《ふくぞう》のないところを申し上げれば――わたしどもは恐ろしかったのです。旦那様は、普段はごく穏やかな話し方をなさるんですが、ひとたび感情を激発なさると、狂気じみた目つきに変わりますので、わたしなんぞはとても逆らったり出来ません。そんなわけで、こちらへ伺って全てをお任せしようと考えた次第でございます、ホームズさん」

「ここはひとつ、あなたのご依頼へ調査に乗り出してみることにしましょうか。ヘネシーさん、率直に申し上げれば、あなたのお話は事件全体をきれいに忘れ去ってしまいたくなるような、珍しくもない流れを辿《たど》っていました。こちらのワトスン博士も、僕が多忙な身であって、緊急を要するモーリシャス銀行の事件がために、ロンドンから離れることはできないのだ、と話してくれるでしょう。だが、最後の湖畔の葦に関わる件が、興味をそそります。実に興味をそそるので、事件全体を調査することになるでしょう。ひとつだけ問題となるのは、実際的な面です。あなた方が雇い主の家庭問題に立ち入っていることを彼らには知られずに、僕がガイズバラを訪問する理由を、どうやって説明するかです」

「それなら考えておきましたわ」と老婦人は答えた。「打開策はあると思います。本日わたしがたやすく抜け出して参りましたのは、奥様がディェップ近在の伯母様をご訪問なさるために海峡を渡ってお出かけになり、旦那様も奥様の見送りでロンドンまで出ておいでになったからです。わたしは晩の汽車で戻らねばなりませんが、その際にご同行をお願いしようと半ばまで考えておりました。でも駄目なんです、旦那様のお留守に見知らぬ客が地所を訪ねて来ていれば、旦那様の耳にも入ってしまいます。そこで明朝十時十五分の汽車でお越し頂き、お屋敷を見に来た訪問者だと言い紛《まぎ》らして頂いた方がよろしいかと存じます。御夫妻は短期の賃貸借契約でお屋敷に住んでらっしゃいまして、下見許可要請書を得る手間も取らずに見に来る方々が、たくさんいらっしゃるんです」

「雇い主氏は、そんなに早く戻って来るのですか？」

「旦那様が乗る予定になっているのが、その十時十五分の汽車なのです。それに正直申し上げまして、旦那様を見守って頂いていると分かっていれば、わたしも有り難いのです。自害をほのめかすあの嫌な言葉は、十分に心配する要因になりますから。旦那様を見間違えることはございませんわ、ホームズさん」彼女は言葉を続けた。「左顎に傷跡があるのが、見分ける一番の目印です。子どもの頃に、犬に咬《か》まれた場所なのだそうです」

「それは好都合ですね、ヘネシーさん。あなたは何もかも考えてらっしゃる。それでは明日、間違いなく十時十五分発のバンベリー方面行きに乗りましょう。すみませんが、駅に貸し馬車を待たせておくよう手配してもらえませんか。田舎を歩くのは健康にいいですが、時間はもっと貴重ですから。まっすぐあなたがたの番小屋へ向かって、あなたかご主人に付き添って頂いてその魅力的な田舎屋敷を訪ね、謎めいた借家人にもお会いすることとしましょう」ホームズは片手を一振りすると、ヘネシー夫人が感謝の念を述べようとするのを急いでさえぎった。

訪問客が帰って扉が閉まると、我が友はわたしに向かって尋ねた。「さあてワトスン、君は彼女をどう思った?」

「堂々たる女性労働者の典型に見えたよ。どこもかしこも磨き上げることで、有閑《ゆうかん》階級の生活を安楽にしている類のね。彼女は窓を背にして座っていたし、ヴェールが目の上にまでかかっていたから、顔はよく見えなかった。とはいえ彼女の態度は嘘をついているようには思えなかったし、恐ろしい悲劇が起こるのを避けようと心を砕いているのにも偽りはなさそうだ。どのような類の悲劇であるかは、正直言って曖昧模糊《あいまいもこ》としているがね。君と同様に、湖畔の葦がどうのというくだりは、強く印象に残った。あれはどういう意味だろう? 密会の約束だろうか?」

「それはまずなかろうよ、ワトスン君。この季節には、葦の湿原に突っ立っていたりせずとも、風邪を引く危険性はたっぷりとあるからね。隠し場所である可能性の方が高いが、何を隠してあるというのか? それに、手間ひまかけて何かを隠しておいて、その在り処《あか》を示す手がかりをご親切にもくずかごへ放り込んでおく、などという行動をどうして取らねばならないのか？　いや、これには何か難しい問題があるんだよ、ワトスン君。だが仮説を立てるには、もっとデータが必要だ。君も一緒に来るだろう？」

「もちろんだとも。君さえよければだが。飛道具は持って行こうか？」

「危険がある可能性はないと思うが、大事をとっておいた方がいいかもしれない。スウィシンバンク氏は恐ろしい人物であるという印象を、ヘネシー夫妻は受けているようだしね。さて、君の横にかけてあるもっと平和的な道具を取ってくれれば、スカルラッティのあの曲でも弾《ひ》いてみて、ガイズバラ・セント・マーティンの一件は当事者に任せておくことにしよう」

シャーロック・ホームズには発車時間ぎりぎりに汽車に飛び乗るという習癖があるため、わたしはたびたび非難してきた。だが、ヘネシー夫人と面会した翌朝は、十時前にパディントン駅へ着いていた——顎の左側に傷跡の目立つ男を探すためである。件《くだん》の人物は、一等車の窓からものうげに我々のいる辺りを眺めていた。

「彼と同じ個室[1]に乗って行くつもりかい？」彼には声が届かないところまで来たので、わたしは尋ねた。

「それはとうてい無理だろうね。もし彼が僕の思っている通りの人物ならば、車掌に半クラウン握《にぎ》らせるだけで、バンベリーまでの道中、あの個室を独占できるように確保してあるさ」そして案の定、気難しそうな紳士が鍵のかかった例のドアを力を込めて開けようとしていたところを、もっと先の個室へと車掌に案内されて行く場面を、数分後に目撃することとなった。わたしたち自身は、スウィシンバンク氏のひとつおいた後ろの客車に席を占めた。ここも他の一等個室と同様に、わたしたちが乗り込むやしっかりと鍵を掛けられ、我々の後の不運な乗客たちは二等車へと落ち着く羽目になった。

　汽車がバーナム・ビーチズを走っている辺りで、ホームズは読んでいた新聞を置いて言った。

「この事件には興味深い点がないわけじゃない。僕らの捜査が失敗に終わったジェイムズ・フィリモア失踪事件[2]を——君は義理難くも忘れようとしてくれているようだが——思い起こさせるところがある。だがこのスウィシンバンクの問題は、僕が間違っているのでなければ、もっと奥が深い。例えば、あの男が使用人のいるところで自殺の意思、もしくは偽装自殺の意思をかくも熱心にひけらかしたのは何故なのか？　君も気付いていないはずはないが、善良なるヘネシー夫人がちょうど部屋に入ってくる時とか、ちょうど出て行く時を選んで、彼は妻に対してあの驚くべき告白を行っているんだ。それだけでは安んぜず、己の意図の証拠品をくずかごに散らかしておかねばならなかった。それによって、善意による邪魔者が入る危険性を帯びてしまうというのにだよ。彼の失踪が実際のこととなった時、それが公になるのはさぞかし早かろうね！　それにまた、何かを隠しておきながら結局その隠し場所を教えることになってしまったのは、一体全体どうしてだろうか？」

　迷路のような鉄道線路網の中、汽車はレディングにぴたりと停まった。ホームズは窓から首を突き出して、どの個室の扉も閉じたままだったと報告した。孤独を好んだ乗客の動静をいささかなりと知ることが出来たのは、ティルハーストの美しい村落を走っている時のことだった――運命は、そう定まっていたのである。個室の右側の窓外を、細かくちぎった紙片がはらはらと飛んで行き、秋の朝の気持ちのいい空気を入れようと開けておいた窓の隙間から、そのうち二枚だけ現物が飛び込んできた。逃がすものかとばかりに我々がそれに飛びついたことは、想像に難くないだろう。

紙片の文字は、ヘネシー夫人が発掘して我々に見せた手紙と同じ筆跡で書かれていた。それぞれ文面は「全てに幕を下ろすつもりだ」「これしか道はない」とあった。ホームズが紙片を前に眉《まゆ》をひそめている間、わたしはもどかしさのあまりじたばたせんばかりだった。

「非常通報索を引くべきじゃないか？」

「まず必要ないね」我が友は答えた。「君の財布がいつになく五ポンド札(3)でふくれ上がっているとでもいうのでない限りね。君の次の提案も予想済みだ。車両の両側の窓から見張るべきだというんだろう。二つ先の個室にいるのが頭のいかれた男だとしたら、次に何をやらかすか予測しようとしても無駄だし、自殺をしようとしてるなら、見ている者がいたからといって思いとどまりはしないだろう。また何かたくらみがあって、僕たちに特定の行動を取らせようとこれらのメッセージを送って来たのかもしれない。その場合に極めて可能性が高いのが、我々に窓から身を乗り出させるということだ。だからこそ、窓から身を乗り出さないでおく立派な理由になると思う。オックスフォードに到着したら、個室に鍵をかけて乗客を閉じ込めておく危険性について、車掌にきっちり教えてやろうじゃないか」

ホームズの言葉は確かに立証された。列車がオックスフォードに停まってみると、スウィシンバンク氏の個室には誰も乗っていないことが判明したのである。彼の外套は残されていたし、広縁の中折帽もあった。彼の旅行鞄は、ちゃんと車掌車で見つかった。個室の右側の、プラットフォームの反対側のドアが開いたままになっていたが、ホームズの拡大鏡をもってしても、孤独な乗客がどうやって消え失せたのか、詳細は全く判明しなかった。

バンベリーでわたしたちを待っていたのは、いらいらとした馬と不機嫌な顔をした御者《ぎょしゃ》だった。黄金色《こがね》に輝く森林地帯を走り抜けたところに、エドガー・ヒルの陰に埋もれたガイズバラ・セント・マーティンの小村はあった。ヘネシー夫人が番小屋の戸口でわたしたちを迎え、昔風に膝を曲げてお辞儀をした。彼女が雇い主の失踪を聞いて嘆き悲しみ、さぞかし両手を揉《も》みしだいたり、エプロンで涙を拭《ぬぐ》っていたりしただろうことは、容易に推察できた。ヘネシー氏は、何か用事があって近隣の農園まで出かけているらしく、老いたるヘネシー夫人自らが屋敷へ案内してくれた。

「実はあちらには、先に殿方がいらしてましてね、ホームズさん」と彼女は言った。「今朝早くに到着なさって、お断りしてもお聞き入れにならないのです。いかような用件でお越しになったかすら、おっしゃらないのですよ」

「それは生憎《あいにく》ですな」とホームズは言った。「少々調査をするため、自由に行動できる状況が大いに必要だったのですが。スウィシンバンク氏に面会できる見込みがないと聞かされれば、聞き分けよく退散してくれることを期待しましょう」

ガイズバラ・ホールは、村から少し外れた所領内にあって、まぎれもなく地主の住処《すみか》ではあったが、貴族的な華麗さは感じられなかった。古びてでこぼこになった壁は、むき出しの石材で上張りを施され、縦仕切りのある窓は、最近の嗜好《しこう》に合うように、惜しみなく大きな板ガラスに取り替えられていた。正面玄関から突き出る形で玄関柱廊が増築されており、旅人たちを屋根の下へと迎え入れている。庭園はメインテラスから急傾斜で低くなっており、一番底になった部分に小さな湖があって、近年の所有者には見晴らし台として用いられている、荒れ果てた塔がそばにそびえ立っていた。

屋敷内には、ごく僅かな家具しかなかった。スウィシンバンク夫妻は、元からの家具付きでここを借りて、自分たちの調度品はほとんど持ち込んでいないようだった。ヘネシー夫人を案内役に応接室へ入ったわたしたちは、少なからぬ驚きに打たれた。我々を迎えたのは、しなやかな身体に陰気な顔立ちをした昔なじみのライヴァル、レストレード警部だったのである。

「あなたが機敏なことは知ってましたがね、ホームズさん」と彼は言った。「とはいえ、これには降参ですよ、一体どうやってスウィシンバンク氏のこずるい行状を聞きつけたんですかね。あなたがこんなありきたりな詐欺事件に関与しようとは思いもしなかったんですが、それはまあおいとくとしましょう」

「ありきたりな詐欺事件？」と我が友はおうむ返しに言った。「さてさて、彼は一体何をやらかしたんだね？」

「小切手の振り出し詐欺ですよ、ホームズさん。額面の大きいやつです。自分の銀行口座には、それを支払うだけの額なぞないことは分かりきっているくせにです。そういった類の、くだらん犯罪ですよ。とはいえ、あなたが追って来たのなら、奴め、そう遠くにゃいませんな。何でもいいですから捕まえる手伝いをして下されば、恩に着ますよ」

「レストレード君、いつもの君の組織的なやり方を逐一実行するつもりだったら、君はグレート・ウェスタン鉄道沿いにレディングからオックスフォードまで隈なくパトロールせねばならんぜ。それに、君は底引網を持ってきてなけりゃならん。線路は少なくとも四回、途中で河を渡っているからね」そしてホームズは驚いている警部に、我々の捜査経過を手短にかいつまんで披露した。

わたしたちの情報は、警部に対してまるで呪文のような働きをした。彼は即座に、ロンドン警視庁《スコットランド・ヤード》や、グレート・ウェスタン鉄道の関係当局や、テムズ河管理事務所に連絡するため、最寄りの電報局を探しに行った。彼は大急ぎで戻るからと約束したけれども、駅から我々を乗せてきた貸し馬車を帰しておかなかったことで、ホームズが己を罵《ののし》っているのではないかとわたしは思った。結果的に馬車が、ライヴァルたる警部に思いがけぬ授かりものとなってしまったからだ。

車輪の響きが遠ざかって消えると、ホームズは叫んだ。

「さあて、ワトスン、始めよう！」

「察するところ、目的地は湖畔だね」

「やれやれ、何回思い出させてあげないといけないんだ？　犯人が探せと言っている場所は、探すべきじゃないってことをね。いやいや、謎の手がかりは、とにもかくにも、この屋敷の中にあるんだ。探し出すつもりなら、急がなきゃならんぜ」

電光石火の速さで、ホームズは棚や、衣装戸棚や、書き物机をひっくり返し、わたしも彼の指示通りに、家中の部屋を調べて、全てが整っているか、何かあわただしく高飛びしたことを示す形跡がないか、確認して回った。これという問題点が見つからぬまま彼のもとへと戻ると、ホームズは応接室の安楽椅子の中でも特に座り心地のよいものに腰を下ろして、棚から引っ張り出した本を読んでいるではないか――わたしの記憶が確かなら、ボルネオの先住民に関する本だった。

「事件はどうしたんだ、ホームズ！」

「解決したよ。そこの書き物机を見たまえ。ご親切なことにスウィシンバンク夫人が置いていってくれた家計簿があるだろう。こういった連中がたいてい初歩的なミスをしでかすのには、驚いてしまうね。ワトスン、君は世事に通じた男だから、それを見ておかしいと思うところがあったら教えてくれたまえ」

その顕著な特徴を見出すのに、長くはかからなかった。「なんと、ホームズ、ヘネシー夫妻に給料が支払われたという記載が全くないぜ！」

「ブラヴォー、ワトスン君！　さらにもうちょっと綿密に数字を精査してみれば、ヘネシー夫妻がかすみを食って生きていたらしいことが分かるだろう。さあて、これなら君にも事件の全貌は明々白々のはずだ」

「実を言うと」とわたしはいささか遺憾に思いながら答えた。「僕には相変わらず事件は全く闇の中だよ」
「おやおや、では、サイドテーブルに置いておいた新聞を見てみたまえ。重要な記事に青鉛筆でしるしをつけておいたから」
それはオーストラリアの新聞で、日付は数週間前のものだった。ホームズがしるしを付けておいてくれた記事は、以下のようなものだった――

資産家の遺言にまつわる物語

高名を馳せた牧羊業界の大立者、ジョン・マクレディ氏が先般惜しまれつつ亡くなったが、聞くところによると、故人が遺言書を残さなかったがために、周囲に予期せざる結果を招いている。故人の子息にあたるアレクサンダー・マクレディ氏は、ある舞台女優と結婚する意思を告げたことから父君との間に誤解が生じたと言われており、それがため数年前に英国に渡った。その後子息の行方は杳《よう》として知れず、その消息を追うべく弁護士によって精力的な処置が取られているところである。幸運な相続人が誰であるにせよ、英貨で十万ポンド近くの金額を受け取ることになるものと見積もられている。

馬蹄《ばてい》の音がアーチ道から響いてきて、それからすぐにレストレードが再登場した。警部がこれほど困惑し、落ち着かないでいる様子は、滅多に見たことがなかった。「このおかげでわたしはヤードの笑い者になるでしょうよ」と彼は言った。「スウィシンバンクがロンドンにいるという情報は我々もつかんでいましたが、それが陽動に過ぎないと確信して、奴が乗る十時十五分の汽車を捕まえる代わりに、もっと早い列車でこちらに駆けつけたんです。奴は抜け目の無い輩《やから》ですから、今頃は大陸に高飛びする途中でしょう」

「力を落としなさんな、レストレード君。番小屋へ行ってヘネシー夫妻に話を聞いてみようじゃないか。あの男に関する情報が得られるかもしれない」

もじゃもじゃに赤い顎鬚を伸ばした粗野な雰囲気の男が、昨晩の依頼人とともに、腰を下ろしてお茶を飲んでいた。脂じみたチョッキやコール天のズボンが、肉体労働者であることをあからさまに示していた。彼は立ち上がってわたしたちを出迎えたが、その態度はどこかふてぶてしいものだった。一方、妻の方は愛想がよかった。

「お気の毒な旦那様のことで、何かニュースは入りましたでしょうか?」と彼女は尋ねた。

「遠からず入るでしょう」とホームズは答えた。「レストレード君、このジョン・ヘネシーを逮捕してくれたまえ。容疑は化粧箪笥《だんす》の上にあるポーターの帽子、つまりグレート・ウェスタン鉄道会社の所有物を盗んだ廉《かど》だ。もしくは、別の容疑がよければ、アレクサンダー・マクレディ、またの名をナサニエル・スウィシンバンクとして逮捕してくれたまえ」そしてホームズは、わたしたちが文字通り雷に打たれたようにその場に立ちすくむ中、男の赤い顎鬚をむしり取って、左側に傷跡のある顎を露《あらわ》にしたのであった。

「この事件は難物だった」と、後にホームズは言った。「なにせ動機については手がかりが一切無かったからね。スウィシンバンクの借金は、マクレディの遺産をほとんど食いつぶすほどになっていたのだろう。だからあの夫婦は改めて別な名前で遺産を請求するために、姿を消してしまわねばならなかったわけだ。これは一人二役を地で行くことを意味するが、必ずしも難しいことではなかった。妻の方はかつて女優だったし、夫は貧乏時代、実際に鉄道のポーターをしていたのだよ。彼はレディングで個室から抜け出し、線路伝いに移動して三等車に腰を落ち着けたが、誰もそれに注意を払わなかった。それも道理で、彼はロンドンからの車中で、ポーターの制服に着替えていたのだ。帽子は、さだめしポケットにでも突っ込んでおいたのだろう。ドアの窓を開けっ放しにして下枠の上に、自殺をほのめかすメッセージを積み上げておいた。ドアが揺れて開いたときに払い落とされ、後方の車室に舞い込むことを期待してね」

「だが、どうしてロンドンへやって来たんだ？　それよりなにより、どうしてベイカー街へやって来たんだ？」

「それがこの事件のもっとも面白いところなのさ。僕らは直《ただ》ちに看破していなければならなかったんだ。彼は最終的にナサニエル・スウィシンバンクに消えてもらいたかった。足取りを追われる可能性が全くないようにしてね。そして、たった二つ後ろの車両に乗っていたシャーロック・ホームズ氏が、後を追うのを諦めたとしたら、他の誰が追跡しようとするだろうか？　彼らが唯一危惧《きぐ》していたのは、僕が事件に興味を抱かないことだった。かくして、葦の中の隠し場所に言及した、でたらめな紙切れの出番というわけだ。君は結構あれにそそられていたがね。考えてみれば、彼らはもうちょっとでレストレード警部まで同じ汽車に乗せるところだったんだ。聞いたところでは、警部はあの男を手際よく追い詰めたということで、上司に絶賛されたそうだ。ウェルギリウスが言ったように〝蜜蜂はおのれのために蜜をつくらず〟だよ――ただし最近の説では、これはウェルギリウスの詩の一節ではないとのことだがね」

ワトスン博士の友人

E・C・ベントリー

ドイルによるホームズ作品は、ワトスン博士による一人称で語られたものがほとんどです（例外は幾つかありますが）。

本作品も一人称で書かれていますが、語り手はワトスン博士ではありませんので、予《あらかじ》めご注意下さい。

語り手は、とある一族の男性。男性の伯母の屋敷で、奇怪な事件が起こるのです。そこにたまたまやって来たのは、伯母一家の昔からの友人であるワトスン博士。そしてそのワトスン博士が、瘦《や》せて長身の友人を連れていたのです。そう、その人物こそ……。

著者は『トレント最後の事件』のE・C・ベントリー。実は、本篇は非常に貴重な作品なのです。詳しくは、読後に解説をどうぞ。

私設車道の入り口のところでわたしたちと出会ったエミリー伯母は、狼狽《ろうばい》の色を浮かべていた。彼女は二人の娘を連れていた。ドロシーは青白い顔をしていたが落ち着いており、エディスはすっかり動顛《どうてん》しきっていた。彼らの様子が災厄を物語っているのは明らかで、話を交わす距離まで近付く前に、わたしは妻に「牛がイチゴ畑の中へ入ったに違いないよ」と言った。わたしよりも想像力が大胆なところまで及ぶ妻は、「使用人の誰かが自殺したに違いないわ」と確信していた。

いずれの緊急事態であるにせよ、どのような助言を与えるべきか決めかねるうちに、伯母が問題を解決した。わたしたちが歩み寄ると、ただ一言こう言ったのである。「泥棒よ」

「幽霊よ、あたし知ってるもん」エディスがぶるぶると震えながら言った。

「違うわ。ネズミよ」ドロシーがきっぱりと言った。

「確かなのよ」エミリー伯母が、わたしたちに一言も喋《しゃべ》る暇《ひま》を与えずに言った。「この屋敷ではもう、ほんの一瞬だって眠れやしないわ」

「首なし男なの」エディスが悲しげに言った。「夜寝てる間にやって来て、人の上にかがみ込むのよ。ジェインも見たし、キティ・フレッチャーもここに泊まった時に見たの——あたしが彼女に話した通りだったのよ、頭のことも何もかも——あたしが言いたいのは頭がないってことで——彼女が見たのは、幽霊が浴室から歩いて出てきて……」

「あらま、幽霊がスポンジや石鹼《せっけん》入れを投げつけてこなかったのは不思議よね」とドロシーがさえぎった。彼女は我々の一族の中でも皮肉屋なのだ。また彼女は自分の良識にプライドを持っていた（どういうわけか彼女は同性から人気がなかった）。「何があったのか、ぜんぶはっきりしてるわ。起きた時からずっと言ってるでしょ……」

「あなたが喋ってたのは分かってるわ、ドロシー」彼女の母親がうんざりとして言った。「でもあなたは、いつだって朝から晩までずっと議論してるでしょ。それに、ネズミがビールの瓶やら何やらを欲しがるなんて、わたしには納得できないのよ——」

「でも泥棒の仕業なら、どうしてそれを呑《の》まなかったの？」ドロシーが尋ねた。

「だからこそ確かに首なし男だっていうのよ」エディスが涙ぐんで言った。「頭《ヘッド》がなくっちゃ、呑めやしないわ」

「だれだってそうだよ」とわたしは言った。喋ったのはこれがはじめてである。「泡《ヘッド》がある方が美味しいと思うものさ」

「ふざけないでよ、エセルバート」エディスが再び加わった。先ほどまでよりは、元気になっていた。「あたしの言ってることは、ちゃんと分かってるくせに。これは冗談ごとじゃないわ。どういうことかっていうと……」

「あなたが言おうとしてるのは、昼食の時間だってことでしょ」と妻が言った。「昼食のお誘いをしてくれたわよね」

「そして今は、一時半だってことだ」とわたしは付け加えた。「続きはあとで、身振り手振りたっぷりにやっていただけばいい。正直、もうこれ以上何も考えられないよ」

＊　＊　＊　＊

起こったのは、以下のようなことだった。

伯母、二人の娘、その兄のチャールズ、それから使用人たちが少し前に眠りについたという時に——おそらく十二時半から一時の間に——バンという大きな物音が屋敷に響き渡り、続いてガラスの砕ける音がした。おそらく屋敷中の全員が、ベッドの上で起き上がり、チャールズを除くみんなが悲鳴を上げた。チャールズは、朝食の時の本人の言によれば（わたしたちが行った際には彼はいなかったのだ）、起きるやいなや階段を駆け下りたのだった。

しかしながら、階下《した》で遭遇するものと確信していた命知らずの盗賊団と対峙《たいじ》するどころか、チャールズが目にしたのは無人の玄関ホールだった。その階のどの部屋にも、誰もいなかった。どこも安全なようだったので、彼はベッドへと戻った。彼は眠ったが、屋敷中の残る全員が起きていた。しかし、それ以上は何も起こらなかった。

だが朝になって、伯母がたまたま食料貯蔵室《パントリー》へ行った。そこは窓もなく外側から鍵が掛かっていたので、唯一チャールズが見なかった部屋だった。ガス灯の炎が点《とも》ると、そこには奇怪な光景が現われた。最後に見た時には側壁の棚の一番上に置いてあった品々が、床の上に落ちていたのだ。それはシャンペン二瓶にビール一瓶、タンブラー七個、アップルジャム五ポンドが入った陶製の広口瓶、そして空っぽの小さなガラス製広口瓶だった。それらはすべて石床の上で微塵《みじん》に砕けており、昼食後にわたし自身が見に行ってみると、手を触れずそのままにしてあった。

それらの品々が置いてあった棚の上の天井には、しっくいにギザギザな穴が開いていたが、以前はそんなものはなかった。

エミリー伯母の泥棒説は、明らかに不合理だった。ドロシーのネズミ説にも、うなずけなかった。あの利口な動物たちが穴を掘って棚の上に降りた後で、彼らには大変な苦労をしなければ動かせそうもないたくさんの品々を、規則正しく一斉に、棚の端を越えるように押した、ということになるからだ。エディスの幽霊説は、首なしにしろなんにしろ、ほかのものよりもさらにありえそうもないように思えた。

わたしたちが疑問点を議論していると、足音は聞こえなかったが、二人の紳士が小道を歩いてくるのが見えたのである。

＊　＊　＊

「ワトスン博士は、何年もお会いしてなかったけど昔からのお友だちなのよ」とドロシーが説明してくれた。「たまたま屋敷を通りかかったから、ちょっと立ち寄ってみたんですって。ワトスン博士とそのご友人は、田園散策の途中だったのよ」

「友人って誰だい？」とわたしは問うた。「名前を聞いたことがないな」

「あたしもないわ」ドロシーが言った。「お二人は今、食料貯蔵室で残骸を見てるところよ。あたしたちも行って、聞きましょ」

＊＊＊

ワトスン博士の友人は、背が高くて痩せた人物で、ひげを剃《そ》って厳《いか》めしげな顔をしていた。食料貯蔵室の床に腹ばいになり、片手には蠟燭《ろうそく》を、もう片手にはティースプーンを持っていた。彼は、一塊《ひとかたまり》になって落ちているアップルジャムを味見していた。何口か食べた後、頭を振ると、割れたガラスと陶器へと注意を移した。これを彼は幾つかの小山に分類し、全ての破片を集めた。ここで彼は立ち上がった。

わたしたちは全員、入り口のところから眺《なが》めていたが、すっかり惑わされていた。ワトスン博士だけが、納得しているようだった。博士は鉛筆をなめながらメモを取り、友人への賛嘆で有頂天になり、にこにこと笑っていた。だがその友人は、誰をも顧《かえり》みず、今では立ち尽くしたまま考えに耽《ふけ》っていた。

突然、痩せた男は顔を上げた。その顔つきは晴れやかだった。棚へと歩み寄ると、天井の穴へと蠟燭《ろうそく》を近づけ、ちょっと苦労しながらその中を覗き込んでいた。やがて彼は、微《かす》かな笑みを浮かべて、エミリー伯母へと向き直った。

「マダム」と彼は言った。「温度計はございますか？」

「ええ」エミリー伯母が答えた。「エディス、取ってきてちょうだい、場所は……」

「ありがとうございました、そこまでは結構です！」と痩せた男は言った。「僕は、昨晩みなさんがベッドに入る時間に、温度計が何度を示しているか見た方がおられたかを、知りたかっただけなのです」

誰もいなかった。だが全員、非常に暑かったことには気付いていた。

「昨日は、一八七六年八月十一日以来という最高に暑い日で、最高に暑い晩だったのですよ」と痩せた男は冷静に言った。わたしは、ワトスン博士が熱心に走り書きしているのに気が付いた。「瓶詰めのビールが高熱にさらされた時にどうなるか、ご存じではないでしょう。このささやかな謎の答えはですね、マダム、砕けたガラスにあります。僕は割れた品々の破片を探し出し、分類しました。たったひとつだけ、見つからないものがありました──ビール瓶の首とストッパー(1)ですよ」

痩せた男は話を止めると、少々苦労して低い天井へと伸び上がり、長い指を二本、謎の穴へと突っ込んだのである。そして指を引き出すと、そこには消えた瓶の首とストッパーが挟まっていた。

わたしたちは目をみはった。ワトスン博士は、勝ち誇ったようにわたしたちへと微笑《ほほえ》んだ。

「夜中のある時間に」と痩せた男は変化のない声で続けた。「瓶の中のガス圧が、醱酵《はっこう》によって強くなり過ぎたのです。そして爆発が起きました。ストッパーは天井へと発射され、棚の上のものは弾《はじ》き落とされました。それがすべてです」

「素晴らしい！」ワトスン博士が息をのんだ。

「初歩的なことだよ」と痩せた男が言った。「何もかもね」そして彼は、指についていたアップルジャムの残りを考え深げになめると、こう付け加えた。「この事件に、興味をそそるものがなかったわけでもないね。さあワトスン、君が納得いったなら、お暇《いとま》するとしようか」

おばけオオカミ事件

アントニー・バウチャー

本篇ではなんと、シャーロック・ホームズが世界的に有名な御伽話《おとぎばなし》の真相を推理してしまいます！　こんなに奇天烈で面白い作品が、今まで未訳だったことが不思議です。

作者は『シャーロキアン殺人事件』の作者で、世界的なミステリ大会〈バウチャーコン〉にその名を残すミステリ作家、アントニー・バウチャー。

本作品にはシャーロッキアン的要素がかなり効果的に詰め込まれており、編訳者も訳しながらニヤリとすることしばしばでした。お気づきでない方のために、他作品よりも多めに註を付けておきました。わずらわしいと思われる方は、後でまとめてお読み下さい。

一八八九年一月の、とある冷え込む午後のことだった。わたしはパディントンに構えた我が家[1]の暖炉《だんろ》の前で、腰を下ろしていた。テムズ河上をアンダマン諸島の原住民を追跡[2]して以来なかったほどの精力的な活動に数時間従事したため、完全に疲労困憊《こんぱい》していたのだ。呼び鈴が鳴っても、動かなかった。この日はほかに悩みの種があったから、呼び鈴が五回鳴るまで、女中が午後から外出していたということを忘れていたのだ。萎《な》え気味の気力を奮《ふる》い起こすべく、パイプにアルカディア[3]・ミックスを一服分詰めて、不承不承ながらも訪問者の応対に出た。

玄関でわたしが感じたのは、歓喜と不安との混淆《ミックス》だった。そこでわたしの目に飛び込んできたのは、我が友シャーロック・ホームズのおなじみの姿だったのである。彼に会えたのは嬉しかったが、それにもかかわらず、わたしの現況を見抜かれてしまうことを懸念《けねん》していた。いかな獲物が飛び出したと言われようと、嘆かわしいほどのろまな反応となってしまうのだ。しかしホームズはわたしと同様に活動的でない様子で、挨拶《あいさつ》を交わしたあとも、何もしたくないようだったが、わたしに続いて暖炉の前へ行き、向かいの椅子に腰を沈めると、付き合うように真っ黒なクレイパイプに火をつけた。

「ロンドンは退屈になってしまったねえ」とホームズは慨嘆《がいたん》した。その間わたしは、結婚のお祝いに彼が贈ってくれた酒瓶台《タンタラス》(4)と炭酸水製造器《ギャソジーン》(5)で、お約束の儀式を行っていた。「ワトスン君、退屈という慢性の病気にだけは耐えられないよ。僕が病人のふりをして、君も深く関わった例の事件(6)で、カルヴァートン・スミスという名の悪魔をモートン警部に逮捕させてから、二か月以上になる。それ以降、僕の興味を惹《ひ》くような事件は、ひとつたりと起こらなかったんだ。ああ、確かに新聞の紙面はタリアフェロ・オパールの不快な事件で埋まっているさ。だが、犯人は確かに白子《アルビノ》のインド人水夫だと、四歳の子どもが目撃してるはずだ」彼は話を急に止めると、心配げにわたしをじっと見た。「ねえ君。君は病気じゃなかろうね?」

「一月の冷え込みってやつさ」わたしは慌てて言い訳した。「ほら一杯やりたまえ。そうすれば温まるよ」

「アンニュイだ……」ホームズはつぶやいた。「ワトスン君、フランス語というのは、実に便利な言葉だね。それに僕らの言葉だとその意味になるのは、〝憂鬱《スプリーン》〟だ……。僕のこの現状を言い表すには、祖母の言語であるフランス語(7)が必要だね。オランダ王家(8)が感謝のしるしを具体的に示してくれたから、この先数年間は僕の質素な生活を維持するのに、本来は十分足りてるのさ。だが、ぼくの頭脳が事件を欲しているんだ。どんな骨を見つけても嚙《か》み砕《くだ》けるよう、牙を研《と》いでおかないとね」

彼は言葉を切って、パイプをひとふかししてからまた続けた。「この午後、ディオゲネス・クラブ(9)に寄ってきたんだが、マイクロフト(10)は僕にすら匂わせてもらえないような類《たぐい》の極秘任務に従事中だった。マイクロフトがいつも座る椅子の横にあった灰と、執事の左人差し指についていた青紫色のインク染みから、この件は非常に高貴な若い紳士に関わる事柄であって、その行動については知らぬふりをしておいた方が賢明だと決断するのには、ほんの五分しか要しなかったよ。かくして僕は、昔なじみの君のもとを訪れたというわけさ。君の医療業務から――患者は増え続けているんだろう？――些細な、もしかしたら重大な性質の問題が見つかるんじゃないかと期待してね」

「問題はないよ」と疲れきったわたしは言って、さらに付け加えた。「医療業務にはね」

「もし、刺激的な気晴らしの種をどこにも見つけられないとなると……」彼のいつもの鋭い声音が途切れると、右手の親指が皮下注射器[11]を射つような、意味ありげな仕草をした。

「後生だから、ホームズ！」わたしは叫んだ。「君はあれに戻るんじゃなかろうね？」

彼はしばし沈黙を保ち、パイプを吸って笑みを浮かべた。そして、なにげなく尋ねた。「ホッキョクグマかい、それともハイイログマ？」

「ホッキョクグマだよ」わたしは反射的に答えてしまい、それから飛び上がった。「ホームズ」わたしは声を上げた。「もうたくさんだ！　君が言うところの刺激的な気晴らしというやつを求めるのはいいさ、それはわたしにも分かる。だが友人の家庭生活を下劣な興信所みたいに監視して、プライバシーを侵害するというのは――」

ホームズの嬉しそうな笑い声と、長く細い手の身振りで、わたしの憤《いきどお》りはさえぎられた。

「ワトスン君、ワトスン君」彼は頭を振って、慨嘆した。「僕が黒魔術を使ったり、こっそりインチキをしたりすることは決してないのだと、君は覚えるつもりはないのかね？　健康で元気な男性が、極度の疲労状態にあって、両手とズボンの両膝はホコリまみれだ。敷物は斜《なな》めに曲がり、家具の位置はズレている。それらを見て取った上、僕が不意に四歳児をほのめかした途端に飛び上がったとしたら、午後中ずっと幼児と遊んであげていて、少なくともしばらくは両手両足をついて動物ごっこをしていた、というのは明々白々だよ。僕のように君のキャラクターを知っている人間ならばだね、ワトスン君、君がクマの役をするのに最適だと子どもが気付くだろうということも、分かりきったことさ。あとはこう尋ねるだけだよ、『ホッキョクグマかい、それともハイイログマ？』とね。──君が北極地方の冒険物語を愛好していることも考慮すれば、答えも明らかとなる。僕が才覚を失ったように見えたとしたら、遺憾だね」

「じゃあ──」わたしは口を開いた。

「分かってるよ」ホームズは辛辣《しんらつ》に、わたしの言葉をさえぎった。「ひとたび僕が種明かしをしてしまえば、何もかも実に簡単なことだ。種明かしの前に答えを知ること──それこそ指摘した通り、僕が欲することさ。とはいえ、推理はまだ続けられる。子どもは、ワトスン夫人の友だちの子だ（君自身の知り合いには、子どものいる夫婦はいないことを覚えているからね）。君の奥さんと子どもの母親とは、一緒に出かけている。昼間のこの時間であることを考慮すれば、おそらく昼公演《マチネー》だろう。この時期であることを考慮すれば、きわめて可能性が高いのはパントマイム[12]だ──一家には年上の子どもがいて、その子は劇場へ連れて行ったが、公共の場へ連れて行くには小さすぎる子どもは、友人の親切な夫君に預けた、ということのようだね」

「ホームズ」わたしは声を上げた。「ジェイムズ一世は、魔術の研究について執筆する前に、君のことを知るべきだったね」

「いやいや」我が友は、異議を申し立てた。「いまのはただのあてずっぽうさ。だが、階上《うえ》から微《かす》かに泣き声が聞こえるから、問題の男の子がお昼寝から目を覚まして、誰かに来てもらいたがってる、という結論を出すのはあてずっぽうではないね」

　わたしはお昼寝から起きた男の子をすっきりさせようと、不器用ながらも最善を尽くして、ホームズに言った。「この子が、イライアス・ホイットニー[13]先生だよ」

「ええ？　確かその名前は、セント・ジョージ神学校の元校長だったのでは？」

「その甥《おい》だよ」ホームズという男は英国社会のあらゆる事柄に精通しているのだな、といつものように驚きつつ、わたしは答えた。「この子の母親のケイトは、メアリの親友でね。父親は……」だがそこで職業上の守秘義務を思い出し、哀れな父親についてはこれ以上しゃべらないことにした。父親は少々夢想家で、その頃には道を踏み外しがちだったため、わたしは医者として深くかかわるようになり、その後「くちびるのねじれた男」と題して別途記録に留めた事件に携《たずさ》わることになるのだった。

「やあこんにちは、ぼうや」ホームズは優しく言った。

　イライアスぼうやは、ホームズの鋭い目、鷲《わし》のような顔立ち、引き締まった繊細な口元をじっと見つめると、感想を述べた。「おかしなおじさん」

　わたしは笑みが浮かぶのを禁じえなかった。ちびっこ紳士とのお遊びで、ホームズがどんな動物の役をやらされるだろうかという、強い期待の念も抑えることができなかった。だが期待は裏切られた。イライアスぼうやは、北極圏の役目をしていた敷物の誘いには、関心を示さなかったのだ。暖炉のかたわらにあるクッションに腰を下ろすと、せがんだ。「おはなしして」

ホームズの両目がきらりと光った。「彼は君の弱点をつかんだようだね、ワトスン君。――在学中も卒業後も、君はずっと物を語るのが好き[14]だからね。ではよろしい、動物が出てこないといけないなら、バスカヴィル館でのできごとを話すことにしようか」

あのような陰惨な話をするのは、子どもには不適切だと反対しようとしたのだが、少年が自ら口を開いた。「やだ。おばけグマ《ボーグルベア》のおはなしして」

「彼は頼む相手を分かっているぜ」ホームズは言った。「君の祖先のスコットランド人は、幽霊話とは切っても切れないからね」

「彼が言っているのは」とわたしは気長に説明した。「光栄にもわたしがその役を演じた、ホッキョクグマ《ポーラーベア》のことさ。ごめんよ、イライアス、ホッキョクグマのお話は全然知らないんだ。だけどわたしが子どもの頃には、いつでも大好きだったオオカミの話なら覚えているよ。聞きたいかい？」

「おばけオオカミ《ボーグルウルフ》なの？」イライアスは言った。

「その手の話題には自信がないけど、ホッキョクオオカミ《ポーラーウルフ》なんて動物がいるかどうかは、はなはだ疑わしいね。このオオカミはただの普通のオオカミで、どこにでもいるやつで、少なくともおとぎばなしの中では曲がり角ごとにいるよ。こいつは暗い森の奥に住んでいて――」

「森の曲がり角？」イライアスは興味津々で尋ねた。

ホームズは酒瓶台の酒をグラスに再び注いで、椅子に戻った。「続けてくれたまえ、ワトスン」と、彼はせかした。「君が書いた僕の冒険談にロマンティックなところがあることを考えれば、おとぎばなしはとても君にぴったりくると分かったよ。君が腕をふるうところを是非見せてくれたまえ」

「いや違うよ」とわたしはイライアスに答えた。「森に曲がり角はないんだ。ずーっと続く曲がりくねった細い道が、小屋と小屋をつないでいるだけだよ。さて、最初の小屋に住んでいる小さな女の子は、赤ずきんと呼ばれていました――」

「あさずきん、ちってるよ」イライアスが言った。

わたしはちょっと気をそがれてしまった。「じゃあ、別のお話がいいかな」

「やだ。あさずきんがいい。あさずきんのおはなしして」

「大衆というものは」ホームズは述べた。「既に親しんでいる話を常に好むのさ」

わたしは「あさずきん」のお話をした。

この話は読者にも子供の頃からおなじみだろうから、ここでは物語の詳細は省くことにしよう。ハリー[15]とわたしが子どもだった時代の、幸せで希望に満ちた日々に、ナニィばあやがよく聞かせてくれたように、わたしは一切省くことなく語って聞かせた。オオカミと赤ずきんの初めての出遭い、おばあさんに対するオオカミの極悪非道な行為、変装したオオカミと赤ずきんのぞっとするやりとり、差し迫る恐ろしい危機に赤ずきんがだんだん気付いてきたこと、終盤での勇敢なきこりの登場（わたしは我が友特有の肉体的特徴を流用して、確固たる人物に描写したことを認めておこう）、きこりがオオカミを退治しておばあさんを助け出したこと――最近のバージョンでは、しばしば詳細が省かれるのだな、とわたしは思った。

　イライアスぼうやが夢中になって聞き入っていたので、わたしは得意になった。だがシャーロック・ホームズまでもが同様に夢中で聞き入っていたのには、わたしは得意になっただけでなく不思議に思った。物語が進行するにつれ、彼は両目をらんらんと輝かせ、わたしの一語一語をじっと聞き、無意識にここにはないペルシャスリッパ[16]へ手を伸ばしてから、すぐに自分の煙草入れを取り出し、クレイパイプに詰めると、すごい臭いの煙を身にまとわりつかせた。わたしはこれで、問題が最終段階に入ったのだな、と思った。

　わたしがお話を締めくくると、ホームズは跳ね上がって、熱心に部屋を歩き回った。「わかったぞ、ワトスン！」ホームズは声を上げた。その声は、かつてのような活気にあふれていた。「イライアス！」彼は長い人差し指を子どもへ向けた。少年は明らかにたじろいでいた。「君は赤ずきんの〝真相〟を知りたいかね？」

「あさずきんのひんそう？」イライアスはたどたどしく復唱した。

「みんな、なんて間抜けなんだ！」ホームズは激しい口調でひとりごちた。「この物語を何世代にもわたって繰り返しておきながら、その意味するところには全く気付かないなんて！　それなのに、まさしくこの子の言葉には、真相のヒントがあったんだ。〝おばけオオカミ〟……。君もはっきり分かっただろう、ワトスン？」

「何を分かったって？」わたしは口ごもった。

「本質的な問題点が、二つある。そこに注意してくれたまえ、ワトスン君。第一に、赤ずきんは〝おばあさん〟がオオカミみたいだということに、徐々にしか気付かなかった――そのほとんどが、顔の造作のひとつひとつによるものだった。第二に、オオカミが退治されたあと、おばあさんがいたということだ」

「しかしホームズ――」

「君はまだ分からないのかい？　では聞きたまえ！」彼の両目が、いきいきと輝いていた。「あれは、本当におばけオオカミだったんだ。〝人狼〟だったんだよ。オオカミのような姿こそしているが、人肉を食べる邪悪な人間。そしてその人間とは……〝おばあさん〟だ！

実に明白だ。赤ずきんはすぐには顔を見上げず、ベッドの中にいるのがオオカミだと気付かなかった。いや、少しずつオオカミの特徴が現れていくのに気付いたんだ。人狼が人間からオオカミに変身するところを、彼女が目撃したのは明らかだよ。

そしてオオカミが退治されると、おばあさんがいた。胃袋の中から、生きて飛び出してきたんじゃあない――それが後にもっともらしくなされた解釈であるのは明白だ。おとぎばなしの基準に照らしても、それは不可能だからね。だが人狼がきこりの斧の一撃で倒されると、おばあさんが床に大の字に横たわっていた――人狼は殺されると、必ず人間の姿に戻るんだ」

「ホームズ」わたしは息をのんだ。「君が正しい。それこそが真実だよ。なんと簡単で、なんと驚くべきことだろう。それに何世紀も経て、君だけが――」

しなやかな肉体を素早く動かし、ホームズはイライアスぼうやへと向き直った。「さあ、ぼうや、わかったろう。お母さんがパントマイムを観ている間に、自分は赤ずきんの真相を知った世界最初の少年になったのだと、お母さんに教えてあげなさい」

少年は、目の前の人物を見つめて、ちょっとの間黙って座っていた。やがて口が開き、目が吊り上がった。それからまだしばらくは静かだったが、ついに顔をひどくゆがめて、激しく泣き出したのである。我が友シャーロック・ホームズとともに体験した冒険の中でも、これほどまじりけのない激情と悲痛と欲求不満の金切り声を耳にしたことはなかった。

泣き声があまりにも大きかったので、玄関の鍵の音が聞こえなかった。ケイト・ホイットニーがつむじ風のように入ってきて、我々は初めて御婦人方の帰還を知った。彼女はクッションのところへ駆けつけ、泣きじゃくる息子を抱きかかえると、泣き声を静めようとしたが、無駄だった。

わたしの妻が、まだパントマイムに心を奪われたままのアイザぼうや[17]を連れて入ってくると、猛然とわたしへと振り向いた。「ジェイムズ[18]!」彼女は、泣き声の中でも聞こえるほどの大声を上げた。「あなた、あの子に一体なにをしたの?」

「ジェイムズ」シャーロック・ホームズが言った。「むろん、愛称だね? 君のことは昔から知っているから、君のミドル・イニシャルがヘイミシュ[19]の略だということはすぐに分かるよ」

メアリ[20]は、彼女へと向き直った。「ホームズさん」彼女は不気味なぐらい丁寧に言った。乱雑な敷物、位置の変わった家具、酒瓶台の減った酒へと、彼女のまなざしは向けられた。

ケイト・ホイットニーは繰り返し言っていた。「おじさんたちは何をしたの？」ようやくイライアス先生は、シャーロック・ホームズへと有罪宣告の指を突きつけるまでに、ヒステリーを鎮めた。

「わるもの！」彼は非難の声で言った。「わるものが、あさずきんをめちゃくちゃにした。ぜんぶめちゃくちゃにした！」それから彼は、耳をつんざく泣き声を再開した。

わたしはできる限り大声で、できる限り穏やかに喋《しゃべ》った。「『ヴァチカン・ヴァクサネイションの醜聞』事件(21)の話だね、ホームズ。診察室の方で話さないか？」

メアリの目に浮かぶ激怒の色が、少し薄らいだ。わたしの耳元に近寄り、囁《ささや》いた。「新しい任務なの？」

わたしはもごもごと言った。「歩合(22)はいつも通りだよ」彼女は怒りを静めると、わたしたちと一緒に酒瓶台まで持って行かせさえした。

「そら見たまえ」のちほど、シャーロック・ホームズが言った。「あれが、真実に対して一般大衆が見せる反応の典型的実例だ。一般人の知性に、科学的な態度を求めてはいけないんだ。彼らはいつでも、馴染みのない真実よりも、受け入れられている偽りの方を好むものなのだよ。僕はそういった人を欺《あざむ》く伝統について、小論文を書こうと思ってきたんだ。例えば君の友人のドイル(23)は、彼が呼ぶところの『マリー・セレスト号』についての物語(24)を書いたが、正しくは『メアリ・セレスト号(25)』であって、このために正しい名前が全く用いられなくなってしまうことは確実だ。だが我々は、真実の地位を回復させる努力を果たさねばならないんだ。『世間は我を嘲笑す……』」

わたしは、メアリに半ば約束してしまったことを思い出し、むっつりと言い換えた。「『……

されど金箱に金貨は無し……[26]』」

ボー・ピープのヒツジ失踪事件

アントニイ・バークリー

この作品は、前もって説明が必用かもしれません。「ボー・ピープ」とは、英国に伝わる伝承童謡「マザー・グース」に出て来る女の子のことです。彼女はヒツジ飼いの少女なのですが、いつの間にかそのヒツジがいなくなってしまう……という歌詞なのです。この童謡を、コナン・ドイルがホームズ物として書いていたらどうなっていたか——というのがこの作品です。

作者は『毒入りチョコレート事件』で知られるアントニイ・バークリー。別名義「フランシス・アイルズ」として『殺意』などの傑作も書きました。そんな作者が、コナン・ドイル風にアレンジしたマザー・グースです。

わたしたちにとって、ベイカー街で奇妙な電報を受け取るのは、別に珍しいことではなかったけれども、数年前の三月の典型的な荒れ模様の日、午前中に届いたもののことは、とりわけよく覚えている。それはシャーロック・ホームズに宛てられており、以下のように書かれていた――

ヒツジガ　キエタ　スグイク　ワタシヲ　マテ――ピープ

「サセックス州のグリンチェスターで、今朝の十時に打電されたものだな」とホームズが説明した。「では発信人がいつ来ても不思議はないね。これ以上何か分かるかい、ワトスン?」

彼は電報を投げてよこすと、調べ物に用いる百科事典を一冊下ろして、すぐに本の中身を熟読するのに没頭した。

「どうだい?」ホームズは本をバタンと閉じて棚に戻してから、ようやく尋ねた。「何か見つかったかい」

「ああ」わたしはちょっと満足げに答えた。「とにかく確実なことがひとつある」

「で、それは何だい？」

「発信人が女性だということさ！」

ホームズは笑い声を上げた。「素晴らしいよ、ワトスン！　どうやってその結論を導き出したんだい？」

「この電報は、名前と住所まで数に入れれば、ぴったり十二語[1]になっているんだ」

「君は確実に進歩しているね、ワトスン。うん、それは完璧に正しい。電報は女性からのものだよ――どちらかというと少女だ。それから、彼女は非常に素晴らしい容姿の持ち主で、お金持ちで、命令を下されることよりも与えることに慣れている。それから、サセックス州においてはかなりの地元の名士だということも忘れてはいけない。彼女が用いる言葉遣いからも、推理したほうがいいよ。彼女のクリスチャンネームはボアディケアだから、友だちは普段それを略して〝ボー〟と呼んでいる。十二歳の時に、孤児になっている。その地方でも最大にして最も貴重なサウスダウン羊の一群を所有している。ブロンドの髪と青い瞳で、左耳の後ろには小さなホクロがある。――まあ、貧弱極まるデータから、これだけのことを推理しろというのは、君には無理な注文だったかな、え？」

「では君は彼女のことを知ってたんだな、ホームズ！」わたしは驚いて言った。

「とんでもない」彼は笑みを浮かべて答えた。「彼女の名前すら、聞いた覚えはないよ」

「では一体全体どうやって……」

答えを知りたくてたまらないわたしの質問は、ドアを叩く音で中断され、微笑《ほほえ》むハドスン夫人の顔が現われた。「若いご婦人がお越しですよ」彼女は言った。「ミス・ピープと名乗られてます。ご案内してよろしいですか?」

「お願いしますよ、ハドスンさん」ホームズは立ち上がりながら言った。「さあてワトスン君、僕が大間違いをしていなければ、世にも珍しい話を聞くことになるぜ」

驚いたことに、ミス・ピープの外見は、数分前にホームズが言った並外れた予想と、ぴったり一致していたのである。小柄でブロンドで青い眼をしており、女王のごとき優雅さと威厳を身に備えていた。そして彼女がそこに立っているだけで、我々のむさくるしい小さな居間が明るくなったのには驚嘆した。ホームズが勧めた椅子に腰を下ろすとすぐに、以下のような奇妙な話を、落ち着き払って明快に語ったのであった。

「ホームズ様、わたしは孤児でして、サセックス州のグリンチェスターに住んでおります。九年前に父が亡くなりまして、唯一の相続人となりました。母はその数年前に亡くなっていたのです。そして、相続した遺産の中には、南イングランド全土にピープの名を知らしめた、羊の一群がありました。それ以来、羊たちの面倒を見ることが、わたしの主要な仕事となりました。今ではすっかり慣れたのですが、これからお話しすることになる意外な出来事が起こったのです。そしてわたしは、これはホームズ氏にお知らせせねばならない、そうすれば見事に解決してくれるだろう、と失礼ながら考えたのでした。昨日の晩には、羊たちは全部揃《そろ》っており、いつもの牧草地で、注意深い羊飼いたちに見張られていました。ところが今朝のことです——」

「今朝、羊たちが全て消えうせてしまったんですね！」ホームズが冷静沈着に割って入った。

「そうでしょう、ミス・ピープ？」

「その通りですわ」少女は声を上げ、大いに驚いてホームズを見つめた。「一体全体どうやって当てたんです？」

「チョッ、チョッ！」ホームズは少々いらだたしげに言った。「僕は当てずっぽうは言いませんよ、お嬢さん。あなたのお話から導き出した、明白な推理です。あなたがこれほど迅速に、僕に連絡を取るという処置を行ったのは、実に幸運でした。この一件であなたのお役に立つことが出来そうですよ。これほど重大な犯罪を計画し、実行に移すことの出来る人物は、イングランドに一人しかいません。思いがけなくも幸運なことに、僕は即刻その人物を指し示すことができます。ワトスン君」彼はわたしへと向き直って付け加えた。「一時間かそこら、このご婦人のお相手をしっかり務めていてくれないか。僕は打つ手立てを探してくるよ」彼は帽子とアルスター外套をひっつかむと、部屋から飛び出して行った。

一緒に過ごすのが魅力的なお相手ではあったけれども、その時間は永遠に続くかのように思えた。ホームズが不在の間、ミス・ピープと自分が、わざとらしくとりとめのない会話を続けていることは分かっていた。話し合っていた事柄も、論評を加えた話題も、これっぽっちも思い出すことが出来ない。覚えているのは、我が友が笑みを浮かべて無事に帰って来た際にわたしたちが味わった、多大なる安堵《あんど》感だけである。

「間に合ったよ！」ホームズは、わたしたちが気がかりでならなかった疑問に答えてくれた。

「迅速な行動に感謝しますよ、ミス・ピープ。事件は比較的簡単に解決できました。賊《ぞく》は、既に警察に逮捕されています――予防策としてレストレードを連れて行った方がいいと思ったのさ、ワトスン――ですが、この事件には別の問題が幾つか絡み合っていて、当座はつまびらかにすることができませんので、一日二日このままにしておくことをお勧めします。そうすれば、あなたの羊たちが無事に戻ってくることを保証しますよ」

「なんですって?」ミス・ピープが息もつけずに言った。「完全に無傷ですか?」

「無傷なだけではありません」[2]ホームズは珍しく機知のひらめきを見せて言った。「お尻にしっぽが、ちゃんとついてますよ!」

シャーロックの強奪

A・A・ミルン

ホームズ・パロディは、様々な作家によって書かれています。「あの作家が？」と、思わず驚いてしまうような人まで。つまり、誰が書いていても不思議はないのです。

本篇の作者も、超有名作家です。なにせ世界中の誰でも知っている『クマのプーさん』の作者、A・A・ミルンなのですから。

シャーロック・ホームズのシリーズは一八九三年十二月発表の「最後の事件」で、一旦終止符が打たれました。ホームズが完全復活するのは、一九〇三年九月発表の「空屋の冒険」によってです。このホームズの〝かりそめの死〟と〝復活〟とは、ホームズのファンを大いに刺激し、この時期に多くのパロディが書かれています。

そして本作品も、ホームズの復活の直後、その同じ年のうちに書かれたものなのであります。

ベイカー街のかつての下宿へと、わたしが思いがけなくも戻ったのは、この前の夏の六月のことだった。その午後、患者を往診するという普段にはない体験をして、神経質かつ興奮状態にあったわたしは、体温計を患者の喉の奥に落としてきてしまったのだ。神経を落ち着けようとぶらぶら歩くうちに昔の住処《すみか》まで来てしまったので、わたし用の肘掛け椅子に腰を下ろして、古傷のことを考えていると、いきなりドアが開いて、憂《うれ》いを帯びたホームズがひそやかにすっと入ってきたのである。わたしは飛び上がって、タバコの入ったペルシャスリッパに蹴つまずき、気を失ってしまった。ドレッシングガウンに袖を通したホームズが、わたしを正気づかせてくれた。

「ホームズ」わたしは声を上げた。「君は死んだものだと思っていたよ」

よく動く彼の額が、悲嘆にぴくりと引きつった。

「もう少し、僕のことを信じてはくれなかったものかね」と、彼は悲しげに言った。「説明するよ。少しばかり時間を割けるかい」

「もちろんだとも」わたしは答えた。「それぐらいの時間ならば、代診をしてくれる親切な友人がいるからね」

彼は、答えを求めるような鋭い目つきでわたしを見つめた。「親愛なるワトスン君、君は体温計を失くしたね」

わたしは驚いて、口を開いた。「なんてこった、ホームズ――」

彼ははっきりと目立つ喉のふくらみを指差した。

「さっきの患者は、僕だったのさ」

「まだ動いてるかい？」わたしは心配して尋ねた。

「どんどん動いて行くね」彼は感激で喉が詰まったような声で答えた。

苦痛の色が、よく動く彼の額に走った（ホームズの身体の動きのよさは、軍人クラブでも代名詞のようになっている）。だがすぐに、喉のふくらみは消えた。

「だが、どうしてなんだね、ホームズ――」

ホームズはわたしを遮《さえぎ》るように片手を上げると、使い古した小切手帳を引っ張り出した。

「君ならこれから何を引き出せるかい？」彼は尋ねた。

「口座残高だね」と、わたしはうまくいけばと期待して言ってみた。

「僕が言っているのは、どんな結論を推理できるかということだよ」ホームズは鋭く言った。

わたしは注意を払って小切手帳を調べた。ロイズ銀行のもので、半分使われており、かなり古い代物だった。ホームズならばどのように推理するだろうかと考えてはみたものの、徒労に終わった。とうとう、わたしはいちばんよさそうな答えを試してみることにして、口を開いた。

「持ち主はウェールズ人だ」

ホームズは笑みを浮かべて、小切手帳を受け取ると、即座にこの件について次のような分析を下した。

「持ち主は背の高い男で、右利きで、ボクシングの名手だ。ヴァイオリンの天才で、ロンドンの犯罪界については比類なき知識を身に付け、並外れた理解力を備えて、並外れた頭脳を持った人物だ。それから最後にもうひとつ、この人物はかなりの長期間、身を隠していた」

「どこへ？」わたしは、こんな些細なものからどうしてそれほどたくさんの事柄を推理できたのかと驚くよりも、興味にかられて尋ねた。

「ポートランドだよ」

彼は腰を下ろして、わたしの葉巻の灰の匂いを嗅《か》ぐと、言った。

「ああ、フロール・ド・ディンディガルだね――さあてワトスン君、ここまでのことはわかったかな」そして彼は、『エンサイクロペディア・ブリタニカ』を書棚から引っ張り出すと、こう付け加えたのである。

「それは僕の小切手帳なのさ」

「だがモリアーティは？」わたしは息をのんだ。

「そんな人物はいやしないんだ」彼は言った。「あれはただのスープの名前に過ぎないのさ」

真説シャーロック・ホームズの生還

ロード・ワトスン

（E・F・ベンスン&ユースタス・H・マイルズ）

A・A・ミルンの「シャーロックの強奪」と同じく、シャーロック・ホームズが復活した一九〇三年に発表され、やはり同様にホームズの生還を描いた作品です。

しかし、内容を読んでみると、どうやら実際の復活前に書かれた作品のようです（初出が「年刊」雑誌なもので、発行月までは判らないのです）。その意味では、ホームズの生還を「予見」したとも言えるかもしれません。

作者は、我が国では怪奇小説作家として知られるE・F・ベンスンと、その友人ユースタス・H・マイルズ。

ここでは、シャーロック・ホームズの〝失踪〟の驚くべき真相と、彼が〝生還〟した意外な理由が明らかにされるのです。

我が友シャーロック・ホームズは、数百万人もの読者が記憶している通り、スイスの某所でモリアーティ教授によって殺されたものと思われていた。しかしながら、彼はその後、デヴォンシャー州の某所で、燐《りん》を塗った大型犬を相手に推理能力を磨《みが》いていたようなのだ。そう、数百万人もの読者もとうに同じ結論に達しているであろう通り、彼はスイスで本当に殺されたわけではなかったのだ。では、信じられていた死と、バスカヴィル家の湿っぽい屋敷で遂げられた少々説明不足な復活、その間に本当は何があったのか——それをここに、いつものように物語ることにしよう。

我々が共同生活をしていたベイカー街の下宿の居間で、わたしは椅子に腰を下ろしていた。彼がいなくなっておよそ二年。わたしはボウラーハットにモーニングという、普段通りのこざっぱりとした衣服に身を包んでいた。わたしはこの狭間の期間に、数々の奇怪な事件に関する記録を繰り返し熟読していた。ホームズはこの記録を、熟慮の末にスイスへは持っていかなかったのだ。そしてわたしは、彼の失踪を世界に向けて報《しら》せたことは失敗だった、との結論に達した。わたしは彼の手法に関して有用な知識を十分に持ち合わせており、五十七種類の吸い取り紙や、四十三種の葉巻の灰を識別することも学んでいる。また、やはり彼が置いていった虫眼鏡を用いて、絨緞《じゅうたん》の汚れから、酷《ひど》い泥だらけの深靴《ブーツ》をはいた人間が部屋に入ったかどうか、かなりの確度で突き止めることもできるのだ。従って、わたしが世界に向けて彼の失踪のことを発表していなかった場合、世界中を震撼《しんかん》させるような回想録を何篇でも書き続けることが出来たのだ。やがて、燐光を発する犬に関して、彼が驚異的な直観的洞察力を発揮した物語のことを思い出して、わたしは言い表せないほどの安堵《あんど》を感じた。世間があの話を受け入れるのなら、大喜びでもっともっと、なんでもかんでも受け入れるだろう。あの物語は、読者は皆ご記憶だろうが、わたしが語っているように書かれているものの、本当は別人が作り上げたものなのである。わたしはこれを見た途端に、専売特許権侵害の申請を考えたが、ワトスン夫人（現レディ・ワトスン）(1)は、わたしを止めた。だがその瞬間から、わたしは全く新しいシリーズのことを立案し始めたのだ。これが日の目を見ることになれば、「コフェチア王の乞食娘」事件も、「ハムステッド・ヒースの謎」事件も、「虫食いだらけの大蛇」事件も、「スペイン王の紫インクスタンド」事件も、馬車馬の尻尾に関する小論文でさえも、読者をゾクゾクさせること請け合いだ、とわたしは思った。

先述の通り、わたしはベイカー街の下宿の居間に座っていた——妻の身に何があったのか、わたしは思い出すことができない(2)。読者は皆お気づきだろうが、彼女は物語の合間に消えてしまったのだ。いつの日か、崇敬せし我が師シャーロック・ホームズの手法を用いて、彼女を捜し出すことだろう。いずれにせよ、わたしがベイカー街の下宿の居間に座っていると、玄関の呼び鈴が鳴った。わたしは既に、何種類もの呼び鈴の音を識別する術を身に付けていた――例えば、お決まりの鳴らし方をするのはパン屋。ワーグナー風に鳴らすのはシャーロック・ホームズ関係でわたしに要請のある連中。へたくそな鳴らし方は借金取り。期待通りの鳴らし方は気の合う仲間。ひたすら戦闘的急進派風に鳴らすのは矯正不能のクルクルパー。だが今回、客が取り次がれてきた際には、鳴らし方の種別を判断する時間はあまりなかった。案内されて部屋に入って来たのは、背の高さが並以下の初老の婦人だった。彼女の上着には卵の黄身の染みがあったので、わたしはそこから彼女が貧乏人ではないこと、彼女が朝食をとるべきではなかったこと、だらしないたちであることという結論を下した。また、ブーツの靴紐が泥だらけで絨緞に引きずった跡が残っていることから、彼女は急いでいて、おそらくここまで歩いてきたのだ、と電光石火のごとく推理した。首もとにはダイヤモンドが輝いており、わたしは即座にそれが国王の身代金にも等しい価値があることを見抜いた。彼女が短いクレイパイプを吸っているという事実からは、彼女が英国人ではないか、少なくともロンドンのいわゆる上流社会の一員ではない、と判断した。かくして、極秘の職業的手法を用いて、わたしはこう言った――

「さて、御婦人。何の御用ですかな?」

しわくちゃ婆さんは、少ししゃがれた声で言った。「シャーロック・ホームズさんですか?」

誘惑が――もしそれが誘惑だったなら――勝利を収めた。わたしはホームズの重要な記録係であって、いわばジョンソンとボズウェルに匹敵するほどであることは言うまでもないのだと、説明すれば冗長になってしまっただろうし、実際問題、わたしは彼女が両者の名前を聞いたことがあるかどうかも疑わしかった。

「何もかも率直にお話しくださって結構ですよ」とわたしは言った。「我が友ワトスン卿――つまりワトスン博士がここにいてくれれば、とは思います。優れた洞察力を要する事件の場合には、たいてい彼に助言を求めるんですがね」

わたしは喋《しゃべ》りながら、ポケットから顔を出している聴診器をどうにかしようと目を落とした。これはわたしのいつもの習慣だった。患者獲得につながるよう、見えやすい場所に聴診器を入れて持ち歩いていたのだ――それが功を奏したか否かは判らないが。この時、くっくっと笑う声が微《かす》かに聞こえて、自分が誰の役を演じているのか思い出した。

そこでわたしは、一オンスか二オンスのシャグタバコを詰めたパイプに火を点け、両目を薄く閉じて、今は亡き友人のヴァイオリンを即興で弾《ひ》いた。

「僧帽弁逆流症《そうぼうべん》ですね」とわたしは、彼女のくっくっという笑い声にコメントした。「それから、あなたは結構な距離を歩いてこられたようですね。だらしのない性格でもあるようだ。これは初老の女性に多いのですよ。身長からは、あなたが幼い頃に佝僂《くる》病を患《わずら》ったことが判ります。ですが、あなたの父親はお金持ちだったようですね」

「このダイヤモンドのことをおっしゃってるのですね」と彼女は言った。「これは夫がくれたものですの」

これは実にうんざりする仕事だった。

「では、結婚指輪はどちらに?」わたしは、彼女の瘦《や》せた先細の指を見ながら言った。そしてヴァイオリンで平行五度の音階を奏でた。

「E線の調律がちょっと狂ってますね」と彼女は感想を漏《も》らした。

わたしは彼女にヴァイオリンを渡した。E線は完全に取れていたのだ。

「誰に相談しにきたのかお忘れのようですが」とわたしは言った。「そろそろご用件をおっしゃって頂けませんか！　二人の国王と三人の侯爵夫人から、電話が掛かってきましたから、あなたにあまり時間を割いていられないんです。それからパラグアイのパープル・エンペラー(3)から、非常に緊急かつ重大な問題で相談を受けているんですよ」

わたしはこの目くらましの要領を、シャーロック・ホームズから学んだのだと認めねばなるまい。在りし日わたしが彼の推理に異論を唱えるたびに、彼は「インド市場の緑ツバメ」事件や「カンダハルのオーロラ」事件を引き合いに出すのが常だった。わたしは喋りながらも、立ち上がって電話をかけるふりをした。これは患者に感銘を与えるための、いつもの手法だった。ある時などは、ミセス、つまりレディ……。

だがその時、わたしが振り返ると、聞き慣れた声が耳に入ったのだ――

「君は体重が少し増えたようだね、ワトスン君」と、その声は言った。「七・六ストーン（約四十八キログラム）はあるようだ」

即座に、わたしはそれが誰だか判った。

「ホームズ、こいつは君らしくないやり方だな！」とわたしは叫んだ。「ちなみに、わたしは十三ストーン（約八十三キログラム）だ」そしてわたしは、体重計に乗った。体重計は十四ストーン（約八十九キログラム）を示した途端、ドカンと大きな音をたてて爆発した。

「二人とも間違っていたようだね」と彼は言った。「ワトスン君、座ってくれるとありがたいのだが。いもしない人に電話をかけるふりもしなくていいよ。パラグアイのパープル・エンペラーを考え出したのは僕だからね。だが僕のヴァイオリンのE線を切ったのは君だ」

　このごく短い間に、だらしないオールドミスの衣装を全て脱ぎ捨て、いつものドレッシングガウンを身にまとうと、そこには椅子にゆったりと腰を落ち着けたシャーロック・ホームズの姿があった。細くて鷲《わし》のような精力的な顔に、うんざりしたというような笑みが浮かんでいた。

「君は僕のふりをしようとしたわけだね」と彼は言った。

「わたしが紙上で殺してやってから、君はずっとデヴォンシャーでのらくら過ごしてたじゃないか」とわたしは言い返した。

　彼の顔が、わたしがしばしば作中で嘆いてきた、あの自負心に満ちた表情で一杯になった。

「否定しないさ」と彼は言った。「君が時々、僕を侮辱していたことはね。だが、その酷いモーニングとボウラーハットに我慢の限界を超えるほどいらだったことだって、何度あったことか」

　これにはわたしもいきり立った。

「わたしがいなければ、君が有名になることもなかったんだぞ」

「もうやめよう」と彼は言った。「君も僕がいなければ、執筆のネタも見つからなかったというわけだしね。すまないがタバコを頼むよ」

わたしは彼に紫色のシャグタバコを渡した。彼が直感力を働かす状態にあることに気付き、大いなる関心を持って眺《なが》めた。わたしはこうやってネタを手に入れるのだ。

「僕の見たところでは」と彼が言った。「僕が不在の間、君はあまり暇《ひま》ではなかったようだね。今日、高貴なレディがここを訪ねて来た。君は夕食まで非常に忙しかった。数日前にはアクスブリッジでフサザキズイセンを植えたし、怠け者の使用人がいる。最近、アルフレッド・オースティンの本を読んだ。子犬を飼っているが、フサザキズイセンを掘り返してしまうので叱ってやる必要がある。僕が入ってくる直前まで紙巻タバコを吸っていた。午後には義母からの手紙に返事をしたためた。彼女は自分のところへ来て滞在するよう君を招いている。君には酒好きの兄がいるが、木曜日に埋葬された。サー・リチャード・カルマディの母親が再婚した。君は結婚式に出席した」

わたしは動揺を隠しきれず、部屋の中を歩き回った。

「ホームズ、こんなのはフェアじゃない！」わたしは声を上げた。「ずっとわたしをスパイしてたんだな！」

感情を害したような驚きの表情が、彼の顔に浮かんだ。

「君はまだ、僕の手法を判ってないのかい？」と彼は言った。「こんなことは全て、僕の手帳に手を触れることができる者には明らかだよ、というか、明らかであらねばならない。まず第一に――伯爵夫人の頭飾りが床に落ちている。これで伯爵夫人が君を訪ねて来たと推理したのさ。君の人差し指には大きなインクの染みが付いているよ、ワトスン君。これは君が書き物をしていたことを示している。君のような徹底的にきれい好きの人物ならば、昼食以前に書き物をしていたら食事前に手を洗うはずだ、と言ってもいいだろう。靴の甲には、鮮新世《せんしんせい》の粘土が少し付着していて、そこに萎《しお》れたフサザキズイセンの葉っぱが埋まっている。その粘土はアクスブリッジにしかないし、そこに君の住宅があることは僕も知っている。粘土は結構乾いているから、君の靴をちゃんと磨かない怠け者の使用人がいる、と言ったのさ。君が最近読んだアルフレッド・オースティンの本は、暖炉《だんろ》の火床に燃え残った断片がはっきりと示しているよ。ここからでも読み取れるよ、『ヴェロニ……・ガー……』。きっと『ヴェロニカズ・ガーデン』だね。ポケットからは、フサザキズイセンの葉が付いた小型の犬むちが覗いている。アクスブリッジでフサザキズイセンを掘り返した犬をお仕置きしたことは指摘した通りだ。食事前の紙巻タバコに関しては純然たる当て推量だが、見たところ灰皿に吸殻がないようだから、食事よりも前、僕が入ってくる直前に吸ったと推測したのさ。義母からの招きの手紙についての推理は、玄関にスミス夫人宛の返信が置いてあって、冒頭に『拝復』のかわりに『地獄へ落ちろ』と書いてあったから判ったよ。酒好きの兄については、君から何度か聞いている。木曜日に埋葬されたというのは、炉棚にある葬儀の挨拶《あいさつ》状からの簡単な推理だ。サー・リチャード・カルマディの母親は、ちょっと長めの推測だ。絨緞の上に体重の重い男性の足跡が付いていて、間隔は数インチしかない。可哀想にも向《む》こう脛《ずね》から先が無いサー・リチャード以外に、そんな足跡は残せない。そこからあとは、花嫁の髪飾りのオレンジの花と、ウェディングケーキの一片が教えてくれる。その上」と彼は付け加えた。「夕刊でもその記事を読んだんだがね」

たちまちにして彼の魅力と人並み外れた才能が、かつての魔力をわたしへと及ぼした。そこには名探偵ホームズが座っていた。ヴァイオリンの名演奏家、ホームズ。「まだらの紐」の英雄、ホームズ。タバコの灰の権威、ホームズ。我が友、ホームズ。この部屋もまた、彼の記念建造物である。壁の上には、壁紙の代わりに拳銃の弾の痕による精巧な模様がある。スコットランド・ヤード全体を悩ませた犯罪を解き明かす際、彼がよく安閑《あんかん》として撃ち込んだ代物だ。書棚は彼が執筆した論文で埋め尽くされ、ドアの裏には驚くべき変装道具が幾つも掛けてある。わたしが着ているモーニングとボウラーハットでさえ、優秀無比な彼の頭脳の副産物である。「ホームズ!」彼の自負心のことなど全て忘れ、彼のノートから作り上げようとしていた血湧き肉おどる冒険物語の在庫のことすら忘れて、前代未聞の献身的感情にかられたわたしは叫んだ。「ホームズ、お帰り!」

細められた彼の目に、大いなる満足の色が浮かぶのが分かった。

「それでは教えてくれないか」とわたしは続けた。「本当は君の身に、何があったのか」

彼は椅子の中で身じろぎした。

「君はあんまり気に入らないだろうな、ワトスン君」と彼は言った。「だが君には教えておく方が正しいんだろう。僕の失踪は、君が騙されて僕が死んだものと思い込むよう、念入りに計画されたものだったんだ。モリアーティが僕を追いかけて殺そうとしている、と君に信じ込ませた。だが真実はそうではなかった。モリアーティに化けていたのは、スイスで僕と合流した兄に他ならないんだ。その後、僕たちはトルキスタンで犯罪を捜査していたんだよ」

「だけど、なんでまたそんな手の込んだ策略を？」とわたしは言った。

そこで彼は一瞬、ためらった。

「それがだね、ワトスン君、その理由は、あまり君にとって芳《かんば》しい内容ではないんだ。だが事実はだね、単に僕がもう君に耐えられなくなった、ということなんだ。君は言語に絶するほど、僕の神経を逆撫《さかな》でしたんだ。精神の平穏のためには、君が僕の側にいないことが必要不可欠だった。僕は君の忠実過ぎるほどの性格が分かっている。だから、一緒に来て欲しいとほんの少しでも匂わそうものなら、忠義心の方を優先して、患者を放り出してしまうだろうということも分かっていた。となると、僕が死んでしまったと君に思い込ませる以外に道はなかったんだ。ワトスン君、実はね、僕がもう生きてはいないと信じた途端に、君が自殺するんじゃないかとまで心配していたんだ——まあ、君はしなかったけれどもね。そこは少々僕の推理が間違ってたと認めねばなるまい。さあ、お望みとあらば責め立てても構わない。だけど兄も僕も、君には耐えられなかったんだ。かくして僕たちは、君をまいてしまうという、極めて単純な計略を立案したんだよ。そして今、君を抜きにしてはこれ以上何も出来ないということに気付いた僕は、ここへ帰って来たという訳さ」

彼の包み隠しのない態度に、わたしは言葉にできないほど心を動かされた。それと同時に少しばかり傷付いた。

「わたしのどこが、君の神経を逆撫でしたんだい？」

ホームズはもどかしげにかぶりを振った。

「君の帽子、君のコート、君の鈍感さ、君という個人の全てがだ」と彼は言った。

「それならどうして帰って来たんだい？」とわたしは問うた。「僕の帽子、僕のコート（もしくはそっくり同じ別なもの）、僕の——僕の鈍感さと僕という個人は、全てここにあるのに」

「分かっているよ、ワトスン君」と彼は言った。「だが今では、それら全てをあわせたよりも重要な何かを、君が持っているということが分かったんだ。君の頭と、僕の冒険を語る唯一の公式手段である君の文体が、抜きんでて平凡であること——それこそが、読者の心を完全に解き放ち、僕の行動を追って来られるようにするのだよ。君は僕のペン、僕の右手だ。そして僕は君の頭脳だ。僕たちは二人とも、単独では全くの役立たずだ。僕らは一緒に英国の読書界を支配するんだ。そんなわけで、ワトスン君、僕は帰って来たんだよ」

ホームズが話しているまさにその時、玄関の呼び鈴が桁《けた》外れの大きさで鳴り響いた。それに続いて、耳をつんざく悲鳴が何度も何度も聞こえた。「そして事件が僕らを訪ねて玄関までやって来ているよ」とホームズが言った。「僕たちの未来の活躍にはいい兆《きざ》しだね」

彼はあわただしくパイプを詰め直し、両目は半分閉じられ、部屋の空気はタバコの煙でねっとりと濃密になった。

「女将は外出中なんだ」とわたしは叫んだ。そうしないと悲鳴のために声が届かなかったのである。「だから呼び鈴には誰も応答しない。そうこうするうちに、ここの玄関口で誰かが殺されてしまう」

ホームズはうんざりしたといわんばかりに溜め息をついた。

「君は重要なものとそうでないものとの区別も出来ないんだね、ワトスン君」と彼は言った。

「あの悲鳴はおそらくボヘミア王妃の声音だが、苦痛によるものではなく、癇癪《かんしゃく》によるものだよ。静かになるまで待つことにしようじゃないか。そうしたら君が陛下をご案内してくれたまえ」

「君は最近、ボヘミア王室の方々にお会いしたのかい?」

「そうだ。僕は一国の王様に対してだって、なにがしかの奉仕をすることが出来るのさ」とホームズは言った。「それによって、僕はヨーロッパを戦争から救ったんだ。実に簡単な問題だったよ。彼は僕の奉仕に対する報酬として、ある意味では功績以上の価値がある、極上のダイヤモンドを贈ってくれたのさ。僕がさっき身に付けていたのは、君も気付いただろう」

呼び鈴のワイヤーは、とうの昔に壊れていた。だがお客様はご丁寧にも、ドアをどんどんと叩き続けていた。遂に悲鳴が止み、ホームズの合図を受けたわたしは、ボウラーハットを脱いで王妃陛下をお迎えに上がった。

並外れて美しい女性が、玄関口に立っていた。背が高く堂々たる容姿をしていたが、その顔は癇癪で歪んでいた。

「シャーロック・ホームズ氏のところへ連れて行きなさい」と彼女は言った。

わたしは先に立って階上《うえ》へと案内し、ドアを開いた。部屋は空っぽだった。だが、寝室の内側から家具を動かしてドアのバリケードにする音が聞こえて、我が友がこの手の問題を扱う際におけるいつもながらの用心を行っていることを物語っていた。

「そこにいるのですね！」と彼女は叫んだ。「出て来なさい、ミスター・ホームズ！　危害は加えませんから！　わたくしのダイヤモンドを返して欲しいだけです！　さもないとこの男を撃ちますよ！　彼がワトスンだと分かっています。寝室のドアのこちら側にバリケードを築いてから、建物に火をつけます。わたくしの短気さは分かってるでしょう」

このセリフで、いつになく激しい感情がシャーロック・ホームズを襲ったのは、間違いなかった。彼が隣の部屋で猛烈に身震いしたため、建物中が振動したほどである。

「王妃陛下、僕の友人に手出しはしないと誓って頂けますか？」と彼は尋ねた。

「あなたとかかわり合いになるのなぞ、まっぴらごめんです」と彼女は答えた。「出て来なさい！」

バリケードをゆっくりと取り去る音が聞こえ、やがてシャーロック・ホームズが現われた。彼の右手が感動的なまでの素早さでさっと動き、ダイヤモンドを王妃の手の上に置いた。

「喜んで王妃陛下に宝石をお返し致します」と彼は言った。「それは模造品でしたよ、十ポンドの価値しかありません」

彼女はちょっとの間、それを物珍しげに眺めていた。

「国王の大馬鹿者」と彼女は言った。「彼は、あなたが〝青い宝玉〟を盗んで英国に逃げたと、ロンドンにいたわたくしに電報を打って寄越したのです。ですが、これであなたが持っていたのがただのイミテーションに過ぎなかったことが分かりました。それはわたしが二流の式典の際に身に付けるものです。うさんくさい人たちが宮殿にいる際に、貴重な宝石を出しっ放しにしておく人などいません、ミスター・ホームズ。さようなら！　次にあなたがボヘミアから出て行く時は、ロバの背中に座ってということになりますわ、ロバの尻に顔を向けてね[5]」

　彼女が風のように立ち去り、しばらく静寂が支配した。やがて御馴染みの夢見るような表情が、我が友の顔に浮かんだ。

「少しばかり遺漏があったようだね」と彼は言った。「結局のところ、非常にありきたりな事件だった。いいかね、盗難は僕がボヘミアを去るまで発覚しなかったし、あの国は君も承知の通り、どこの国とも逃亡犯罪人引渡しの協定を結んでいない。よって、その点に関して僕は安全だ。だが例の宝玉はパリの宝石職人にざっと調べてもらっただけで、模造品だと確認された。それゆえ、僕は本物の宝石を盗んではいないんだ。ワトスン君にはあれがニセモノだとは言わなかったが、僕が国王と王妃のために事件を捜査していたと君が発表してくれれば、僕の威信を高めるのに大いに役立つんだ。それに僕の報酬がたった十ポンドの人造宝石だと君に教えてしまうと、僕が彼らのために重大な仕事をしていたということを信じてもらえなくなるからね。今や君も全てを知ったわけだが、僕の秘密を守ってくれると信じているよ。さもないと、文学市場における僕たち二人の立場が滅茶苦茶になってしまうからね。王妃は絶大な影響力をもった女性だよ」

　彼は、ヴァイオリンへと手を伸ばした。

「未発表の僕の小品を聞いてくれたまえ」と彼は言った。「明日になったら始めようじゃないか、新たな冒険の執筆をね」

第二の収穫

ロバート・バー

これまた、シャーロック・ホームズの復活後に書かれたパロディです。背景となるのは、一九〇四年クリスマス。『シャーロック・ホームズの生還』としてまとめられるシリーズが完結したのが、まさにこの月なのです。タイトルの「第二」という言葉は、この復活を意味しています。

作者は、「放心家組合」のユウゼーヌ・ヴァルモン探偵の生みの親として知られる、ロバート・バー。

この作品にはドイル本人が登場しますが、一緒に出て来るサー・ジョージ・ニューンズも実在の編集者で、ドイルの著作を多数掲載した「ストランド」誌を創刊した人物です。

そんな彼らのもとへ、シャーロック・ホームズが訪れるのです。そこで起こる事件とは……。

時は一九〇四年、クリスマス・イヴ。舞台となるのは、古風かつ閑静な田舎屋敷で、一八九六年に建てられたにしてはかなり前世紀に遡《さかのぼ》った感じである。それは深い渓谷の上部に位置していた。渓谷は腰の高さほどの羊歯《しだ》類で覆《おお》われ、原生林の残した古めかしい樹木に黒々と包まれていた。この邸宅からは、よその住居は全く見えなかった。公道と砦《とりで》とをつなぐ下り道は、ひどく曲がりくねっている上に急勾配だったため、地権者たる頑健な准男爵が危険なカーブを切り抜けようとして、自動車を転倒させたのも一度では済まなかったほどである。この荘厳な邸宅は、立地が孤立している上に建築様式も陰鬱なので、たまたま目にしたものたちは、一様にここは悪事が行われている場所であるという印象を受けたに違いない。実際にはこの地所は電気で明々と照明されていたにしても、納屋の東側にすえられた高感応発電機へと蓄圧器《アキュムレイター》が水流を送り込む、ばたんばたんという単調かつ規則正しい音が、静寂を妨《さまた》げるよりもかえって強調していたのである。

雨模様の日中が過ぎて、夕べは陰気かつ鬱々としていたけれども、その風景の陰鬱さゆえに、きらきらとした色付きガラスの窓が、クリスマス特別号の表紙のように目立っていた。ロンドンより四十から五十マイル離れたハインドヘッドの荒野の中に位置する、サー・アーサー・コナン・ドイルの家〈アンダーショウ〉(1)は、かような外観を呈していた。都会からこれほど遠く離れた土地では法律などどれほどのものでもないのであって、〈アンダーショウ〉の不気味な門扉の前を通り過ぎる際、地区を巡回する一人きりの警察官が身震いしてしまったとしても、意外なことではあるまい。

この田舎屋敷の広い部屋に、二人の男が腰を下ろしていた。その部屋には絢爛《けんらん》たる優美さが備わっており、人類文明の影響力から遥かに離れた一地方にあろうなどとは誰も予想だに出来ぬほどのものだった。男の一人は背が非常に高く、広い額と綺麗に剃《そ》り上げたがっしりとした顎は、その顔つきに決断力を付加しており、上唇を覆う濃密な黒い口髭がさらにそれを強調していた。彼の高潔かつ独立独歩の振る舞いには、どこか竜騎兵のようなところがあった。実際に、彼は苛烈《かれつ》な激戦に何度も参加していたし複数の軍人クラブ《クラブ》に所属していたのである。しかし彼の先祖が戦闘用棍棒を使用していたことや、ヘラクレスの如き肉体が彼に遺伝したということは、容易に判る。彼が手にしている「ストランド」誌のクリスマス特別号を一見するまでもなく、またそこに大きな活字で記されている名前を読み取るまでもなく、彼こそサー・アーサー・コナン・ドイルその人であった。

彼の客は、歳は取っているもののまだまだ男盛りという人物で、顎鬚は灰色を帯びており、名高き小説家ほど武人的な振る舞いはしておらず、軍人社会に属しているというよりも民間人の一員であることは、誰が見ても明らかだった。彼の漂わせている雰囲気はといえば、裕福な実務家で、賢明にして温厚かつ友好的、というものであった。非常に対照的なこの二人は、英国の繁栄に寄与する男たちの典型だった。クリスマス特別号の読者は、二人の老友が想像とは違って、田舎屋敷の中で晩餐《ばんさん》後、仲良く座っているだけだと知れば、十中八九がっかりするに違いない。関心の失せた読者の目には、かような状況の中から、惨劇の要素を見出すことはないだろう。二人はかなりくつろいではいたが、節度を保っていた。確かに手元にはウィスキーのソーダ割りがあり、葉巻の箱は開かれていたけれども、平静な気質の下には、半ペニー雑誌の小説家にのみ啓示される激情の可能性が秘められていたのである。それでは、この二人の男が大いなる誘惑の試練を与えられるまで待ってから、サー・ジョージ・ニューンズの廉直《れんちょく》ささえもが試練を無事乗り切るか否かを読者に判断していただこう。

「収穫は持って来たかね、サー・ジョージ？」作家は、懸念《けねん》の色を滲《にじ》ませた声で言った。

「持って来たとも」偉大なる編集人は答えた。「だが勘定に取り掛かる前に、我々の身に危険が及ばぬよう、安全を保つ指示を出しておいたほうが賢明ではないかね？」

「おっしゃる通りだ」とドイルは応え、電気ベルのボタンを押した。

使用人が現われると、彼は言った。「相手が誰だろうと居留守を使うように。誰が訪ねて来ようと、どんな用件だろうと、決してこの部屋に近付けてはならん」

使用人が引き下がってからも、ドイルは襲撃に対するさらなる警戒態勢を適切に取って、鉄製の飾り鋲《びょう》がついた堅固な扉の、太い閂《かんぬき》のうちひとつをしっかりと掛けた。サー・ジョージは燕尾服《えんびふく》の後ろポケットから二つの布袋を取り出すと、口紐を解いて、輝く金貨をたっぷりと滑《なめ》らかなテーブルの上に拡げた。

「確認してもらえるかな」と彼は言った。「全部で六千ポンドだ」

作家は座っている重い椅子をテーブルの方へ引き寄せると、硬貨を二つずつ数えていった。貴重な財貨を扱うのに慣れた者の手つきで、人差し指を伸ばして一組一組山から引き出していく。しばらくの間は、金貨のチャリチャリという音以外には全《まった》き静寂のままだったのだが、突如として、頑健なオーク製の大扉をも貫く、甲高い声が聞こえてきたのである。その鋭い叫び声が、サー・ジョージ・ニューンズの頭の中の、記憶の琴線に触れたようだった。やきもきと椅子の肘掛けを摑み、背筋を伸ばして座ると呟《つぶや》いた。

「他の誰でもなく彼が、他の何時《いつ》でもなくこの時に現われるとは」

ドイルは苛立たしげな表情を顔に浮かべてちらりと目を上げると、忘れないように呟いた。

「百十、百十、百十だ」

「不在だって?」と、叫び声が響き渡った。「たわけたことを! クリスマス・イヴには何人《なんぴと》であろうと我が家にいるものだ!」

「あなた様はそうでらっしゃらないようですが」と、使用人の声が聞こえる。

「僕? 僕には我が家などないよ、ベイカー街に部屋があるだけさ。君の御主人に会わねばならんのだ、今すぐにね」

「御主人様は、七マイル離れたロイヤル・ハッツ・ホテルで今晩開催される地元の舞踏会に参加するため、三十分前に自動車でお出掛けになりました」と使用人は応答した。たとえつまらぬ役目ではあるにせよ、想像的作品の産出に従事する一家の一員たる彼の頭に、もっともらしくも巧みな作り話が、無意識に浮かんだのである。

「もう一度言うぞ、たわけたことだ」と、甲高い声が聞こえた。「自動車の轍《わだち》が玄関前の地面に残っていたのは確かだが、パンク防止ベルトの痕跡に気が付けば、自動車は帰って来たのであって出発したのではない、と判るだろう。車は最後のにわか雨が降る前に駅まで行って、訪問客を乗せて戻ったが、その到着以降に雨は降っていない。玄関広間にある甲冑《かっちゅう》には泥がはねており、訪問客が着ていたものだと判る。その紋章は、印刷機の上に本が開いてあって、その上には鋏《はさみ》があるというものだが、これが示す持ち主は、第一に編集者、第二に出版業者、第三に印刷屋だ。英国の准男爵で、紋章の道具と符合する職業に就いているのは、サー・ジョージ・ニューンズだけだ」

「サー・アルフレッド・ハームズワースをお忘れでございますよ」と使用人が言った。彼はどんな応答も把握していたのだ。

思いもよらぬ返答に、しつこい訪問者は呆気にとられたとしても、その態度には当惑の色も見せず、平然と話し続けた。

「最後のにわか雨は六時十分前に降り出したのだから、サー・ジョージはウォータールー駅発の汽車で六時十九分にヘイズルミア駅に到着したはずだ。彼は夕食を済ませて、今この瞬間にはサー・アーサー・コナン・ドイルと一緒にくつろいで腰を下ろしている。それが居間であるのは間違いなしで、そこの照明が非常に明るく灯されているのは僕も目にしている。というわけで、君が快く僕の名刺を受け取ってくれれば……」

「ですが申し上げておりますようにですね」困り果てた使用人は、あくまで繰り返した。「御主人様は自動車で出発なさって、地元の舞踏会が開かれるロイヤル……」

「ああ、分かった、分かった。ああ、彼の甲冑もあるね。最近黒鉛で磨いたばかりで、紋章は立ち上がった自動車と、その上にうずくまるタイプライターだ」

「こいつは驚いた！」サー・ジョージは声を上げた。その両目には、邪悪な欲望の光が宿っていた。「一月号のストーリーに十分なくらい、あそこには題材が転がっているぜ、ドイル。どうだね？」

作家の穏やかだった顔付きが、酷《ひど》い渋面で台無しになった。

「だが」彼は厳《いか》めしく答えた。「あの男は、わたしに脅迫状を送り続けてきたんだぞ。あいつに脅されるのはもうたくさんだ」

「では、扉の閂を三重にしては」とニューンズは進言した。失意の溜め息をつきながら、椅子に寄り掛かる。

「君はわたしを、敵が現われたからと閂を掛けるような男だと思っているのかね？」ドイルは立ち上がって、激しい勢いで問い質《ただ》した。「いや、わたしは閂を外す。広間で、斧でお迎えしてくれるわ！」

「客間に入れた方が良いのではないかね、暖かいから」とサー・ジョージは、ドイルの怒りをなだめるべく、笑みを浮かべて提案した。

作家は返事をせずに、その晩の「ウェストミンスター・ガゼット」紙を金貨の山の上に拡げて、つかつかと扉まで歩くと大きく開け放ち、平然と言った。

「お客様をお通ししなさい」

入って来たのは、長身で冷静沈着な、穏やかな男だった。顔は綺麗に剃り上げており、鷲《わし》のように眼光鋭く、好奇心の強そうな鼻柱をしていた。

その訪問は、この特殊な局面において極めて厄介なものではあったけれども、作家の持ち前の礼儀正しさが、突然押し入って来たことに対する憤慨《ふんがい》の言葉を控えさせ、本来の客を招かれざる客へと紹介し始めた。それはあたかも、二人が等しく歓迎されているかのようだった。

「シャーロック・ホームズさん、サー・ジョージを御紹介する……」

「その必要は全くありませんよ」と、怒りを滲ませつつも淡々としたテナーの声で新来の客は言った。「緑のベストを着た人物は、熱烈なアイルランド自治主義の自由党員か、さもなくば緑系の色合いをした表紙の出版物の編集者に違いない、と即座に判りましたからね。そのベストに加えて、シャムロック(2)柄のネクタイが、目の前の人物がその両方であることを示しているから、この方がサー・ジョージ・ニューンズであるとするのも当然ですな。発行部数の方はいかがです、サー・ジョージ?」

「急上昇だね」と、編集人は答えた。

「それは喜ばしい」乱入者は、物柔らかに言明した。「外気の温度はというと、急下降していること請け合いです」

名探偵は電気ストーブの前に両手をかざし、ごしごしと擦り合わせた。

「その夕刊紙の下に合計六千ポンドの金貨があることも、僕には分かっていますよ」

ドイルは我慢出来ずにそれを遮《さえぎ》った。

「新聞紙を通して見ることはできない。君は新聞でそれを見たんだな。神かけて、そいつは紙面にたっぷりと載っていたことだからな」

「ちょうど申し上げようとしていたことですが」シャーロック・ホームズは、冷静に続けた。「時間を全く無駄にできない人物が、金を数えることで時間を無駄遣いしようとしているとは驚きですな。ソヴリン金貨一個の重量は百二十三・四四グレインだということはきっとご存じでしょう、ですから、もし僕があなただったら、台所の計量秤を持って来て、金を積み上げ、総量を鉛筆でもって計算しますね。あなたは二つの布袋に入った金貨を持って来た、そうでしょう、サー・ジョージ?」

「一体全体、どうやってそれが判ったんだ?」と、編集人は驚いて尋ねた。

シャーロック・ホームズは、勝ち誇った笑みを浮かべ、ぴかぴかのテーブル上に置かれたままの、二つの袋をさりげなく片手で指し示した。

「やれやれ、この手の話には、もううんざりだ」とドイルは疲れ果てて言い、一番手近の椅子へと腰を下ろした。「クリスマス・イヴだというのに、正々堂々とやれないのかね? 聖書には、お互いに騙し合いをせよとは書いてなかったじゃないか」

「その通りですな」とシャーロック・ホームズ。「本当は、今日の午後、キャピタル・アンド・カウンティーズ銀行(3)に入るサー・ジョージ・ニューンズを尾行したんですよ。彼はあそこで、六千ポンドの金貨を要求した。だがそれが常衡《じょうこう》だと九十六ポンド七オンスの重さになるし、金衡《きんこう》(4)でも軽くなる訳ではないことに気付いて、金貨は小さな袋二つにし、残りは英国銀行の紙幣にした。僕はロンドンから彼と同じ汽車に乗って来たけれども、僕が自己紹介する間もなく彼は自動車に乗り換えてしまったので、歩いて来ざるを得なくなった。それに峠《とうげ》で間違った分かれ道に入ってしまったおかげで、百年ばかり前に二人の悪漢が水夫を殺害したという、ご近所の恐ろしい場所に着いてしまったので、さらに遅れてしまったというわけです」

ドイルが口を開いたが、その声音には警告の色があった。「その一件から君は教訓を得なかったのかね？　君は危険極まりない土地に来たのだと気付かないのかね？」

「そして二人の悪漢の手に落ちたらしいと？」とホームズは問い返した。わずかばかり眉《まゆ》を上げたが、薄い唇《くちびる》の辺りには相変わらず爽やかな笑みを浮かべたままだった。「いや。事件のことを思い出して、僕は勇気づけられましたよ。殺されたのは、金を持った男でしたからね。僕は硬貨すら身に付けていないんですよ、たっぷり収穫があると予想してね」

「それ以上回りくどい話し方はよして、言ってくれないか。こんな夜遅くにここへやって来た目的は何だ？」

シャーロック・ホームズは溜め息をつき、悲しげに頭をごくゆっくりと振った。

「ドイル、僕は君に何もかも教えてあげてきたというのに、それほど簡単なことさえ推理できないなんてあり得るのかい？　どうして僕がここにいるかだって？　それはサー・ジョージがあの布袋に関して間違いを犯したからだ。あのうちのひとつを〝アンダーショウ〟へ持って来たのは全く正しかったけれども、もうひとつはベイカー街二二一Bへ置いていくべきだったんだ。今回のささやかな遠征を『第二の収穫』事件と呼ぼう。このテーブルの上にあるのが、二番目の収穫だ。かつて君は最初の収穫を手にしたが、僕が分け前として受け取ったものといえば、君の書いた小説の中で褒め称えるお世辞だけだった。まあ、うまい言葉だけではなんの足しにもならぬ、と言われるのはもっともだが、この場合うまい言葉で天罰を避けることもできなかったわけだ。第二の収穫に関する限りでは、半分を要求させて頂くことになる」

「わたしは君が想像するほど推理力に乏しいわけではない」ドイルは言った。彼の力量に対する相手の侮蔑的な言辞に、彼は見るからにいら立っていた。「君が入って来た時から、君の用向きはようく判っていたよ。わたしの推理では、サー・ジョージが銀行で金貨を受け取っているところを目撃したなら、君はウォータールー駅まで彼を尾行した」

「全くその通り」

「彼がヘイズルミア行きの切符を買った際には、君も買った」

「そう」

「ヘイズルミアに到着したら、君は友人のワトスン博士に電報を打って、居場所を報《しら》せた」

「それは間違いですな。僕は走って自動車を追い掛けたんだよ」

「君は確かに、どこかで誰かに打電している。さもなくば、少なくとも手紙を投函したはずだ。言うまでもないことだが、手紙には署名があった。以上の結論において、その点だけは譲《ゆず》れんね」

命運尽きたホームズは、自己陶酔がために破滅を迎えたのだが、ただ超越的な態度で笑みを浮かべているのみで、答えを待ち受けているドイルの焦がれるような視線には気付いていなかった。

「全くの間違いですね。僕はロンドンを発ってから後、どんな電報も出していなければ、いかような伝言も残していないよ」

「ああ、そうか」とドイルは声を上げた。「どこで間違ったか判った。君はわたしの屋敷までの道を尋ねただけだ」

「尋ねる必要なぞなかったよ。自動車の尾部ランプの後を追ったが、峠を上る途中で引き離されてしまったんだ。そこで見失ってしまい、僕は左へ進む代わりに右へと曲がったわけだが、こんな晩に道を尋ねられるような相手は誰もいなかったね」

「では、わたしの推理は的外れだったのかな」ドイルは、しわがれ声で言った。その口調は、サー・ジョージの背筋を上から下まで凍り付かせるほど、ぞっとするものだった。だが自己満足していたホームズは、その声から己の命運に気付くことはなかったのである。

「もちろん、そういうことになる」ホームズは、絶大なる自信をもって言った。

「君がロンドンを出発して以来、何も食べていないと推理したのも間違っていたかな？」

「いや、それについては全く正解だ」

「では、そこの電気ベルのボタンを押して誰か呼んで頂けるかな」

ホームズは喜んでボタンを押した。だが、三人が静寂の中で数分間待ち続けたにもかかわらず、応答はなかった。

「とするとどうやら」とドイルは口を開いた。「使用人たちはベッドに入ってしまったのだな。食べ物も欲しければ金も欲しい、という君の要求を満たしたら、わたしが自動車でお送りしよう。今晩ここに泊まりたいというなら話は別だが」

「ご親切にどうも」シャーロック・ホームズは言った。

「いやいやどういたしまして」ドイルが応えた。「ではその椅子を持って、テーブルの方に寄せてくれたまえ。第二の収穫を分配するとしよう」

彼が指し示した椅子は、部屋にあるどの椅子とも異なっていた。背もたれは真っ直ぐで、オーク材の肘掛けは両側とも板金で覆われていたが、それは洋銀のようだった。その椅子を前に動かそうとホームズが肘掛けを掴んだ途端、彼は短く喘《あえ》ぎ声をあげると、頭から床に倒れこみ、びくびくと痙攣《けいれん》した。サー・ジョージ・ニューンズは驚きの声を上げながら、弾《はじ》けるように立ち上がった。サー・アーサー・コナン・ドイルは腰を下ろしたまま、満足しきった神々しいまでの笑みを口元に漂わせていた。

「失神したのか?」とサー・ジョージは叫んだ。

「いや、純然たる感電死だよ。最後にニューヨークへ行った際、向こうの保安官から教わった、簡単な装置さ」

「なんてこった！　蘇生させられないのか?」

「ねえ、ニューンズ君」肩の荷を降ろしてせいせいしたといった様子で、ドイルは言った。「ライヘンバッハの滝で深い滝壺へと落下するかもしれないところを逃れ、後にその冒険を記録に残した人物でも、二千ボルトの電流を身体に流されればお陀仏さ」

「まさか本当に彼を殺害してしまったっていうんじゃないだろうね？」サー・ジョージは、恐れおののいて囁《ささや》き声で問うた。

「まあ、君の用いた言葉はどぎついが、この状況を要約するには実に的確ではある。腹蔵《ふくぞう》のないところを言えばだね、サー・ジョージ、我々はせいぜい殺意なき故殺者だったと断ぜられるぐらいでしかなかろう、というのがわたしの考えだ。つまりだね、こいつは強盗どもをお迎えするためのちょいとした発明品って訳さ。召使いたちは毎晩、ベッドへ入る前にスイッチを入れてこの椅子に電流を流す。だから、わたしはホームズにボタンを押させたのさ。椅子の横には小さなテーブルを据え、そこにワインのボトル、ウィスキーとソーダ、それに葉巻を置いておく。そうすれば、もし夜盗が侵入しても、そいつは必ずお楽しみを味わおうと椅子に腰を下ろす。かくしてご覧の通り、あの家具ひとつで、犯罪防止の手段として効き目十分というわけさ。埋葬するよう地元教区民に引き渡してきた強盗の総数からして、わたしがホームズを死なせたのは計画的ではないと証明されるだろう。この出来事は、厳密に言えば殺人ではなく、殺意なき故殺なのだ。我々二人とも十四年以上くらい込むことにはならんだろうし、我々は公共の利益のために活動を行ってきたという理由で、それも七年に短縮されることになるだろうさ」

「二人ともだと！」サー・ジョージは叫び声を上げた。「わたしが関係せにゃならんわけが、どこにあったというんだ？」

「何もかもだよ、サー・ジョージ、何もかもだ。あのお喋《しゃべ》りな阿呆めが話している間、わたしは君の目に、題材を求める貪欲さの兆《きざ》しである光を見た。実際に、君は一月号について言及していたような気がするしね。したがって、君は事前従犯ということになる。とにかくわたしは、あの卑《いや》しむべき輩《やから》を葬り去らねばならなかったのだ」

サー・ジョージは恐怖のあまりほとんど息も出来ずに、椅子に深くもたれかかった。編集者というのは慈悲深く、犯罪になど滅多に手を染めることはない。だが作家というのは非情な連中で、一冊の本を書くたびにたいてい重罪を犯す。ドイルはあっさりとからから笑った。

「わたしはこの手の行為には慣れている」彼は言った。「わたしが『白衣の騎士団』の中で、いかに人々を殺したかを思い出してくれたまえ。さあて、死体を運ぶのを手伝ってくれれば、何もかもずっとうまく行くのだがね。君も気付いたろうが、わたしは心得違いを起こした馬鹿者めの口から、奴が今日どこにいるかを知る者は誰もいないということを聞き出した。あいつは何週間もぶっ続けで姿を見せないこともしばしばだから、露見の恐れは実に僅《わず》かなものさ。手を貸してくれるかね？」

「そうせねばならんのだろうな」良心の呵責《かしやく》に嘖《さいな》まれつつ、サー・ジョージは叫んだ。

ドイルは、シャーロック・ホームズが到来してから見せていた物憂げな様子を、たちまちにしてかなぐり捨て、今度は彼独特の精力的な態度で動き回った。彼は屋外へ出ると、自動車を玄関前へと回した。それからホームズを担ぎ上げると震える客を引き連れ、外へ出て死体を後部座席へ放り込んだ。さらにシャベルとツルハシを車に投げ入れて、積荷全体に防水の覆いを被せた。ライトを点《つ》け、黙ったままの客を隣に乗せると、命運のかかった道中へと出発した。水夫が殺害されたという場所を経由する道を進み、延々と続く峠を猛スピードでロンドン方面へ走り下った。

「どうしてこの方角へ向かうのだね？」サー・ジョージが尋ねた。「もっと田舎へ進んだほうが、より得策なのではないだろうか？」

ドイルは荒々しい笑い声を上げた。

「君はウィンブルドン・コモンに土地を持っていたね？　君の庭園に奴を埋めないって手はないな」

「なんだって！」サー・ジョージは、ぎょっとして叫んだ。「よくもまあそんな計画を言い出せたものだ。庭園だったら、どうして君のところに埋めないんだね、この速度で突っ走るよりも遙《はる》かに安全だぞ」

「恐れることはない」ドイルは安心させるように言った。「我々の庭園を掘り返さなくても、適当な埋葬場所が見つかるさ。二時間以内には、ロンドン中心部に到着する」

サー・ジョージは恐怖し、この悪魔の如きドライバーを見つめた。完全に狂ってる。この広い世界の中で、よりによってロンドンへ向かうと言うのだ。間違いなく、この地上でも避けるべき場所のはずだ。

「車を止めて、わたしを下ろしてくれ」と彼は叫んだ。「一番近くの治安判事を叩き起こして、告白する」

「そんなことはしなくてもいいさ」とドイル。「ありとあらゆる場所が目の前に拡がっているというのに、ロンドンを目指す二人組の犯罪者がいようなどとは、誰一人として考えもしない、そう思わんかね？　わたしの小説を読んだだろう？　人は犯罪を行った時、できる限りロンドンから遠くへ離れようとするものだ。警察官なら誰でもそれを知っている。だから、ロンドンへ向かおうとする二人の男なんぞは罪もない訪問者ってことさ、スコットランド・ヤードにとってはね」

「だが、高速運転で捕まるかもしれないし、恐ろしい荷物のことも考えなきゃならん」

「田舎道を走っている間は安全だよ、それに都市近郊に入ったらゆっくり走るさ」

大型自動車がトラファルガー広場を後にしたのは、午前三時近くのことで、ストランド街(5)を東へと進んで行った。ストランド街の北側は、いつものように道路工事中で、敷設用の木製ブロックの山や、タールの入った巨大な釜や、舗装し直す際のごたごたによくありがちな残骸などを、自動車は巧みな運転で通り過ぎた。「ストランド」誌の表紙にジョージ・C・ハイトが実に写実的に描いた、サザンプトン街の向こう側の場所に、サー・アーサー・コナン・ドイルは自動車を駐めた。ストランド街に人気《ひとけ》はなかった。彼はツルハシとシャベルを掘削《くっさく》現場へと投げ入れ、道具を選ぶよう相方に素っ気なく言った。サー・ジョージはツルハシを選択し、ドイルはシャベルをせっせと動かした。ほとんど喋る間もなく、かなり大きな穴が掘り下げられたので、高名なる名探偵の死体がそこに横たえられた。まさに最後の土がシャベルで掛けられた途端、警官の厳《いか》めしい声が静寂を破ったので、サー・ジョージは力を失った両手からツルハシを落としてしまった。

「お二人さん、そんなところで何をしておられるのかな?」

「なんでもないんですよ、お巡りさん」いかような危急の事態をも見越していたかのごとく、よどみなくドイルは言った。「こっちの相棒はストランド街の監察官でしてね。ストランド街が補修工事中って時にこそ、監督責任があるんです。ここは交通量が最高だから……要するに、世界中のどの通りよりもしょっちゅう工事中だってことです。交通が流れている時には、思うように点検作業ができませんから、夜中に調査を行うってわけです。わたしは彼の書記です。まあ要するに、書くのが仕事です」

「ああ、分かった」警官は答えた。「それじゃお二方、さようなら、そしてメリー・クリスマス」

「あなたも良いクリスマスを、お巡りさん。ちょっと手を貸していただけませんか?」

法の守護者たる警官に助けられて、二人の男は地面の高さまでよじ上った。

その不吉な場所を自動車で離れてから、ドイルは言った。

「かくして我々は、今は亡きホームズを地上で最も賑《にぎ》やかな場所に葬った。誰もこんなところであいつを捜そうなどとは決して考えないだろうし、我々はクリスマスの贈り物一つくれてやるでなくあいつを片付けたってわけだ。我々は、あいつをストランドへ永久に葬り去ったのさ」

シャーロック・ホームズと〈ボーダーの橋〉バザー

作者不詳

二〇一五年、衝撃のニュースが世界を駆け巡りました。コナン・ドイルの書いた、知られざるシャーロック・ホームズ物の短篇が発掘されたというのです。

結論から言いますと、結局それはコナン・ドイル筆であるとは確認されませんでした（但し完全否定もされていません）。とはいえ「コナン・ドイル自身による未知のホームズ物が見つかったかも！」という出来事をリアルタイムで体験できたのは、なかなかの興奮でした。

それが、本作「シャーロック・ホームズと〈ボーダーの橋〉バザー」です。一九〇二年の発表なので、初期のホームズ・パロディとしても貴重な作品なのです。

編集長が原稿を推敲《すいこう》し、土曜日用の『バザー・ブック』の紙面構成をしながら言った。「時代遅れの歴史作家や旅行家は、もう十分だ。何か目新しいのが欲しいな。シャーロック・ホームズの談話を取るっていうのはどうだ?」

編集長が言葉にするだけで、それは実現される――とにかく、彼らはそう思っている。シャーロック・ホームズとは! 月世界の人間にインタビューしようと考えるようなものだ。だが、考えたことを編集長に全て伝えるべきではない。私には全く異存はありません、シャーロック・ホームズとたっぷり話をしてきます、と編集長に約束した。ですが、それには、ロンドンへ行かなければなりません。

「ロンドンだって!」上司は鼻で笑った。「君はそれでジャーナリストだと名乗っているのかね? 電報とか、電話とか、蓄音機を知らんのか? ロンドンへ行くだと! 君は、あらゆるジャーナリストは『フィクション協会』の会員たる資格があることを知らんのかね? 『イマジネーション権限』の利用資格があることも? その権限を利用すれば、何百マイルも彼方にいる人物にインタビューすることも可能となる。本人が知らぬまに無断で『インタビューされる』場合だってあるのだ。土曜日の印刷物のために、話題の記事をしっかり取って来るんだぞ。それではごきげんよう」

私は退出したが、こうして何が何でも記事を用意しなければならなくなった。ともあれ「イマジネーション権限」は、試してみる価値はありそうだ。

＊＊＊

スローン街の有名な家へ、私は驚嘆の目を向けた。ドアは閉じ、日よけが下げられている。私は建物の中へと入った――「イマジネーション権限」の利用者にとって、ドアはなんの障壁にもならないのだ。電球の穏やかな照明が、部屋を照らしていた。シャーロック・ホームズは、テーブルの傍《かたわ》らに腰を下ろしていた。ワトスン博士は、夜も遅いので帰ろうかと立ち上がったところだった。

シャーロック・ホームズは、近ごろ有名雑誌に書かれたように、断固たる自由貿易主義者だ。いっぽうワトスン博士は、ゴーシェン子爵（英国の政治家）が洒落《しゃれ》で言うように、マーテロー塔（イングランド海岸に設置された円形砲塔）の陰で酷《ひど》い目に遭おうとも、決して「屈服はしない」、穏健な保護貿易主義者だ。二人はちょうど、財政政策に関する激しい議論を終えたところだった。

ホームズは言った。

「では、次はいつ会おうか、ワトスン？　『秘密の戸棚の謎』事件の審問が、土曜日にエディンバラで引き続き行われる。ちょっとスコットランドに行ってもらえないかい？　後日活用できる重要情報が手に入るだろう」

「申し訳ない」ワトスン博士が答えた。「君と一緒に行きたいのはやまやまなんだが、先約があってそうはいかないんだ。とはいえ、その日わたしはスコットランドの人たちと会ってるんだよ。わたしもスコットランドへ行くんだ」

「おや！　ではその時、君はボーダー地方へ行ってるんだね」

「どうしてわかったんだ？」

「全て推理の問題だよ、ワトスン君」

「説明してくれるかい？」

「よかろう。人は何かの話題に夢中になっている時に、いつしか秘密を明かしてしまうものなんだ。折に触れて君と僕は財政上の問題について議論してきたが、その際に気付いたことがある。君はある思想に反対する立場を取って、君の言うところの〝いわゆる〟改革の推移について繰り返し述べたが、その改革は人々の自発的行動によるものではなく、マンチェスター学派の政治家たちが大衆に対して与えた圧力によるものにすぎないのだ――と主張していた。そこに言及する中で、君は『世の中をひっくり返した』ところの『わいらとマインチェスター』という、独特の言葉遣いをした。ぼくは『わいら』という言葉が気になって、たくさんの著作物を調べたものの語源は全く判らなかったのだが、ある日、地方新聞を読んでいて同じ表現に気が付いた。ホーイク（スコットランド南東部ボーダーズ州中南部の町）の住人は、改革の進捗状況を調べるときにそのような表現をする、と書かれていたのだよ。『わいらとマインチェスター』が道を示してくれた。

それで『ワトスンはホーイクのことを知っているのだ』と僕は考えた。君がぼうっとしている時にノルウェーの神トールの奇妙な歌を口ずさんでいるのを何度か聞いて、僕はこの見解を追認した（スコットランドのオークニー諸島は旧ノルウェー領）。おまけに幾つか問い合わせをし、南部地方に住む友人に手紙を書いて、『テリバス』紙を手に入れたんだ（「テリバス」はホーイクのスローガン）。そこで僕は結論を出したんだ――何かが進行しているとね！　ホーイクの何に引き寄せられているんだい、ワトスン？」

「素晴らしい！」ワトスンは言った。「それで――」

「カナダの貿易を妨害するため、関税障壁を引き上げるドイツ政府の決定について、君は『サワー・プラム』の問題だと述べた（サワー・プラムはボーダーズ州中央部の町ガラシールズの菓子の名）。また応接間では何度か、我々の友人であるご婦人に、素敵な古い歌『素敵な、素敵な、男の子たち』（スコットランド民謡）を唄ってくれと頼んでいた。好奇心をそそられた僕は、その古いバラッドを調べて、ホーイク付近の小さな街に言及があることを発見し、ようやく見えてきたんだ。ホーイクが君の頭の中に場所を占めているんだ、ガラシールズと同じようにね――それはもう明らかだ。最後に残る問いは『なぜ』ということだった」

「今のところすべて正解だ。それから」

「このあと、話は更に細部に踏み入る。僕がノーウッドの建築業者を親指の痕跡によって逮捕するに至った経緯[2]を君に話していた時、なんとも驚いたことに君はぼくの推理を全く聞いておらず、調子よく――実に調子よく、陽気な歌を唄っていたんだよ、ワトスン。『森の花』という曲だ（スコットランド王ジェイムズ四世軍にまつわる民謡）。そこでぼくは次に、その関係の権威から話を聞いて、悲劇的でありながらも美しいその歌がセルカーク（スコットランド南東部の旧州。現在はスコティッシュ・ボーダーズ州の一部）と特別な関わりを持つ、ということを知った。君にも覚えがあるだろうワトスン君、コモン・ライディング（ボーダーズ州の行事）の話題になると、自分が急にどれだけ熱狂的になったか。ジェイムズ四世の歴史、特にフロッデンの地（ジェイムズ四世のスコットランド軍がイングランド軍に大敗した土地）について、どんなに研究したか。それらの事柄が全て、思索家の秩序ある頭脳に語りかけてくるんだよ、ワトスン。ホーイク、ガラシールズ、セルカーク。その組み合わせの意味するものは？　この問題を解かねばならないと悟った僕は、『分割された家の悲劇』事件について議論した晩、君が帰った後でタバコを山ほど配達してもらい、マントを身体に巻きつけて、一晩じっくり考えて過ごしたんだよ、ワトスン君。朝になって君が訪ねて来た時には、問題は解き明かされていたんだ。もう証拠を積み増すことはできないが、君は次の議会選挙戦のことを考えている、という結論に達した。ワトスン、君はボーダー地方を視野に入れているんだ！」

「正直に言うとそうなんだ、ホームズ」とワトスンが言った。

「それで土曜日には、どこを訪ねるんだい、ワトスン？」

「セルカークへ行くつもりなんだ。そこのバザーで開会の辞を述べる約束があるんだよ」

「橋の復興のだね、ワトスン？」

「そうだよ」ワトスンは驚いて答えた。「だけど、どうしてわかったんだ？　その話は君にしていないのに」

「言葉ではしていないね。だけど君の行動が、君の考えていることを明かしているのさ」

「ありえない！」
「説明させてくれたまえ。一週間前、君は僕を訪ねてきて、マコーレーの『古代ローマ詩歌集』を見せてくれないかと頼んだ（僕がマコーレーの著作を高く評価し、一揃い所蔵していることは、君も知っている）。ぱらぱらと見た後、君はその本を借りていった。一日か二日後にそれを返してくれた際、僕は『ホラティウス叙事詩』のページに紙の栞《しおり》が挟まっていることに気づいた。その栞に鉛筆の跡が微《かす》かに残っているのを見つけたのだが、『締めの言葉に相応《ふさわ》しい』と記されていた。ワトスン、君も知っての通り、この叙事詩は全て橋を守ることを語ったものだ。君の挨拶《あいさつ》がいかに素晴らしい言葉で終わるか、確認してみよう——

主人が鎧《よろい》を修繕し
兜《かぶと》の羽飾り直す時
夫人の編具が颯爽《さっそう》と
編機の中を行き来する時
泣き声と笑い声を伴う。
尚も物語は語られる——
如何《いか》にホラティウスが橋を守ったか
古《いにしえ》の勇敢なる時代に

――君もそういう偉業をなす決意を固めた、と僕には思えるのだがね？」

「全くその通りだよ！」

「では、ごきげんよう、ワトスン君。土曜日の後は、君と同行できたら嬉しい。ボーダー地方へ行くときには、ホラティウスの言葉を忘れずに。『強敵に立ち向かう以上の死に方があるだろうか』。しかし、その言葉はただのたとえだからね。よい旅を、そしてバザーの成功を！」

第Ⅱ部　もどき篇

続いては、ホームズもどきが登場する作品をどうぞ。

ホームズもどきとは、シャーロック・ホームズをもじった名前の付いた連中です。シュロック・ホームズをはじめ、シャーロー・コームズ、ピックロック・ホールズ、シャーリー・ホームズなどなど、枚挙に暇《いとま》がありません。

我が国で紹介されている中で、ホームズもどきが登場する一番有名な作品はモーリス・ルブランの『ルパン対ホームズ』でしょう。あれはシャーロック・ホームズ本人じゃないか、ですって？ 確かにそのように直している翻訳が多いですが、あの探偵は原文では「エルロック・ショルメス」なのです。フランス語読みなのでそうなりますが、英語読みすると「ハーロック・ショームズ」です。これは最も多く用いられているホームズもどき名でしょう。シャーロック・ホームズ（SHERLOCK HOLMES）のファーストネーム最初のSを、ラストネームの頭につけるだけで完成する、簡単なアナグラムですから。実際、本書にも複数のハーロック・ショームズが登場します。

シャーロック・ホームズを出さずに、ホームズもどきとしているだけに、話の方も茶化している場合が多いです。どうぞ眉《まゆ》をひそめたりなさらず、気楽にお読み下さい。

南洋スープ会社事件

ロス・マクドナルド

早速、ハーロック・ショームズが登場致します。相棒も、ワトスンならぬソトワン。そして話の中身も、ドタバタの極みです。さぞかしユーモア作家が書いているかと思いきや、なんとハードボイルドで有名なロス・マクドナルドではありませんか！　ならば、リュウ・アーチャーばりにハードボイルドなセリフを吐くかと思えば、そういう訳でもありません。

というのも、ロス・マクドナルドが本作を書いたのは高校生の時で、これが初めて活字になった作品なのです。ダシール・ハメットの『マルタの鷹』を読んだりはしていますが、まだ自身でハードボイルドは書いていないのです。

若さゆえなのか、古さゆえなのか、ギャグが現在の我々にはいまひとつピンと来ないところもありますが、そこはご容赦を。

覇気満々たる若き探偵、ハーロック・ショームズは、付け髭をした口であくびをすると、コカインのソーダ割りを一杯ついだ。続いて、オッドフェローズ独立共済会の仏領インドシナ支部から入手したビルマ製のへんてこな陶器を、こぶしで軽く叩いた。こうやって、頭の鈍《にぶ》い助手ソトワンを呼ぶのだ。間の抜けた表情を浮かべたソトワンが、のろのろと部屋に入ってきた。

「やあ、ソトワン。『魔除けジャーナル』一九二七年三月一日号を読んでいたところを、邪魔してすまないね」

ハーロックの驚くべき明晰さと洞察力とに、ソトワンは畏怖《いふ》の念を喚起され、立ちすくんだ。

「ええっ、どうしてわたしがあの雑誌を読んでいたと分かったんだい？」

ショームズは笑みを浮かべると、解説した。

「まず、きみの鼻の頭に、生乾きの焼き石膏《せっこう》がぽつんとついているね。この下宿で生乾きの焼き石膏があるところといえば、隣の部屋にある、今朝がた僕が修理したジュリアス・シーザーの胸像の鼻だけだ。とすると、きみの鼻は胸像の鼻に触れたに相違ない。僕は、ソトワン君が肉体的にも精神的にもサルにそっくりなところがあることを知っているから、君が自分の見た絵をひとまねしたに違いないと考えた。この家の中で鼻と鼻を突き合わせている絵がある唯一の場所は、『魔除けジャーナル』一九二七年三月一日号だけだ。そいつには、僕も数年前に目を通していたのさ」

驚倒したソトワンが気を取り直すと、ショームズは呼び出した用件に入った。

「ソトワン君、南洋スープ会社[1]から、あそこの探偵部長職に志願した件で、受諾の返事は来たかい？　あの会社のオイスタースープの中から牡蠣《かき》を探し出すという仕事のさ。なに、不採用だって？　そんな馬鹿な！」

そう言った途端、ショームズはくしゃみをした。

「ははあ、電話だな！」

ショームズの電話機は、電話がかかってくるとベルが鳴るかわりに一定量のガスが放出されるよう作られていた。このガスには、くしゃみを引き起こす特殊な性質があるのだ。そんなわけで、不快な騒音を抜きにして、電話がかかってきたことがショームズには分かるというわけである。

ショームズは受話器を取った。電話に出るやいなや、相手が茶色のスーツを着た六十三歳の男で、十八回の結婚歴がある人物だと彼は察知した。

緊迫した声が言った。「ショームズさんでらっしゃいますか？　おお、今すぐ南洋スープ会社の事務所に来てください。オックス＝テイルビー氏が殺されたんです！」

ショームズが実際にはないほこりを眉毛から無造作に払い落とし、衣服をさっと脱ぎ捨て、改めてその服を着なおすと、ハンサムで知的な青年の姿が、憂《うれ》いに沈む善良そうな若者の姿へと変わったのである。続いて部屋を飛び出すと、階段を一歩で八段ずつ駆け下りながら、靴ひもを結び、阿片パイプに火をつけた。

彼は走るタクシーに声をかけたが、結局自分の自転車に乗って、走るソトワンを後ろに引き連れ、南洋スープ会社の事務所へと向かったのである。

すっ飛ばして事務所に飛び込んだ彼は、ベストのボタンを飛ばしてしまった。

事務所の床には、大麦事業部の小石理事であるオズワルド・オックス＝テイルビーの死体が転がっていた。胸には銃弾による傷があった。眼識の高いハーロック・ショームズには、完全に死んでいることは明白だった。

ショームズは、一秒間たっぷりと考え込んでいた。それから、口を開いた。「ふむ！　ソトワン君、ライムハウス地区の僕の協力者レアリング・ライリーのところへ行って、ジャマイカ・ジョーを捜すよう頼んできてくれたまえ」

それから十七分四十五秒間、部屋にいた被害者の友人や同僚たちは、思案にふけるショームズの顔を見つめていた。そこへソトワンが、後ろに何者かを連れて部屋に入ってきた。

ショームズは、自分のネックレスから実際にはないほこりを無造作に払い落とすと、口を開いた。「みなさん、ご紹介いたしましょう！　ミス・ジョゼフィーン・バートリー、通称ジャマイカ・ジョーです！」

その人物は、女性だったのである！

「ミス・バートリー」とショームズが言った。「あなたのことを美しいと言った人は、これまでにいましたか?」

その女性は、顔を赤くした。「ええ、おります。わたしの恋人は、よくそう言ってくれますわ」

名探偵は勝利の雄たけびをあげ、彼女の腕をつかんだ。「彼の住所を教えるんです!」

彼女から通りの名と番地を聞いたショームズは、その住所にある家へと自転車で爆走した。戸口へ駆けつけると、激しくドアを叩き、出てきた男にさっと手錠をかけてしまった。口を開くひまも与えず、男を自転車のハンドルの上に放り出すと、ヘラクレス並みのものすごい馬力を発揮して、事務所へとこぎ戻った。

「この男が犯人です!」ショームズはモカシン(2)から実際にはないほこりを無造作に払い落とすと、言った。この靴は、南極大陸で甲虫を採集した際に手に入れたものである。

一同が声を上げた。「なんですって?」

「おそらく皆さんは説明をお求めのことでしょうな」名探偵はそう言うと、リトアニア語の文法入門書を取り出し、勉強を続けた。

全員一致で説明を求めているのは明らかだった。

ショームズは語り始めた。

「この部屋へ足を踏み入れて、最初に僕の注意をひきつけたのは――あそこの辞書は別にしてですが――死体に残っている銃創でした。これで僕は、皆さんもご記憶に違いない、有名なウガ＝ウーラ事件を思い出したのです。あの事件でも、殺された男には銃で撃たれた痕がありました。この二つの犯罪の類似性は、皆さんに御披露した通り驚くべきものであり、それゆえに僕は同一犯による犯行だと推理したのです。あのウガ＝ウーラ事件は既に僕が解決済みですが、警察に犯人を報《しら》せるのを忘れていました。殺人犯は、ブラック・ブリアストーンなる人物です。

一か月前のことですが、ライムハウス地区の僕の協力者レアリング・ライリーから、ブラック・ブリアストーンはこのジャマイカ・ジョーという女性の恋人だと報告が入りました。ブラック・ブリアストーンは以前、ウルワース[3]で買った眼鏡をかけていました。視力が非常に悪いのです。ブリアストーンが彼女の恋人だという情報を確認するため、彼女のことを美人だと言った人はいるかとジャマイカ嬢に尋ねました。彼女は自分の恋人がそう言ったと答えましたが、彼女を美人だと言うのは目が悪い人間だけですから、彼女の恋人は視力が悪いのだということになります。そこにいる男は彼女の恋人であり、度の強い眼鏡から皆さんにもお分かりの通り、視力が悪い。そしてブリアストーンも視力が悪いのです！　この一致は実に重要でありまして、オズワルド・オックス＝テイルビーを殺害した犯人は、ジャマイカ・ジョーの恋人であり、皆さんの目の前にいるブラック・ブリアストーンなる人物なのです」

その時、取り巻く人々の輪から歩み出たのは、チキンスープ事業部の馬肉処理監督、ピーター・P・スープだった。彼は口を開いた。

「ハーロック・ショームズ、私には無実の人物を絞首台へ送ることはできない。オズワルド・オックス＝テイルビーを殺したのは、私だ。チキンスープの先週の生産分に私が子牛肉をまったく入れなかったと、ひどいあてつけを言ったからだ。だが、私は入れた！　たくさん入れたんだ！　なあみんな、そうだろう？」彼は懇願するような顔で、かつての同僚たちへと振り返った。

「いや、あんたは入れなかった。入れたのは馬肉だけだ」と一同は言った。この決定的な言葉を聞いて、ショームズはボクシング・グローブから実際にはないほこりを無造作に払い落とした。そのグローブは、義和団《ボクサー》の乱の際(4)にインド北部で手に入れたものである。そして彼は、殺人を認めたピーター・P・スープへと飛びかかった。

だがスープは、馬肉をたたいて若鶏なみに柔《やわ》らかくする作業で、長年鍛《きた》えられてきた男だ。その力強い拳のひとふりで、ショームズは開いた窓の外へとふっ飛ばされてしまった。落ちた先が草地だったので、ショームズは無事だった。

ほんとうについたたくさんのほこりを無造作に顔から払い落とし、ショームズが事務所へと駆け戻った瞬間に、ピーター・P・スープが小さな白い丸薬を口に入れたところだった。ショームズは吐き出させようとしたが、時すでに遅く、スロットマシンのコインのように呑《の》み込まれていたのである。数秒のうちに、その恐ろしい効き目があらわれ始めた。スープは床にくずおれ、手足が徐々にこわばっていった。今わのきわに、彼はスロットマシンにはお馴染みである懐かしの歌『ちとせの岩よ』(5)を口ずさんだのであった。

かくして探偵能力を証明したショームズは、南洋スープ会社の探偵部長として迎えられることとなった。

だが彼は、オイスタースープの中から牡蠣を見つけ出すことはできなかった。牡蠣殻のボタンは、いくつか見つけたのだけれども。

ステイトリー・ホームズの冒険

アーサー・ポージス

続いてのホームズもどきは、「ステイトリー・ホームズ」です。相棒は、ワトスンならぬサン・ワット。

作者は、パズラーの名手として知られるアーサー・ポージス。その腕前が十二分に発揮された傑作です。

しかも、事件を持ち込むのは、誰あろうヘンリー・メリヴェール卿。密室ミステリを得意とする、ジョン・ディクスン・カーの生んだ名探偵です。それゆえ、この事件も密室物です。

被害者は、なんと超有名なあの方です。さらには、容疑者たちときたら……万が一誰が誰やら判らない場合は、註をご参照下さい。オールスターキャストを、そして驚愕の大トリックを、どうぞお楽しみ下さい。

英国の探偵ステイトリー・ホームズ[1]は、長い腕を伸ばして炭酸水製造器《ギャソジーン》を下ろし、グラスに大きな丸薬を三つ入れると、琥珀《こはく》色の液体で満たした。わたしはそんな彼を同情の目で見守っていた。彼が「気体遺伝子症候群[2]」なる珍しい遺伝病を患《わずら》っていることを、わたしは知っていたのだ。その症状はというと、抑鬱症の発作だったり、室内でピストルの射撃訓練をするという強迫観念だったり、ヴァイオリンを膝に載せれば巧く弾《ひ》けるという奇妙な妄想だったりするのだった。幸いなことに、メンデルという名の修道僧がこの病気を発見したので、現在ではホームズも、十分な治療を受けているのだった。

我が友は液体をぐいっと飲み干したが、グラスの底に丸薬が三つとも残ってしまったので顔をしかめた。驚くべき器用さで丸薬をひとつずつ弾《はじ》き飛ばすと、マントルピース上方の壁に愛国的にも「V.R.」と綴《つづ》った弾痕へと、放り込んでしまったのである。

「僕が本当に必要としているのは、何か知的な、夢中になれる事件であって、薬物などではないんだよ、サン・ワット君」彼は苦々しげに言った。「君ならば遺伝病のことは理解しているだろう――シーク教徒のはずだからね」

わたしは真っ黒い頬髯をなでながら、同意のしるしにうなずいてみせた。

「生まれながらのシーク教徒でさ、だんな」

その時、階段からどすんどすんと重たげな足音が聞こえ、同時にわたしたちのスウェーデン人の家主、ハトサット夫人の何やら抗議するような声が聞こえた。そしてドアがばっと開くと、赤紫の顔色をした、たるのような体型の巨大な男が現われた。

「やれやれ」ホームズは物憂げに言った。「サー・ヘンリー・メリヴェール(3)が、密室の謎を携《たずさ》えてお越しのようだ」

「ええ腹の立つ！」訪問客は、憤然とわめいた。「儂《わし》が仕事を始めた途端、誰も彼もがその中身を知りおる！」

「初歩的なことですよ」ホームズはつぶやいた。「あなたは他の類《たぐい》の事件を手がけたことはありますか？　あなたは屋外か密室でない場所で殺された人を知っていますか？　いたとしても、僕らは聞いたこともありません」

「儂はその道の大家ということだからな」H・Mは誇らしげに言った。「その手の事件は、常に儂のところへ持ち込まれるのだ。他の探偵のようにドアのノブを回して真っ直ぐに部屋へ入るというのがどういうことか、忘れてしまったわ。そう、儂はその道の大家だからな」彼は繰り返した。その声には、哀しげな色があった。「だが今回の事件はな、ホームズ君、若造を呼び出さねばならなくなった――儂には分からなくなってしまったのだ」

「今回、密室で殺されたのは誰なのか？」ホームズは考えを口に出した。「厚さ四フィートの鉄筋コンクリートに守られ、施錠された銀行金庫室内で、しかも凶器が発見されない状況で、刺し殺されたのは誰なのか？　または、氷に覆《おお》われた海の千八百フィート下に沈んだ潜水艦の中で絞め殺されたのは誰なのか？　それとも――」

「アテネの執政官！」Ｈ・Ｍはホームズの言葉をさえぎり、にらみつけた。やがて彼は恥じ入ったように、大きな顔をどす黒い赤色に染めた。「失礼、こいつはフェル博士[4]の口癖だったな。それにしても腹の立つ！　なあ、若いの――」

「事実をお願いします」ホームズはずばりと話をさえぎった。「まず最初に、被害者から」

　メリヴェールは、巨大な禿げ頭をなでた。

「マープルという名の老嬢[5]だ」彼は目をしばたたかせた。「実は、儂らの仲間のひとりでな。犯罪を嗅《か》ぎつける鼻を持った、手練手管の巧みな女性だった。聞いたこともないほど腐敗しきった小村[6]の出身でな。幾らもらおうとも、あんな村で一夜を過ごすのはご免だ」

「興味をそそられますな」ホームズは、さめた口調で言った。「ですが、殺人の状況をお願いします。僕には事実が必要なんです」

　訪問客は憤激した。

「事実だと！　おい、若いの――」一瞬、彼は激情のあまり言葉に詰まったが、ホームズが顔色を変えないのを見て、冷静さを取り戻したようだった。「とある廃屋に、老朽化した地下室があってな」彼は顔をひどくしかめて、話を続けた。「子どもたちが入り込んでは危ないということで、一年前、所有者はそこを密閉せねばならなくなった。彼は完璧な作業をした――ドアも窓も、コンクリートでがっしりと塗り固めたのだ。手抜きなしに、数インチの厚さにだ。唯一、パイプの類が通っていた直径五インチの丸い穴だけが残った。儂らが入るには、ツルハシで壊して二時間もかかった」

ホームズは目をきらめかせた。

「素晴らしいじゃないか、ええ、サン・ワット君」

「こんちくしょうめ！」メリヴェールが咆哮《ほうこう》した。「君はまだ、肝心の問題点を聞いておらんのだぞ。ようやくのことで中へ入ったところ、儂らが目にしたのは、老嬢が手足を全てバラバラに切断されて――」

「――七八年のボンベイで発生した、『黒スイレン事件』と同様だ」ホームズは落ち着いた口調で言葉を差し挟んだ。「いまだ未解決の事件だ。世に新しきものなどなし、ですよ、サー・ヘンリー」

「いや、それがあるのだ！」H・Mは、鼻息も荒く言った。「いいかね、君――彼女の両腕、両脚、頭部、その全てが切り離され、胴体はニシンのように縦にまっぷたつに切り裂かれておったのだ。被害者の頭部を切断するのは例があるが、しかし――」

「今回の事件は少しばかり徹底していますな」ホームズが言った。「とはいえ――」

「ええい全く、儂に喋《しゃべ》らせてくれんか！　その道の大家の言うことにも、ちっとは耳を傾けてくれ。バラバラにされた体が、すべて胴体に糸で縫い付けられていたのだぞ――職人技とも言うべき巧みさで、文字通り縫い合わされていたのだ。半分ずつの胴体も、同じように縫い合わされておった」彼は、鋭い眼光でわたしたちをねめつけた。

ホームズはそれを見て見ぬふりをして立ち上がると、そわそわと大またで室内を歩き始めた。

「縫い付けられていたとはね！」ホームズは声を上げた。「ねえＨ・Ｍ卿、一体全体、どうしてそんなことを――」

「天の思《おぼ》し召《め》しというやつだ」と、むっつりした声が返ってきた。

「手掛かりはないんですか？　容疑者は？　動機は？」

「手掛かりだと？」サー・ヘンリーがわめき声を上げた。「いいかね、君。犯人はその場で被害者の頭を殴って殺害し、衣服を剝ぎ、ソーセージみたいに切り刻んだ上で、彼女を元通り縫い合わせてから、ぶらぶらと外へ出たのだ。儂らにとって悩みの種は、コンクリートの壁を――もしくは猫にしか通れないような小さな穴を、犯人がいかにして通り抜けたか、ということだ。単純であろうが、ええ？　直径が五インチしかない穴だ。そこ以外の石やモルタルのところは、出入りの痕跡は全くなかった」彼は話を止めると、わたしたちを順に恐ろしい目つきでにらみつけた。「動機かね？　そいつは簡単だ。ミス・マープルは殺人犯を追っていた。彼女は例のごとく、愛する自分の小村に住む一人の無邪気な男が同じ特徴を持っていたことから、犯人を特定したのだ――その特徴はある種の趣味だ、と彼女は示唆したけれども、詳しくは語らんかった。にやにや笑って、まだ確証はないのよ、と言うだけだった。だが、彼女が目星をつけていた容疑者が、三人の男の中にいるということは、判っておる」

「それは素晴らしい！」ホームズが声を上げた。「すいすい進むじゃないですか。では、その三人の男について教えてください」

「まず最初の男は」とH・Mは言って、また、ひどいしかめ面《つら》をした。「医者だ」

我が友は、酸のしみがついた両手を、満足げにこすり合わせた。

「いいですね。人体を切り裂く能力も道具も持っている。何者ですか？」

「それが実に立派な人物なのだよ。ちくしょうめ。マープルが何を考えていたのか、分からんわい。その男は社会的に、上流の部類に上り詰めることだろう。礼儀正しい青年で、名をジキル[7]という」

ホームズは考え込んだ。やがて、自分で作成した分厚い人名録へと手を伸ばした。彼は一心にそのページをめくった。「アノー[8]、ジャベール[9]——ふうむ、ジキルはないな。実におかしいぞ、サン・ワット。確か君も耳にしたことのある名前なんだが」

「君は以前、彼の手袋を調べてから、言ったじゃないか」とわたしは思い出して言った。「この男は、見かけだけの人間ではない、って」

ホームズは顔を輝かせた。

「それだ。やっと思い出した。あれは上品な人物のするような手袋じゃなかったんだ。それが明確な手掛かりだった——いいですか、よく聞いてください、サー・ヘンリー。僕らはジキル博士の最近の動向を知りません。彼はきっと、二重生活を送っているに違いありません」

「これでは進展がありませんな、ホームズさん——ちくしょう、こいつはレストレード警部の言い草だったな。気をつけないといかんな」

「次の容疑者を」と、ホームズがせっかちに促した。

「嫌な奴だ。クァジモド[10]という名の侏儒《しゅじゅ》だ。英仏海峡の向こうからやって来た下層民だよ」

「侏儒ですって？　それに直径五インチの穴？　これはまた実に暗示的じゃないですか、H・M卿」

「そうでもないのだよ、君。彼は確かに小男だが、脊椎《せきつい》湾曲なのだ。肩幅は儂よりも広いほどなのだ。太鼓腹は儂ほどではないがな。とはいえ、彼が殺人を犯す可能性は否定できん。あいつは間違いなく、おつむがちょっと足りないのだ。片思いをしていると儂はにらんでいるのだが」彼はいわく言いがたい目つきをして、顔を歪ませた。「いつも老嬢マープルを待ち伏せしては、〝エスメラルダ[11]〟と呼んでいたのだぞ」

「では、三人目は？」

「これもいかれた奴だ。年老いた船乗りで――正確には捕鯨船の船長だ」

いきなり、ホームズが歩みを止めた。

「捕鯨船の船長ですと！　早く名前を言って下さい！」

「エイハブ。エイハブ船長[12]だが」H・Mの声には、当惑の色があった。

「そうじゃないかと思ったんだ！」ホームズは声を上げた。「狂信者の、エイハブ老船長。さあ、これで謎は解けましたよ。何もかも、これではっきりした。すぐに考え付いてしかるべきだったんだが」

サー・ヘンリーは、怒りに溢《あふ》れる巨大ガエルのように膨《ふく》れ上がった。

「おい、ホームズ君——！」

「さあ、サー・ヘンリー」我が友がさえぎって言った。「エイハブの見事な模型船を見たことがないなんて言わせませんよ。ロンドンの船具商にならどこにだって飾ってありますからね」

「模型船だと！」H・Mの首のうしろが、暗紫色に染まった。

「瓶の中の船ですよ。この奇怪な犯罪の手口は、もう明らかになったんです」

「ちくしょうめ！　君はよもや——」

「そうなんです。あり得ないことを取り除けば、なんであれ——えー——それは——サン・ワット君、僕のあのいまいましい格言は、このあとどう続くんだったかな？」

「——あとに残ったのがどれほどありそうにないことであっても、真実にほかならない」と、わたしは素早く続けて言った。

「ああ、そうだった。助力ありがとう。エイハブが地下室の外でミス・マープルを殺害したのは明らかです。エイハブは、彼女が自分を追っており、逮捕されるかもしれないと悟りました。もしそうなったら、想像上の鯨を追い続ける狂った追跡行が、妨《さまた》げられてしまいます——この追跡行ゆえ、彼は世界中の港で物笑いの種になっていたのですが。かくして彼はミス・マープルを殺したわけですが、凶器は何か重たい鈍器——おそらく鯨の骨でできた彼の義足でしょう。それから彼女の身体を切り刻み——これは鯨切開用ののみを使用したものと推測されます——バラバラ死体を直径五インチの穴から密室の中へと押し込んだのです。そして——」ここでホームズの声は、無意識のうちに感嘆の響きを帯びていた。「——船の模型を作るのと同じやり方で、彼女を元通り組み立てたんです。長い柄のついた道具を同じ穴に突っ込んで、縫い合わせたのです！　彼ほどの腕力と技量があれば、それは実に簡単なことでした」

「ホームズ！」わたしは声を上げた。「なんと素晴らしい推理だろう。完璧そのものだ」

苦痛の発作で、ホームズの顔が歪んだ。またしても、気体遺伝子症候群だ。メリヴェールとわたしは、抜き足差し足で部屋から出たのであった。

ステイトリー・ホームズの新冒険

アーサー・ポージス

「ステイトリー・ホームズの冒険」の続篇です。

警告！

あなたは「ステイトリー・ホームズの冒険」をお読みですか？　万が一お読みでなければ、今すぐ先にそちらをお読み下さい。

と申しますのも、本作の冒頭で（次のページです！）、いきなり前作の犯人を明かしてあるからです。

今回も、事件を持ち込むのはヘンリー・メリヴェール卿です。ですから、やっぱり密室物です。

被害者も、（前作ほどではないかもしれませんが）やっぱり有名な探偵です。そして今回は、ほんのチョイ役までミステリ界の有名人勢ぞろいです。

しかも、今回はスペシャルゲストも登場します。それは、ステイトリー・ホームズの……。

我が友、英国の名探偵ステイトリー・ホームズは、公式な栄誉を受けることはなかったが、幾多の事件を解決してきた。実際、名探偵と名高いスコットランド・ヤードの刑事や私立探偵の多くが、ホームズの天才的頭脳のおかげをこうむっていたのである。

彼がいかにしてヘンリー・メリヴェール卿を手助けし、ミス・マープル殺害犯の正体をつきとめたか、読者はご記憶であろう。殺人犯エイハブ船長は捕縛の手を逃れたが、彼の船ピークオッド号が鯨に沈められた際に、海の藻屑《もくず》と消えたものとみなされている。少なくとも、唯一の生存者である、弁舌巧みなお喋《しゃべ》り者――必然的にヤンキーということになる――が数か月後に語った話では、そういうことになっている。ホームズは常々、あれは典型的な船乗りのホラ話以外の何物でもなく、冷酷な船長がアメリカで生存しているのは疑う余地がない、と主張しているのだった。

ミス・マープル事件以降たびたび訪問者がやって来たが、わたしはその中でも小男のベルギー人[1]のことを特によく覚えている。卵のような頭と少々滑稽な口髭の持ち主で、捜査を助けてもらいに定期的に通って来ていた。彼は探偵業で成功するには、考え方がごちゃごちゃし過ぎていた。いつもホームズが謎を解き明かした後で、我が友の謎解きが彼の小さな灰色の脳細胞をたいそう鍛《きた》えてくれたから、もうどんな事件にも対処できるし、二度と助力を頼むことはない、と言っていた。実に妙な話ながら、彼には事件を依頼してくる裕福な顧客がたくさんいるらしいのだが、莫大な報酬をホームズに分配しようと申し出ることは滅多になかった。

このことでわたしが何か憤慨《ふんがい》に満ちた言葉を言ったところ、我が友はただ笑うだけだった。「サン・ワット君」ホームズは言った。「知的活動は僕にとって生命の源そのものなんだ。人間が空気を吸ったからって、報酬は期待しないだろう?」

丁度それと同じ日のこと、またしても彼のもとへ、ウェスト(2)という名の長身でハンサムなスコットランド・ヤードの警官が押し掛けてきたのである。彼は妻と、両手にしがみついた二人の子どもとを連れて、我々の部屋へ飛び込んできた。その姿は、まるでオークの木にヤドリギがくっついているようだった。

我が友は、植民地からの来訪者にも、乱暴なやり方のアメリカ人にも、助力を惜しまなかった。わたしが覚えている男は、シカゴか、もしかしたらオレゴンか、とにかく米国西部のどこかからやって来た、マレット——いや違う、ハマー(3)だ——という名の人物で、女性の犯罪者をロンドンまで追って来たのだ。彼はセヴンダイヤルズ地区で彼女を見失い、力添えを求めてホームズを訪ねて来たのだった。我が友は矮小な日本人漁師に変装し、フィッシュ&チップスの売店に潜伏していた女性を遂に見つけ出したのである。アメリカ人の探偵は、本国への犯罪人引渡しを請求するかわりに、黙って彼女のどてっ腹をダムダム弾で撃ち抜いたのだが、その時にホームズが見せた恐怖の表情を忘れることはできない。

「いつだって、俺が裁判官で俺が陪審員なのさ」と彼はホームズに言った。「政治的な干渉抜きに、公正な裁きを確実にしようと思ったら、このやり方しかないんだ。これがアメリカ人のやり方なのさ」そして、彼は誇らしげに付け加えた。「あんたたち英国人は、殺人が起きてから犯人を吊るすまで、三週間も待ったりするって分かってるんだ」

しかしながら、我が友に軽蔑されたことには、彼もさぞかしきまり悪く感じたに違いない。後に彼は、トラピスト修道会の修道士になってしまったのだ。

だが、あまり脱線し過ぎてはいけない。未公開の事件記録を保存している古いブリキ箱[4]があるのだが、その中から驚くべき事件の記録が見つかったのである。それはミス・マープル殺害事件と恐ろしいほど似通っており、やはり非常に不可解な密室の謎に関わるものだった。

そしてこれまた、この手の謎めいた問題には定評のある専門家、ヘンリー・メリヴェール卿が関わっていた——だがすぐに彼の手に負えなくなってしまったのも、前回通りだった。

当時、わたしはひどく身体を壊していた。原因は、かつて首から踵《かかと》の間のどこかに命中した、ジザイル弾による古傷[5]である。傷の正確な場所を、わたしはどうしても覚えておけないのだ。

ステイトリー・ホームズの助力が求められても、彼はただこう言うだけだった。「皆さん、申し訳ありません。シーク教徒の友人の看病をしているので、今はどんな事件もお引き受けできません」わたしのノートによれば、スコットランド・ヤードのギデオン[6]やミラー[7]、私立探偵のフォーチュン[8]、キャンピオン[9]、プリーストリー[10]、それにスペード[11]といった有名な人々まで追い返していたのである。

とはいえ、ダウニング街十番地(12)にコネのあるメリヴェール卿のような人物を断るのは、全く無理だった。彼は、いつものように入って来た。浜に乗り上げたばかりの怒れる海の巨獣といった態《てい》で、いら立って咆哮《ほうこう》し、後ろには我らがスウェーデン人の家主、ハトサット夫人がおずおずと続いていた。

「ほう！」彼は、ホームズが薬品の入ったフラスコ数本を相手に作業しているのを見て、声高に言った。「また悪臭の元を作っとるのかね、おい！」ぎろぎろとねめつけて、我が友を実験用ベンチから引き離すと、無理矢理も同然に椅子へと移動させた。

「ええ腹の立つ！」彼は嘆いた。「どうしてこの手の事件は、必ず儂《わし》の身に降りかかるんだ？またしても密室殺人事件だ。しかも今抱えとる別の十五件を超える、不可能犯罪だ。儂はその道の大家だからな」そして彼は、得意げに付け加えた。「だが、さすがに限界だ。時々刻々と、持ち込まれてくるのでな」

「それで、ホームズを頼って来たというわけですね」わたしはベッドから、少々意地悪く言った。

彼の首の後ろが、不気味な赤紫色に染まった。

「それ以上、お前のシーク教徒流ジョークを言ってみろ！」彼はわめいた。「おい、サン……」

「よろしければ、事実関係をお願いできますか」ホームズがなだめるように割って入った。

「事実関係だと？　それがなんの役に立つ？　そんなものにはちっとも意味があるとは思えん。

儂に必要なのは、理論だ」

「僕の手法はご存じでしょう」ホームズは固執するように言った。「事実、それが第一ですよ、サー・ヘンリー。すみませんが」

「ああ、よかろう」彼は大きな顔に恐ろしげな表情を浮かべたまま、我々をにらみつけた。「やれやれ大変だ！　全く最悪だよ。誰が殺されたか、知っておるかね？」

我が友はかぶりを振った。「僕はサン・ワットの面倒を見るのに手一杯で、新聞を丹念に読む暇《ひま》はなかったんです」

「おやおや――この一件は『タイムズ』紙上には見つからんよ。もみ消されとるのだ。それも不思議ではないがね。儂らと同類の、フレンチ警部[13]が殺されたのだ」

「なんてことだ！」わたしは叫んだ。「ジョーゼフ・フレンチ……最高の名探偵のひとりだ」

「フレンチも気の毒に」とホームズは言って、気持ちを掻き乱されたように椅子から立ち上がった。「彼の仇《かたき》を討たねばなりませんね。警察は、犯罪的暴力から免れねばならない。さもないと、法にとって致命的となる」そして、彼は配慮深く付け加えた。「実際は、フレンチは第一級の探偵ではありませんでした。だが、警察官の鑑《かがみ》であることは間違いない。うすぼんやりのベルギー人よりは何歩も先に進んでいたが――」

「格付けなぞはどうでもいい」メリヴェールがわめいた。「やるにしても、公平にやりたまえ、ホームズ。今は亡きフレンチほど、複雑な時刻表を素早く作り上げられる者は他におらんかったぞ。驚くべきことに、それが何ページにもわたっとったのだ。Bは九時四分に下車し、濡れた砂利道を十分三十秒、砂の上を十二分四十秒歩いた。それから車で四十九マイル、時速五十四・六キロで走った――こんな手順だったのだ」

「事件がどのようにして起こったのか、話してくれてないですよ」と我が友が言った。

「それが分かっていたら、ここには来ておらんわ」H・Mが怒鳴った。恐ろしく険悪な表情が、大きな赤紫色の顔を立て続けによぎった。

「例のミス・マープル事件や、そのひとつ前の事件や、その他のとんでもない全ての事件とそっくりでな。最悪だ、ちくしょうめ！　フレンチが発見された部屋は鍵がかけられ、窓には鉄格子がはまっていた。何物かが、背後からココナッツの実で殴ったのだ。死体の横の床には、半分完成した時刻表が落ちていた」

「自殺ではありませんか？」ホームズが思いついたように言った。「一箇所、小数点以下五位のところで計算を間違ったんだ。そして絶望のあまり、自殺した」

「自殺だと！」ヘンリー卿が怒鳴った。「自分の後頭部を激しくぶっ叩いてか？　儂だったら、どうやるにせよもっと複雑な自殺をするわい」彼はうなるような声で言った。敵意に満ちた顔の下、四角張った首の両側に、紫色の縞模様がよぎった。

「あなたがおっしゃった、鉄格子の間はどれぐらい開いてます？」

「六インチ以上はないな。それにその場に固く錆《さ》び付いている。ドアは、全く開かない。重厚なオーク材製で、金属が取り付けられている。実際には鍵が掛かっていたわけではないのだ、忘れないように。ドア枠に、歪んだまま錆び付いているだけなのだ。その部屋は一種の地下牢で、六十年間開かれたことがないのだ」

「ということはですね」ホームズは言った。彼の鋭利な顔つきが、活気づいて輝いた。「フレンチ警部の死体が発見されたのはある種の牢獄の中で、そこには鉄格子の窓と絶対に開かない扉がある、というわけですね」

「その通りだ」ヘンリー卿が陰気な声で言った。

「横には時刻表があった、と」

「そうだ。典型的なフレンチの仕事だ。(14) 八ページばかりの覚え書きだ」

「では、以上の事柄から明らかになるのは？」

「なあ、若いの。そこに何か有用な事柄があったら、儂はここへ姿を見せん。フレンチはいつも通り、全ての容疑者の所要時間を計算しておった。人数は一ダースほどだ。フレンチはいつでも、居間の猫に至るまで、全員を疑っていたからな」

「現時点では、彼はどんな事件を捜査していたんです？」

「サー・チャールズ・サザーランドの農園で起きた、五万ポンド盗難事件だ」

「どうやってそんなに稼いだんです――？」

「彼は食品加工業者なのだ。燻製《くんせい》、乾燥、缶詰、その他、新鮮な食料品をだいなしにすることならなんでもやる」メリヴェールは怒鳴った。

今やホームズは、部屋を歩き回って、奇妙にも顔を赤くしていた。わたしは、ホームズの体に遺伝病「気体遺伝子症候群」の発作が急迫しているのでは、と危惧《きぐ》して、薬品で一杯の炭酸水製造器《ギャソジーン》に不安な視線を投げかけた。

「要するに、フレンチは英貨五万ポンドもの盗難金を、取り戻そうとしていたのですね」

「それにもちろん、犯人もだ。その男は、サー・チャールズ・サザーランドが開いた金庫の前に立っていた時に、背後から殴ったのだ」

「何もかも大困惑ですな」我が友が言った。「フレンチはどうやって現場の部屋に入ったんだろう？　それに何ゆえに？」

「やれやれ全く！」H・Mはわめき声を上げ、いらだちで顔面が紫色に染まっていった。「それが問題なのだ」

「彼は手掛かりを追っていたんじゃないかな」とわたしはほのめかしてみたが、無視された。

「僕は、データ抜きでは推理できない」ホームズが不満げに言った。「そして、現場に行かずしてこの事件を手がけることはできない。だがサン・ワットが病気《シック》で……」

「彼がシーク教徒なのは、誰でも知っとる」メリヴェールが言った。「論点を混乱させるな。捜査を始めるにはもう十分にひどい状態なのだ。ええい全く。もうひとつ密室事件が起きてみろ、儂はアフリカへ行くからな。人がみんな草の小屋に住んでいるような場所だ。そんなところなら密室を探しても——絶対に見つからないわい！」

「解決法は見つかると思いますよ」我が友が、鷲《わし》のような顔を輝かせて言った。「このロンドンでひとりだけ、現場へ行くことなく、純然たる推理力によって、この謎を解ける人物がいます。それは、僕の兄のトラクトです」

「トラクト・ホームズ[15]だって！」わたしはベッドの上に起き上がって叫んだ。「だが君は常々、彼が自分のクラブから外へ出ることは絶対にない、と言っていたじゃないか」

「絶対にないことはないよ。滅多にないだけだ。それも僕のためにだけだ」彼が入り口へと歩み寄り、下に向かってハトサット夫人を呼ぶと、彼女はすぐに上がって来た。ホームズはあわただしくメモを走り書きすると、彼女に渡して言った。「給仕の少年を、リアル・エステート・クラブ[16]のミスター・トラクト・ホームズへ使いに出して下さい。数学的に部屋の中心に当たる位置、暖炉《だんろ》から四ヤードのところで、グレイのスモーキングジャケットを着ているのが彼です」夫人が立ち去ると、ホームズは酸のしみがついた両手を、満足げにこすり合わせた。

「さあてみなさん、強大な知性の持ち主が働くところを、ご覧に入れましょう。ご心配なく、ヘンリー卿。僕の兄なら、こんな事件はすぐに解き明かしてしまいますよ」

「あのなあ」メリヴェールが異議を唱えた。「けつを椅子に乗せたままこの事件を解決出来る奴など、どこにもおらんぞ」

「トラクト・ホームズ以外には、どこにもね」我が友は穏やかに答えると、化学器具の方へと戻った。それから一時間、兄を待っている間、ホームズは助力を求めて来た探偵たちを断り続けた。それはヴァンス[17]、トレント[18]、デュパン[19]、ウィムジイ卿[20]といった面々で、自分のことを「思考機械[21]」と呼ぶよう強要する、頭と身体の大きさが明らかにアンバランスな教授もいた。

だがついに、ゆっくりとした、さも気が進まなげな足音が階段から聞こえたかと思うと、巨体の男がハアハアと息を切らしながら入ってきた。彼は不機嫌そうな顔をしていた。

「わたしの平穏を妨《さまた》げるに足るだけの、よほどの理由があるんだろうな、ステイトリー」彼は冷ややかな声で言うと、ヘンリー卿の顔を何か信じられないものでも見るかのように検分した。

「最高の理由だよ」とホームズは兄に請け合った。「非常に不可解な犯罪だが、僕はデータを集めに行けないんだ。サン・ワット君がこの通り病気《シック》で、僕の看護を必要としているからね」

「彼がシーク教徒なのは分かっとる」とトラクトが言った。「わたしの視力に異常はないから、彼の黒くて濃い顎鬚はよく見える。わたしにはそれで証拠は十分だ。お前ならば推理力の全てを費やさねばならんところだろうが」そして彼は意地悪く付け加えた。「それほど髭のもつれた男性は薬物が必要だと判断するのにな」

「これ以上、シーク教徒ジョークを言ってみろ」メリヴェールがわめいた。「絶対に、儂はそいつを殺して――」

「どうか気を散らせないでもらいたい」ホームズの兄がさえぎった。「わたしを心地よい炉辺から、このようなみすぼらしい場所に引っ張り出した事件は何なのか、ということだ」

「それは外《ほか》でもない、正直で有能な警察官が惨殺されたんだよ」ホームズが厳粛に言った。「もちろん、僕ならば容易に謎を解けるけれども、事実を少しも集めずにはできない。しかし兄さんならば、具体的な情報がなくとも、ものともしないじゃないか。とはいえ、分かっていることだけは話しておこう」

ホームズは分かり易い言葉で簡潔に、フレンチの死体が発見された状況を述べ、動かないドアと固く留められた鉄格子のことを強調した。

彼がその場を支配して要約を話し終えると、トラクトは座ったまま十分間以上じっと動かず、メリヴェールが不機嫌そうに見つめているのに気付きもしなかった。やがて彼は口を開いた。

「サザーランド。その名前には聞き覚えがある。わたしのクラブへの入会を反対された男だ。あまりにも粗野過ぎてな。彼が財を成した主な手段は、コテージをたくさん建てては高すぎる値段をつけて売るというものだった。ハイフンで結んだファミリーネームを使っている俗物である、わたしらの例のいとこみたいにだ。彼を覚えているだろう――確か、ジェラルドといったかな」

「もちろん覚えてますよ」ホームズが言った。「ジェリイですよ、ジェリイ・ビルト‐ホームズ[22]だ。実に卑《いや》しい奴でした」

「おい、二人とも」メリヴェールが不服げに言った。「いいか、妹も、いとこも、おばも、この際どうでもいい。誰がフレンチを殺したのか、それともう一点、ちくしょうめ、犯人はいかにして部屋に入りそして出て行ったのか？　さらに言えば、フレンチは一体全体どうやって入ったのか？」

「さて、皆の衆」トラクトがぴしゃりと言った。「問題点は明らかになったようだ。フレンチは大柄な男だったかね？」

「いや、それほどでは」とホームズが答えた。「身長は五フィート八インチ（約百七十センチメートル）、体重は十一ストーン（約七十キログラム）だった」

「これでもう推理は完了だ」トラクトは静かに言った。「君らはサザーランドが何を得意としているか知らんだろう」

「ええ」

「彼はドライフルーツを作っているのだ。その業界では、大型プルーンを効率よく乾燥させられる者は誰もいなかった。牛肉もだ。さて、人間の肉体はほとんどが水だ、ということを思い出していただこう。何が起こったかははっきりしている。サザーランドはフレンチを地下牢の外で殺害し、夜間、死体をひそかに自分の大工場へと運び込み、干からびて縮んだ塊になるまで乾燥させたのだ。そうだな、せいぜい二十ポンド（約九キログラム）というところだ。彼はこの骨のように細い塊を鉄格子の間から押し込んでから、ホースを使って水を噴きかけ、死体を元の大きさにまで戻したのだ。いやはや、これより取るに足りない謎はないな」

「だが、どうしてだ？」メリヴェールが吼《ほ》えた。「フレンチはサザーランドのために働いておったのだぞ」

トラクトは、うんざりしたとばかりに頭を振った。

「一瞬でも頭を使えば、簡単なことだぞ、ヘンリー卿。サザーランドは盗難事件をでっち上げ、金を着服したに違いない。フレンチは、お得意のとんでもない時刻表を武器に、真相に迫っていたのだ」

「そしてその時刻表を死体の横に残したのは、単に、警察に対する挑戦を演じてみただけなんだ」とステイトリー・ホームズが声を上げた。

「大体そんなところだろう。サザーランドは、フレンチの時刻表からその意味を見出すことの出来る人間はひとりもいないことを知っていたのだ。さて、勝手ながら、わたしはクラブへ帰らせていただくとしよう」

彼が立ち去ると、H・Mはわたしたちをにらみつけ、重厚な声で言った。「なんと、彼は正解を見つけ出してしまった。何事も密室の中に限るということか。儂も実践してみるとするか」

そして、彼はゆっくりと出て行った。

ステイトリー・ホームズは、小さくうめくと、炭酸水製造器へと手を伸ばした。遺伝病の、気体遺伝子症候群だ。メンデルがこの病気を発見したのが残念だ。

ステイトリー・ホームズと金属箱事件

アーサー・ポージス

ステイトリー・ホームズ・シリーズ、第三作です。

第一作、第二作はヘンリー・メリヴェール卿が密室殺人事件を持ち込むというパターンでしたが、本作は全く趣《おもむき》が異なります。

前二作では、奇想天外ながらも一応は論理的に事件が解決されるのですが、本作は打って変わってナンセンスな物語になっています。それでも、面白いことは折り紙付きなのですが。

英国貴族の若者が持ち込んだ、謎の金属箱。ステイトリー・ホームズは、この箱に打ち勝つことができるのでしょうか……。

英国の探偵ステイトリー・ホームズは、トップ卿に会って、英国上流階級の典型的な若者というものを知った。トップ卿は背丈が六フィート四インチ（約百九十センチメートル）、体型は大柄で、ブロンドで青い目、ソフトかつ美しい声で話すけれども、片手のこぶしを固めれば、ノックダウンの一撃が準備完了だ。無礼な下級生や不愉快な同級生、もしくは尊敬に値せぬ上級生にまで、出会い次第凄まじい一発をお見舞いする用意ができている。

にもかかわらず、十五ストーン（約九十キログラム）以上もの筋肉を我々の肘掛け椅子に収めた姿には、どこか哀愁に満ちて人の心を魅了するところがあった。古い革張りの肘掛け椅子は、その重荷にぎしぎしと不平を漏《も》らしていた。

「ホームズさん」若者は言った。「本当に絶望的なんです。あなたが最後の頼みの綱です。あなたのお兄さん、トラクト・ホームズ氏が、あなたは探偵としても科学者としても超人的な技術の持ち主だと、教えてくれました。僕は今すぐにでも金持ちになれるはずなんです。ですがまだ貧乏なのは、すべてこの——伯父がくれたこの忌々しいガラクタのせいなのです。これをご覧下さい！」彼はブリーフケースを開くと、ホームズの机の上に、金属製の箱を投げ出すように置いた。机が、衝撃で振動した。その物体は、ビスケットのブリキ缶ほどのサイズで、張り出し窓から差し込む陽光にぴかぴかと輝いていた。

「まず最初に、シーク教徒の友人で、大切な助手であるサン・ワット君を紹介しておこう」ホームズが言った。トップ卿はわたしの手を握った。その手は一日中、痺《しび》れたままだった。

「箱についてだが」ホームズが、筋張って酸のしみがついた指で箱をつつきながら、話を続けた。「注目すべき点は、これが僕の知らない合金でできているということだ。それはつまり、科学的に全く未知のものであるということなのだよ。継ぎ目がどこにもないし、蓋《ふた》も開口部もない」

「あなたは一瞬でこの物体の本質を見抜きましたね！」若者は声を上げ、ホームズを驚異の目で見た。「今は亡き僕の伯父は非常に奇矯《ききょう》な人間でしたが、最高のマッド・サイエンティストだったのです。彼の遺言書は、僕に莫大な財産を遺すというものなのですが、それがこの容器の中に入っているのです。これまで、誰もこの箱を開けることはできませんでした。伯父は何年も前にアメリカへ移住したのですが、その地から僕宛てに送られた最後の手紙には、僕が財産を相続できるかは、このパズルを解き明かせるかにかかっている、と分かり易くほのめかしてありました」

ホームズは、拡大鏡で箱を綿密に調べた。

「君の伯父上は驚くべき人物だ！」ホームズは声を上げ、興奮に両眼を輝かせた。「これは素晴らしい金属だよ」

「伯父はいかれてました」若者は苦々しく言った。「なにせ、女王陛下の叙爵《じょしゃく》者一覧に載って、自分の称号を授かる際、彼は禿げ頭を叩いてこう言ったんですよ。『儂《わし》はトップ男爵になるのだ！』とね。変わってるでしょう、ホームズさん」

「興味深い。実に興味深いね」我が友は上の空で言った。彼はまだ箱をひねり回していたのだ。「これは開けられないと言ったね。僕の推理では、ただやみくもに力を加えても壊せない、ということも意味するのだがね」

「その通りです、ホームズさん。僕は英国最高の科学者たちを訪ねました。傲慢《ごうまん》なチャンセラー教授[1]のもとへまで赴きました。彼は毛深い野獣のような人物で、先史時代の生物を収集しています。彼はこの箱を見て、極めて穏やかに言いました。おそらく棍棒で破壊できるけれども、そうすることには興味がない、と。そこで僕は謝礼を申し出たのですが」トップ卿は、憤然と付け加えた。「彼は階段の二階下まで僕を投げ飛ばして、僕の新しい帽子を踏みつけて、僕の頭に傘を叩きつけて壊しました。魅力的な御婦人である彼の奥さんが割って入るまで、猛烈な凶暴性を発揮し続けました」

「僕の兄も、興味を示さないと思うね」

「おっしゃる通りです。彼は、科学は低俗な題目だから、関わるのはホームズ兄弟の一人だけで十分なのだ、と言ってました」

「それでは」と我が友は言った。「何が出来るか、やってみることにしようか。まずは化学薬品だ」

　それから二時間、ホームズは手元にある全ての酸とアルカリ液を試してみたが、輝く金属にしみひとつ残せたものはなかった。彼は、危険な潜在力を持つ未知の液体、イングリッシュ・コーヒーまで使ってみたが、役には立たなかった。

遂に彼の鷲《わし》のような顔が険しくなり、口を開いた。「ここでは、これ以上のことは出来ない。大学の研究所へ行って、実験機械を使わねばなるまい。今すぐ下へ降りて、辻馬車をつかまえることにしよう」

ケンジントンには、工学技術系の学生のために設置された、巨大な装置があった。これは直径一インチの鉄筋を、黒砂糖菓子のようにねじ曲げることが出来るのだ。ホームズは、ステライト合金の刃を適切に調節し、手馴れた巧みさで制御盤を操作した。それに従って、鋭利な刃が箱の一角へと降下した。彼はゆっくりと、圧力を増加させた。千ポンド、二千ポンド……五千……二万……十万。そして遂に、巨大な機械のフルパワー、二十五万ポンドの圧力が、謎の金属箱へと加えられた。ここでホームズは信じられぬとばかりに頭を振って、圧力を解除した。箱には傷ひとつ付いていなかった。彼はしばらく沈黙のまま立ち尽くしており、その困惑ぶりが見て取れた。しかし我が友がそう簡単に敗北することはなかった。

「箱はどのようにして君に届けられたのかね?」彼は鋭い声で、トップ卿に尋ねた。

「伯父の死後、アメリカから郵送されて来ました」

ホームズの眉毛が、ぴくりと大きく動いた。「それは本当かね」彼はまたしても、しばらく黙ったままだった。「包み紙は取ってあるかね?」

「妙な話ですが、取ってあるんです。どうして取っておいたか、自分でも分かりません」

「それが欲しいな――それと箱もだ。僕に考えがある。最後の手段だが、その包装用紙さえ希望を繋いでくれれば……」

「何をなさろうというんです？」少年が関心にあふれて尋ねた。

「僕なりの手法というものがあってね」ホームズは秘密めかすように言った。「僕を信じてくれないと」

「やあ、もちろん信じてます」トップ卿が言った。「何もかも、あなたにお任せしますよ」

その晩ずっとホームズは、ヴァイオリンを膝の上に置くというパガニーニ[2]を困惑させるような姿勢で演奏したり、炉棚に向かって拳銃を撃って愛国的にも「ミセス・ジョン・ブラウン[3]」という文字を弾痕で綴《つづ》ってみたり、それを代わるがわる繰り返していた。

やがてトップ卿のメッセンジャーによって包装用紙が届けられ、我が友はそれを食い入るように見つめた。消印を素早く調べると、ホームズは勝利の喜びに叫び声を上げた。

「サン・ワット君！」彼は叫んだ。「まだチャンスはあるぜ。やることはひとつ。獲物は放たれた――君をアメリカへ派遣することだ」

「わたしの患者はどうすればいいんだ？」わたしは尋ねた。

「彼らには執行猶予を与えるのさ」と彼は言った。わたしにはその言葉が理解できなかった。

この物語とその大団円のために、合衆国への旅については省略しよう。わたしが帰還した晩、ホームズはトップ卿とともに待ち受けていたが、わたしの顔を一瞥しただけで、彼らには吉報だと判っていた。

「これが遺言書だよ」とわたしは言って、少年に手渡した。「それから、この封筒に箱の破片が入ってる——必要ならね」

「でもホームズさん」トップ卿は叫んだ。「納得がいきません！　金属が小さな破片になっていますけど、英国中の誰も傷ひとつ付けられなかったんですよ。あなたはアメリカで、僕のためにどんな奇蹟を演じて下さったんですか？」

「初歩的なことだよ」我が友はのどを鳴らすように話した。「僕はただ、サンフランシスコからニューヨークまで箱を小包にして郵送してもらっただけだよ。どれほど強靭な物質であっても、アメリカ合衆国郵便局の扱い方には、耐えることが出来ないのさ」

トップ卿は、ぽかんと口を開けてホームズに見とれた。「でも、ホームズさん……まだ分かりません。箱は最初、ここまで郵便で送られたんですよ。サンフランシスコからニューヨークまで、それから海を越えてプリマスまでです」

我が友は笑みを浮かべた。そして、得意げな声で言った。「ああ、だが僕は小包に注意書きをしておいたのさ。『こわれもの——取り扱い注意』とね！」

まだらの手

ピーター・トッド

登場するのは、迷探偵ハーロック・ショームズ。もちろん、ロス・マクドナルドのハーロック・ショームズとは別人です。相棒も違って、ジョトスン博士。

このハーロック・ショームズは、ホームズ・パロディの中でも最長級のシリーズです。なにせ、全部で九十五篇もあるのですから。ドタバタ・ナンセンス系の作品ですが、その中から特にホームズ・パロディ色の濃いもの――事件そのものも原典をもじったものを選び出しました。

本篇は、タイトルからもお分かりの通り「まだらの紐」のパロディです。まさか「まだらの紐」をお読みでない方が本書を手にしておられるとは思いませんが、万が一、億が一にでもそんな方がいらしたら、今すぐにお読み下さい。『シャーロック・ホームズの冒険』に入っています。

原典は読んでいるという方でも、昔読んだきりでしたら、一度再読されてから本作を読まれると、味わい深いことうけあいです。

第一章

我が友ハーロック・ショームズと共にシェイカー街に下宿していた時期の記録を眺《なが》め渡してみると、特に興味深い三つの事件を見出すことができる。「消えたダンベル」事件、「首相の補聴器」事件、そしてグライミー・パイロット博士[1]の奇怪かつ悲劇的な物語——わたしが「まだらの手[2]」事件として分類した出来事だ。ここに紹介するのは、その事件である。

ある朝、わたしがショームズと喋《しゃべ》っていると、ヴェールの奥深くに顔を隠した若い婦人が、シェイカー街の居間へと現われた。ショームズはすぐさまテーブルから足を下ろした。これは彼が女性と対する際に表す、いつもの洗練された礼儀正しさである。訪問客はヴェールを持ち上げて、涙の跡が残る美しい顔を見せた。

「ショームズさま」彼女は震える声で言った。「わたくしは生命の危機にさらされておりますがゆえに、あなたさまのもとへ参りました。わたくしがこちらへ伺っていることを叔父が知りましたら、叔父はその場でわたくしの頭を吹き飛ばすでしょう！　叔父はいつでもそのように、凶暴な癇癪《かんしゃく》を爆発させるのです。ショームズさま、わたくしをお助け下さいますか？」

「どうか、もっと詳しく教えて下さい」ショームズは言った。「我が友ジョトスン博士の前でも、全く気にせず話してかまいませんよ」

「まず、わたくしの名前がメアリ・ジェーン・パイロットであることから申し上げねばなりません。わたくしは叔父のグライミー・パイロット博士とともに、コーク・パイロットの地に住んでおります。二年前の悲劇の時までは、姉も一緒にそちらに住んでおりました。ショームズさま、忘れもしないその晩、姉はわたくしの部屋へと入って来ると、床に倒れ込んだのです。彼女が言い残せたのは『手よ――まだらの手よ！』という言葉だけでした」メアリ・ジェーン・パイロットはすすり泣いた。「その少し前に、姉はがらがらのような音で眠りを妨《さまた》げられた、とわたくしに語っておりました。ショームズさま、昨晩自室で目を覚ましたわたくしは、がらがらという音をはっきりと耳にしたのです！」

ショームズの両眼が光った。彼が非常に興味を惹《ひ》かれていることが、わたしには分かった。

「どのような種類の、がらがらという音でしたか？」

「言葉では申せません。ただ、がらがらというのです。屋敷に子どもはおりませんし、叔父もがらがらで遊ぶには歳をとりすぎておりますので、理由は説明できません。ですが――ですがショームズさま、わたくしには確信があります。不幸な姉が亡くなった晩に、彼女が聞いたのと同じがらがらという音だと。叔父には何も告げずに、朝一番の汽車でこちらへ参りました。叔父がわたくしをつけて来たのではと恐れております。これ以上は一瞬たりとも、こちらに留《とど》まる危険は冒せませんわ！」

訪問客は、あわただしく立ち去った。

その数分後、巨人のような男が部屋に乱入してきた。ハーロック・ショームズは落ち着いて彼を眺めていたが、男は脅すような仕草で歩み寄って来た。

「貴様がハーロック・ショームズだな！」男はわめいた。

我が友は、平静を保ったままうなずいた。

「おはよう、グライミー・パイロット博士！」と彼は応えた。

「探偵ショームズめ！　おせっかい屋ショームズめ！　密偵ショームズめ！」グライミー・パイロット博士はしゅうしゅうという音を漏《も》らしていた。

「なんと素晴らしい天気だろうね！」ハーロック・ショームズは大きくあくびをした。

「儂《わし》の問題に首を突っ込みおったら、この花瓶みたいに貴様のどたまをかち割ってくれるわ！」とパイロットは叫ぶと、マントルピースから花瓶を奪い取り、思い切り床に叩き付けた。花瓶はばらばらの破片に砕け散った。

「ヒマワリの花の出来が良いらしいよ」ハーロック・ショームズが言った。

グライミー・パイロット博士は彼をにらみつけると、部屋から飛び出して、雷のような音を立ててドアを閉じた。

ハーロック・ショームズはあくびをした。

「愉快な客だったね、ジョトスン君。もし彼が僕との決戦を試みていたら、きっと彼は好敵手に出会ったことに気付いていただろうね！」ショームズは大して苦労することもなく、花瓶の破片を暖炉《だんろ》の中へ放り込んだ。「ジョトスン君、やらねばならないことがある！　一瞬たりと無駄にはできない！　君は自分の患者を診《み》に行ってくれたまえ」

答える間もなく、彼は飛び出して行った。

第二章

ショームズは夜が近くなってから、いくぶん疲れた様子で部屋に入って来た。しかし、無駄足で戻ったわけではなかった。

「来たまえ、ジョトスン君——君が参加したければ、いよいよ最終幕だぜ」

「どこへ行くんだい？」とわたしは尋ねた。

「コーク・パイロットへだよ」

ユーストン発の急行が、わたしたちを乗せて走った。旅の間ずっと、我が友は黙って考え込んだままだった。彼はタバコを数百本吸っていたが、いつものようにコカインをぐいっと一杯やらないことに、わたしは気が付いた。

わたしたちが屋敷に近付いた時には、すっかり夕暮れとなっていた。それは四方八方に拡がった、古風な建物だった。ミス・パイロットが玄関でわたしたちを出迎えた。

「叔父は部屋にこもっておりますわ」彼女が囁《ささや》いた。

「それは好都合ですな」ショームズが言った。「ミス・パイロット、この一件では僕たちのことを絶対に信用してくれねばなりません。今夜は、地下の石炭貯蔵庫か、どこか人目につかない場所でお休みになって下さいますか。あなたのお部屋は、僕とジョトスン君に任せて欲しいのです」

「何もかもおおせの通りにいたしますわ、ショームズさま」

「よろしい！」

ミス・パイロットの部屋に案内され、わたしたちはその部屋に残った。ショームズは警戒を怠《おこた》らず、グライミー・パイロット博士の部屋に隣接する壁に耳をつけた。博士が行ったり来たり歩いているのが聞こえた。暗くした室内には、博士の部屋から微《かす》かな光が差し込んでいた。

「静かに！」ショームズが小声で囁いた。「喋っては駄目だよ、ジョトスン！　拳銃は持っているね？」

「ここに」とわたしは囁き返した。

「用心してくれたまえよ、ジョトスン！　僕らの命は危険にさらされているんだ！」

その言葉に、わたしは身震いした。

わたしたちは、待っていた。

何を待っているのか？　わたしには分からなかった。だがわたしには危険が膚《はだ》に感じられた。悲劇の影が、屋敷にたれこめていたのだ。

自分たちの静かな呼吸音以外に、何も聞こえなかった。玄関ホールの時計が時を告げるのが、ぼんやりと響いてきた。

真夜中である！

わたしの心臓は高鳴った。うす暗がりの中、わたしはハーロック・ショームズの姿を僅《わず》かに見分けることが出来た。彼がステッキをきつく握り締めているのが見えた。彼の両眼がきらりと光った。その時は迫っていた。

突然、深い静寂の中に、がらがらという音が微かに聞こえた。

わたしは飛び上がった。

それは、説明に聞いた通りの音だった。わたしの心臓は、息苦しくなるほどまでに高鳴った。がらがらという音が、繰り返された。

驚くほどの素早さで、ハーロック・ショームズは懐中電灯を点けた。明かりは、大きなまだらの手を照らし出した。その手の上には――それ以上わたしが見て取るより先に、我が友が突進し、ステッキで猛然と打ちかかった。

がらがらという音が、止んだ。

隣の部屋から、にわかに恐怖の悲鳴が聞こえた。

「ついて来たまえ！」ハーロック・ショームズはあえぎながら言った。

わたしたちは、博士の部屋へと突入した。床の上に大の字に倒れているのは、グライミー・パイロット博士の巨体だった。その身体には、大きなガラガラヘビがぐるぐると巻きついていた。ショームズの一撃で、毒蛇は死んで床にだらりと伸びた。彼は博士のもとへと駆け寄った。だが時すでに遅かった！

コーク・パイロットの古き家系パイロット一族の最後の後継者たるグライミー・パイロット博士は、己の罪ゆえに天罰を受けたのである！

第三章

シェイカー街へ戻っても、わたしはまだその晩の悲劇的な出来事にひどく動揺したままだった。ショームズはいつになく真面目な顔をしていた。

「君は困惑しているね、ジョトスン君」と彼は言った。

「わたしは驚愕しているよ、ショームズ！　わたしには分からないよ、どうして……」

「ジョトスン君、答えを君が分かっていたら、僕のいつもの謎解きが必要なくなってしまうよ」

彼は少し笑みを浮かべて言った。「必要な手掛かりを与えてくれたのが、〝まだらの手〟だった。パイロット博士がやって来た際、君は彼の両手に気が付いただろう？」

「白状するが、気付かなかったよ。だが——」

「彼の両手がとても大きくてまだらになっていることを僕は見てとったんだ、ジョトスン君。だが、それが全てではない。あのがらがらという音を覚えているね？　あの怪しげな音は、どうして聞こえたのだろうか？　パイロット博士にオモチャのがらがらで遊ぶ習癖があるというのは、適当な仮説としてあまり認められない。そこで僕は、ガラガラヘビだと推理したのだ。昨日、ジョトスン君を置いて出かけたのは、サマセットハウス（遺言検認登記本所など官庁収容の建物）で遺言書を調べるためだったのさ。僕はあそこで、パイロット博士が姪《めい》たちの遺産相続人であることや、彼女たちが亡くなると彼は家具の全てに至るまで所有することになるのだということを突き止めたのだよ。それが動機の源さ、ジョトスン君。僕らがコーク・パイロットに到着した際には、パイロット博士の部屋とミス・メアリ・ジェーンの部屋との間に、連絡手段があることも発見した」

「発見した？」わたしは声を上げた。

彼はまた笑みを浮かべた。

「ジョトスン君、暗闇の中で待機していた時、隣接する部屋から光線が差し込んでいるのに、君は気が付かなかったのかね？」

「気が付いたよ。しかし――」

「僕はそこから、壁に開口部があることを推理したんだよ、ジョトスン君。光は固体を通過できないからね。壁が無傷のままだったら、光は差し込んでこないはずだ。だから僕は開口部だと推理したのさ」

「素晴らしい！」わたしは叫んだ。

「なぜあそこに開口部があったのだろうかね、ジョトスン君？　前の犠牲者の奇妙な言葉――

『手よ――まだらの手よ！』というのを覚えているだろう。壁に穴があるとひとたび推理すれば、あとは簡単だった。あの穴を通して、悪党はガラガラヘビを部屋に入れたのだよ。だが今回は、ジョトスン、僕たちがそこにいた。卑劣な犯罪は、中途で妨害され、毒蛇はおそらく僕が浴びせかけた攻撃に興奮し、主人の方へと戻った。そして自分をつかんだまだらの手に噛《か》み付いたという訳さ。僕もそこまでは予想していなかったことを白状するが、申し訳ないとは言えないね。ジョトスン君、フランスの賢人の言葉を覚えているだろう。『イル・フェ・ボー・タン！　ボンジュール[3]』だよ」

　そしてハーロック・ショームズは黙り込んだのであった。

四十四のサイン

ピーター・トッド

「まだらの手」に続く、ハーロック・ショームズ物二本目です。タイトルからお分かりの通り、『四人の署名（四つのサイン）』のパロディです。こちらは「まだらの手」ほど事件内容そのものはもじっていないので、『四人の署名』の話をお忘れの方でも大丈夫。

とはいえ、インドの因縁が関わってくるところは同じです。奇想天外度、ドタバタ度はますますアップしています。そして、最後に明かされる意外なトリック。それは……。

第一章

四十四人の退役インド陸軍大佐が、四十四夜連続で殺害された奇怪な事件は、当然ながら世間の関心を大いに集めた。大都市の犯罪記録の中においてさえ、これは少々異常なものであった。警察は、いつものごとく無力だった。確かに、この事件には多くの難点があった。足跡もなく、指紋もなく、奇妙な意匠を凝《こ》らした東洋の短刀もない。殺人者は、たったひとつの手掛かりすらも残していかなかったのだ。わたしは、我が友ショームズがこの事件を手がけるのではないかと思っていたが、彼はまだこの一件に関して公式な依頼を受けていなかった。この場合、警察がひときわ困難な事件の際には私立探偵に手助けを懇請する、というお決まりの慣習を忘れていたらしかった。

ある朝、シェイカー街の我々の部屋で、わたしが怪事件に関する最新報道を読んでいる時、ショームズが謎めいた笑みを浮かべてわたしを注視していることに気が付いた。

「君が読んでいるのは『デイリーメイル』だね！」と彼が言った。

「ショームズ！」わたしは声を上げた。

我が友の素晴らしい才能を目の当たりにするのはいつものことだったにもかかわらず、わたしは驚きの叫びを抑えることができなかった。

「間違っていたかな？」彼は笑みを浮かべて尋ねた。

「正しいとも」わたしは答えた。「だけど、どうやって――」

彼はうんざりしたようなしぐさをした。

「ほんの些事《さじ》に過ぎないよ、ジョトスン君。テーブルの横から、僕は君の持っている新聞を観察していたんだ。訓練されていない目では、ページの一番上に大きな文字で日刊紙の紙名が印刷されていることを観察できないかもしれないがね。それでも、君自身で観察をしてみれば、僕の言葉が事実であると確認できるよ」

「君の言う通りだよ、ショームズ」とわたしは答えた。「全くいつも通りにね。君のことで驚くのは今回限りにしないといけないな、まったく。ところでショームズ、正直なところを言わせてもらうよ。四十四人の大佐連続殺人事件に、どうして乗り出さないんだい？」

ショームズは肩をすくめた。

「警察が、僕のつまらぬ働きなど役には立たないと思っているのさ、ジョトスン君。僕は無理強いはしたくないんだよ」

「きっと、君はもう仮説を立てているんだろうね、ショームズ」

「仮説なんぞはね、ジョトスン君、警察に任せておくさ。僕の本分は、事実とともにあるんだ。

もしも我らが友ピンキー警部が僕に依頼をすることにしたら、彼の注目から漏《も》れている事実を幾つか、指摘してやることができるけれども、まあ彼はそうしないだろうね」

「『ビスケットのブリキ缶事件』では、貴重極まりない助力を君から与えてもらった後だというのに——」

「ジョトスン君、我らが友ピンキー君はちょっと嫉妬《しっと》しているんじゃないかな。警察官だって、ただの人間だからね。だがジョトスン、この事件が非常に興味深い様相にあることは、僕も否定しないよ。これには、僕の気に入る大規模な特徴がある——もちろん、気に入るといっても職業的な意味でだがね」彼は立ち上がると、部屋の中をうろうろと行ったり来たりした。「ジョトスン君、さっきも言ったように、頼まれもしないのに手助けを申し出るようなことはしたくないが。最後に犯罪が行われてから、今日で四十三日目だからね」

わたしは驚いて、ショームズを見つめた。彼の言葉が、わたしの頭を悩ませた。

「殺人者が逃走する時間がたっぷりあったということかい？」とわたしは尋ねた。

「そういう意味で言ったんじゃないよ」彼は唐突に話題を変えた。「君は数字というものについてじっくり考えてみたことがあるかい、ジョトスン？」

「数字だって、ショームズ？」

「数字だよ」と彼は答えた。「ある定まった数字が神聖であるとか神秘的に重要な意味を持つなどと、幾つもの国々で考えられていることは、もちろん君だって知っているだろう。実例として、二という数字を取り上げてみよう。例えば我が国では、全ての男が、そしてもちろん全ての女が、二つの手と二つの目を持っている。朝刊紙には、二つの版がある。一フロリンは二シリング、一ポンドは半ソブリン二つだ。そしてブレントフォード[1]には二人の王がいた。二という数字は、絶えず経《へ》巡《めぐ》っているんだ」

「気付きもしなかったよ、ショームズ。だが今、君がそれを指摘してくれたから――」

「その通り！」ショームズがさえぎって言った。「僕が指摘すれば、警察だって分かるだろう。七という数字を取り上げてみよう。エフェソスには七眠者[2]がいて、人生には七つの段階があって、ローマには七つの丘があり、そして七かける七は四十九だ！」

「本当だ！」

「そこでだ」ショームズの目が、ますます真剣になった。「四十四という数字を取り上げてみよう。この神秘的な数字と、世の中を震撼《しんかん》させたあの神秘的な連続殺人との間に、君は結びつきを見出せないかい？　四十四人のインド陸軍大佐が、四十四夜連続で、謎の殺人者の犠牲となった。だがその後、冷酷な殺人者は鳴りを潜め、生き残っている英国中の退役大佐が安眠できるようになった。だがね」――ハーロック・ショームズはゆっくり、はっきりと言った――「明日、最後の殺人から四十四日目になるんだよ、ジョトスン君」

　不安感ゆえの奇妙な戦慄が、わたしを襲った。四十四の新たな犯行が、四十四人の予期せぬ犠牲者たちを脅《おびや》かす――そんな光景がわたしの心の目に映し出された。

「警察はそんなことは思いもよらないだろうね」そしてショームズは笑みを浮かべた。「今日、冒険に行く覚悟はあるかい、ジョトスン？」

「何もかも承るよ、ショームズ」

「君の患者は――」

「僕の患者なら、『ビスケットのブリキ缶事件』で忙しくしている間に、ほとんど死んでしまったよ。生き残りも、君の活躍に対する興味に比べたら、別にかまわないよ！」

「忠実なるジョトスン君！」ショームズは、珍しくわたしのわき腹を肘で突きながら言った。

「さあ出発だ！」

第二章

「どこへ行くんだい？」とわたしは尋ねた。我々の乗ったタクシーが、混み合った街中をびゅんびゅんと飛ばしていた。

「ハウンズロー・ヒースだ！」ショームズが簡潔に言った。

「でも、どうしてだい？」

「そこで縁日が開かれているんだ」

「縁日だって？」わたしは声を上げた。

彼はうなずいた。

「縁日だよ、ジョトスン君――楽しい回転木馬に、爽快な船形の大ぶらんこ、そして陽気なサーカスだ。インド人の投げ物曲芸師バン・ブン・ワロップと、芸当をするゾウの一座を見に行くのさ」

「ショームズ！」

「少しぐらいくつろいでも問題はなかろう、ジョトスン。ところで」――彼は唐突に話題を変えた――「今回の犯罪に関する記事は読んでいるだろう？　どの場合においても、被害者は二階の寝室で窓から入った犯人に襲われている」

「確かにその通りだ」

「殺人者は、どうやって窓まで達したのだろうか、ジョトスン君？」

　わたしはかぶりを振った。

「何か足場になるものがあったに相違ないよ」

「梯子《はしご》だろうか？」とわたしは思いついて言った。

「夜中に梯子を運んでいる男がいたら目立ってしまうよ、ジョトスン君。この驚異的な殺人者の狙いは、自分の活動を謎に包んだままにしておくことだ。梯子は使わないさ」

「奴が何を使ったか判っているのかい、ショームズ？」

「おそらくは」

　タクシーがハウンズロー・ヒースに着くまで、わたしはそれ以上ショームズから一言も引き出すことは出来なかった。まだ時間が早かったので、娯楽興行はまだやっておらず、その一帯には人もほとんどいなかった。サーカステントの外では、しなやかな動きをした膚《はだ》の色の濃い男が、ゾウの一団に餌を与えていた。ショームズは彼へと歩み寄った。

「おはよう、バン・ブン・ワロップ君！」ショームズが愛想よく言った。

インド人は、彼へと不機嫌そうな視線を投げかけた。

「英語、しゃべり、ない」と彼は言った。

これまでの事件回想録で、ショームズが古今東西の言語に通じていることには、既に言及したことと思う。彼自らがインド語を喋《しゃべ》るのを聞いても、わたしは驚かなかった。

「フーキー、ウーキー、ダミー、バン、ウープ！」と彼は笑みを浮かべて言った。

インド人は跳ね上がった。

このおかしな響きの言葉の意味は、わたしには理解出来なかった。だがインド人に及ぼした効果は、電撃的だった。暗い瞳がぐるりと回り、浅黒い膚がさっと青ざめた。

「シェイキー・ケイキー」とショームズは言った。「ワロップ、フーキー、スヌーキー、ウーシュ！」

彼がそれ以上喋るより先に、短刀がインド人の手の中でギラリと輝いた。だがショームズが不意を襲われることはなかった。瞬時にして、バン・ブン・ワロップの手首に手錠がかけられ、彼は捕らえられたのである！

第三章

「ショームズ！」わたしは叫んだ。むっつりとした囚われのインド人を警察へ引き渡したわたしたちは、シェイカー街へと帰還していた。「わたしは宙ぶらりんのまんまだよ――」

「いつものことさ、ジョトスン」彼は笑みを浮かべて言った。

「いつものことだよ、ショームズ。いつも通りに、謎解きをしてくれるんだろうね？」

「何か説明すべきことがあるかい？」ショームズはあくびをして、絶え間なくタバコに火をつけた。「僕には最初から問題は明らかだったよ。何もかも一点に集まっていたのだよ、ジョトスン、四十四のサインの上にね。君も無論知っている通り、奥深く神秘的な東洋には、魔力の重要性が神聖なる一定の数字にも結び付いている。四十四人の退役陸軍大佐が、四十四夜連続で殺害されたのは、偶然ではないんだよ、ジョトスン。これが東洋の邪悪な復讐計画なのは明白で、手掛かりは四十四という数字にある。我らが色黒の友人バン・ブン・ワロップに問い質《ただ》したところ、白状したよ。昔、彼は母国で四十四ルピーの罰金を科された。僕が予測していたのは、その類《たぐい》のことだったんだよ、ジョトスン君。四十四というサインが、僕に手掛かりを与えてくれたんだ」

「しかし、どうやって――」

「ねえ君、僕が探さねばならなかったのは、四十四という数字を重要かつ神秘的なシンボルとする人物なんだよ。連続殺人が起きた時点で、バン・ブン・ワロップがロンドンにいて、四十四頭のゾウの一団と演《だ》し物をやっていることを、僕は知っていたのさ」

「四十四!」わたしは思わず声を上げた。

「その通り。四十四のサインだ!」ショームズが笑みを浮かべた。「警察が僕の力添えを利用していれば、すぐにバン・ブン・ワロップが犯人だと教えてやれたのにねえ。だが犯行から四十三日が経過した時、僕はもうそれ以上ぐずぐずしていられなかった。四十四日間の連続殺人がまた一から始まって、四十四人の犠牲者が新たに出るところだったんだ。ぼくの行動はぴったり間に合ったよ。あの神秘的な数字が、手掛かりになったんだ。だが、それが全てではない。ジョトスン君、殺人者はどうやって窓に届いたのだろうか? 梯子を持っていくことは出来ないし、蒸気起重機も問題外だ。にもかかわらず、彼は窓に届くための何かを台にしたのだ。僕はそれを、ゾウだと推理したのさ」

「もうひとつだけ聞かせてくれないか、ショームズ」とわたしは言った。「梯子を犯行現場に運んでいたら目立ってしまう、と君は言っていたね。ゾウがいたって、やっぱり目立ってしまうんじゃないのかい?」

だがハーロック・ショームズは既にコカインに耽《ふけ》っており、返答はなかったのである。

第Ⅲ部　語られざる事件篇

アーサー・コナン・ドイルの書いたシャーロック・ホームズの探偵譚の中では、多数の別な事件名が言及されています。既に発表済みの事件もありましたが、タイトルや、物語の断片だけが述べられたものの、作品としては発表されなかった事件が幾つもあります。これが「語られざる事件」です。

例えば、「ソア橋の怪事件」の冒頭で、ブリキ箱に納められたワトスン博士の書類として、幾つもの語られざる事件が並べられています。傘を取りにいったきり消え失せてしまったジェイムズ・フィリモアの事件。港を出たまま消失した小型帆船アリシア号の事件。イザドラ・ペルサノと驚くべき虫の事件。

こういった語られざる事件をパスティーシュにするというのは、とても魅力的なテーマで、昔から行われています。ドイルの息子アドリアン・コナン・ドイルとミステリ作家ジョン・ディクスン・カーの合作『シャーロック・ホームズの功績』や、女流作家ジューン・トムスンの『シャーロック・ホームズの秘密ファイル』に始まるシリーズなどに、この語られざる事件は多数あります。以前、トムスンの『シャーロック・ホームズのドキュメント』の解説をわたしが書いた際に、語られざる事件を扱ったパスティーシュについてまとめて紹介しましたので、興味のある方はそちらをご覧下さい。

ここでは、代表的な四つの「語られざる事件」を選んでみました。

疲労した船長の事件

アラン・ウィルスン

この事件は、「海軍条約文書事件」の中で言及されています。ワトスンが結婚した直後の七月にシャーロック・ホームズが手がけた事件は三つあり、そのひとつが「海軍条約文書事件」で、残るふたつが「第二の汚点」（これは語られざる事件ではありません）、そして「疲労した船長の事件」なのです。

作者は、英国出身のシャーロッキアン、アラン・ウィルスン。それだけに、醸し出している雰囲気は原典にそっくりです。

船長は、なぜ疲労していたのか。その謎が、明らかにされます。

別のところでも述べたが、わたしの結婚直後の七月は、我が友シャーロック・ホームズと共に関わった三つの事件ゆえに、記憶に残るものとなっている。そのうち二つについては既に発表済みだが、三つ目のものは非常に微妙な問題であるため、現在に至ってようやく、事実関係を全て公の目にさらしても差し支えないと思えるようになった次第だ。それは奇怪なる「疲労した船長の事件」である。

とある仕事仲間を訪ねての帰路、自分が歩いているのがベイカー街だということに、ふと気付いた。人生の中でも最も幸福で最も刺激に満ちた日々をホームズと過ごした、あの懐かしい番地の玄関前まで来た時には、是非ともホームズのところへ立ち寄って、彼が現在いかような事件にその鋭敏なる知性を傾注しているのか知らねばならぬ、と痛切に感じていたのである。呼び鈴を鳴らすと、懐かしの女将ハドスン夫人が招き入れてくれた。

「おあがり下さい、ワトスン先生」と彼女は言った。「あなたが顔を見せればホームズさんも喜びますよ。今日だって、昔どおりワトスン君がいてくれれば、とおっしゃってたばかりですのよ。このところ何日も、滅多に部屋からお出になってないですから、先生がいらっしゃればホームズさんのためにもなりますわ」

わたしが階段を上って居間の入り口に達するやいなや、「入りたまえ、ワトスン君」と、聞きなれた声が言った。「君の椅子は、いつもの通りに用意できてるよ」

「ホームズ」とわたしは声を上げた。「部屋へ入る前にわたしだと判るほど、わたしの足音を覚えていてくれたのかい？」

「ちょっとばかり軽くなったようだがね、ワトスン君。しかしそれでもやっぱり、間違えるわけがないさ。結婚の幸せは、君を若返らせる効果があったようだ。奥さんは元気かい？　ショルトー事件での彼女の行動には、大いなる尊敬の念を抱きっ放しだよ。知っての通り、僕は普通なら女性は賛美しないんだぜ」

「賛美しないのはいかんねえ」とわたしは声を強めて言った。「妻もわたしも、それが君の性格の一番良くないところだと思ってるんだ」

「女性にはいらいらさせられるんだ」とホームズはもどかしげに言った。「女性は感情に左右され過ぎて、完璧にバランスのとれた精神には必須と考えられる、冷静な論理というものに欠けている。今朝受け取ったこの手紙も、僕の見解を変えるよりもかえって支持するものだね」

ホームズは小さな青い便箋を投げて寄越した。そこには、考えられる限り最も小さな手書き文字でこう記されていた――「前略　ホームズ様。わたくしは、父の健康と行動を非常に憂慮しております。時には正気を疑ってしまうほどです。明日二十八日の午後三時十五分にお伺いしても構いませんでしょうか？　草々　レイチェル・ウェバー」

「それでは、事件を手がけているんだね？」わたしは手紙を返しながら尋ねた。「ハドスン夫人の話だと、君は今のところ手が空いてるような印象だったが」

「手が空いている！」ホームズは苦々しげな声を吐き出した。「ねえ君、それはずいぶんと控えめな表現だよ。僕らがあの『海軍条約文書』のちょっとした事件を解決して以降、この世は完全な停滞状況だよ。英国の犯罪者が全くやる気をなくしてしまったんじゃないかと思い始めたところだ。最近の犯罪ときたら単純なものばかりで、どれもただの警察の力で十分だ。レストレード、グレグスン、その他の警官たちは忙しくしているのに、専門家たる僕はというと……」彼はどっかりと椅子に身を沈め、不機嫌そうに暖炉《だんろ》の火を見つめた。

「でも、少なくともこの手紙は吉兆じゃないか」とわたしは呟《つぶや》くように言った。

「それはどうかな」とホームズは答えた。「この件は、僕のというよりもむしろ君の分野のようだよ。この手紙をどう思う、ワトスン？　君の知性の光で照らしてみてくれたまえ」

彼の声音の皮肉な色は、感情の鈍磨《どんま》と退屈から生じたのが明白で、わたしはそれを無視して手紙を取り、もう一度検分した。

「これは若い御婦人が書いたものだね」

「ブラヴォー！」ホームズが叫んだ。「なんとも驚くべき洞察力だ。御婦人と言ったね？　齢はいくつぐらいだい？　どうか教えてくれたまえ、非常に興味がある」

「おいおいホームズ」わたしは怒って言った。「君らしくもないぜ。自分で調べるがいいさ」

「すまん、ワトスン君。許してくれたまえ。時々僕は社交性を失ってしまうんだ。その手紙だが、もちろん自明のことだ。君の言う通り、若い女性が書いたものだ。彼女は左利きで、非常に几帳面な性格で、おそらく近眼で、溺愛している小さい犬がいる。こういった明白な事実以外には、何も判らないね」

我が友の手法には長年慣れ親しんできたから、その推理の道筋を辿《たど》ることは出来た。手書き文字が小さく整然としていることや文章の語法が正確であることが、彼女が几帳面な性格だという推理の証拠となる。「だが左利きは？」わたしは声を大にして言った。「それに一体全体、犬のことはどうして分かったんだい？」

ホームズはくっくっと笑った。「ワトスン君、ところどころ破れてインクがはねている手紙を見れば、文字の進む方向にペンを押して書いたことが判るし、右手で書けば絶対にそんなことにはならない。犬に関する推理は、ちょっと大胆だったかな。だが紙の下部を観察するとひとつふたつ跡があって、その間隔から犬の足跡だと判るのさ。普段はとても慎重で几帳面な女性が、書き物をしているときに犬が膝へ乗るのを許すということは、よっぽど溺愛しているに違いないよ。ところで、僕の間違いでなければ、依頼人がぴったり時間通りに到着したようだ」

ホームズの「どうぞ！」という言葉に応えて、ドアが開いて訪問客が入ってきたのは、まさに時計が三時十五分を打っている時だった。彼女はとても小柄な、繊細な感じの二十代後半の女性だった。顔にはそばかすがあり、眼鏡をかけて、小さなペキニーズ犬を抱いていた。

我が友は女性嫌いを公言しているにもかかわらず、わたしが見ている限りでは女性に対しては常に極めて礼儀正しく振舞っており、今回もまた例外ではなかった。「ウェバーさんですね」

と彼は言った。「どうぞおかけ下さい。タバコを吸ってもよろしいですか？　精神を集中するのに、大いに役立つものですから。こちらは僕の友人で相棒のワトスン博士です。彼の前でも、僕に対するのと同じように構わずお話しください」

訪問客は笑みを浮かべると、ホームズが示した椅子に腰を下ろした。

「ワトスン先生が信頼に足るお方だということは存じ上げております」と彼女は言った。「実は、ワトスン先生を通じて、こちらへ相談に伺ったものですから」

「わたしを通じてですって？」わたしは驚いて彼女を見つめながら言った。

ミス・ウェバーはうなずいた。「近ごろ、ワトスン先生とホームズ様が初めて出会った『緋色の研究』の記録を読ませて頂きまして、この方以外にわたくしの問題を助けて下さる方はいない、と思った次第です」

シャーロック・ホームズは喜びで頬を赤らめた。「ワトスン君」と声を上げた。「以前、君の著作に対して少しばかり批判めいたことを言ったが、あれは撤回させてくれたまえ。さて、ウェバーさん、あなたをそれほど悩ませている問題について、是非お聞かせ下さい。そもそもの始めから、何があったのかをお願いします。どんなに些細に思えることでも、一つ残らずですよ」

若い婦人は、膝の上で丸くなっている小犬を優しく撫《な》でながら、しばし思案していた。依頼人の顔に窓からの光が当たるよう、向かいの影の側に座ったホームズを、小犬はじっと凝視していた。

彼女は話し始めた。「わたしはレイチェル・ウェバーと申しまして、オルダーショット近在のヘクストン屋敷に住むジョシュア・ウェバー船長の一人娘です。母は五年前に亡くなりましたが、その際父は航海中で、一年前に帰って来るまでわたしは屋敷に一人で住んでおりました。ただし、マーチモント夫人という家政婦はおります。ヘクストン屋敷は古くて四方に拡がる形の建物で、おそらく十七世紀に建てられたものです。常々わたしどもには大きすぎると思っておりましたが、実際、使っているのは数部屋だけで、残りは空き部屋なのです。

七週間ほど前、正確には五月二十一日のことですが、父と一緒に朝食の席についていた際、わたしが朝の郵便で配達された手紙を読んでおりましたところ、小さな叫び声が聞こえましたので顔を上げますと、父がバター皿をじっと見つめていました。ホームズ様、わたしの驚いたことに、そして恐ろしいことに、そこで父はいきなりバター皿を取り上げると、空の暖炉の中へ投げ込んで、あとは一言も言わずに部屋から出て行ってしまったのです。これがわたしの胸に気味の悪い印象を残したことはお察し頂けると思いますが、晩までにはそれもある程度薄らいでおりましたのに、非常に奇妙な形で甦《よみがえ》ってしまったのです。

その夜、ベッドに横になって、父の異常な行動の理由を考えておりますと、部屋の外から足音が聞こえたのです。それは、わたしのドアの前をゆっくりと通り過ぎて行きました。そして突然、どすんという音が響きました。父だろうかと思い、声を掛けることも考えましたが、朝の奇妙な振る舞いを思い出したので、止めておくことにしまして、寝室のドアをそっと開けてみました。

ホームズ様、父は階段に座り込んでいたのです。船乗り用のトランクから、何やら書類を取り出していました。トランクは、廊下を引きずってきたのでしょう。どすんという音は、一番上の段に落としたため聞こえたのに違いありません。わたしは声を掛けたのですが、最初の一言で父は蓋《ふた》をばたんと閉めて、愛想のない断固たる態度でベッドに戻るよう命じたのです」

「ちょっと待って下さい」とホームズがさえぎった。「そのトランクは、前に見たことがありますか？」

「はい、父がいつも自室のベッド脇に置いていたものです。若い頃の海軍時代の記念品が入っているとわたしは思っていたのですが、開けるのを見たことはありませんでした」

「ありがとうございます、ウェバーさん。どうぞお続け下さい。非常に興味深いお話です」

「その翌朝のことです」と彼女は続けた。「わたしは例のことを口にしませんでしたし、父も同様でしたが、一、二回、妙な態度でこちらを見つめているのに気付きました――わたしが何か言うのを待っているような感じでした。しかし、それから数日は何事もなく過ぎたのですが、とある午後、父の声に続いて泣きじゃくる大きな声が聞こえたのです。また、拳銃が撃たれるような音もしました。わたしが駆けつけますと、マーチモント夫人が泣きぬれておりました。夫人が玄関広間で木造部分を磨《みが》いておりますと、父がやって来て、彼女の足元の床に向けて拳銃をわざと撃ったらしいのです。それと同時に、下劣極まりない悪罵を彼女に投げつけたというのです。わたしが来るやいなや、父は広間に面した書斎に駆け込んでしまいました」

彼女が話をしている間、わたしはシャーロック・ホームズへと視線を向けずにはいられなかった。というのも、この事件は彼にとって価値があるとは考えられぬほど、全く取るに足らぬものと思われたからである。ところが驚いたことに、ホームズは大いに興味を抱いている様子だった。彼は椅子の背にもたれかかり、両手の指先を突き合わせて——これは彼が判断を下す時の癖である——、パイプの煙は彼の頭上で濃い渦《うず》を巻いていた。

「ウェバーさん」と彼は言った。「マーチモント夫人が自分で磨き仕事をするのはいつものことなのですか？　召使いはいないのですか？」

「おりません、ホームズ様。父は、わたしが再三再四頼んでも、他には誰も雇おうとしないのです。ですから、マーチモント夫人が自ら何事もやっているのです」

我が友が続けるよう身振りをしたので、彼女は話を進めた。「それ以来、父の奇行は続きました。昨日、それが限界に達しまして、遂にホームズ様にお助け願おうと決心したのです。屋敷の大部分が空き部屋であることは先刻申し上げた通りです。それは、わたしどもが住むようになった最初の時からです。ですが昨晩、がんがん、ばんばんという大きな音でわたしは目が覚めました。それは空き部屋になっている棟の方から聞こえるようでした。そちらへ行ってみますと、疲れきって衣服の乱れた父が、東棟の方からやって来るのが目に入りました。手にはハンマーを持っておりました。わたしが話しかけますと、ぶっきらぼうに部屋へ戻るよう命じて、自分は書斎へと入って行きました。後で知ったのですが、父は東棟へのドアを釘で打ちつけて、それまで以上に屋敷から切り離してしまったのです。こういった訳でお伺いした次第です、ホームズ様。どうすればよいのか、何卒ご教示ください。父の奇妙な行動はどういったわけでなのでしょう？　わたしは一体どうすればいいのでしょう？」

「ウェバーさん、ちょっと教えて下さい」と我が友が尋ねた。「お父上の奇行は続いていたとおっしゃってましたが、他にはどんなことをしていましたか？　どれほど些細に思えることであっても、全ての出来事を話して頂きたいのです」

彼女は一瞬躊躇《ためら》ってから口を開き、低い声で話し始めた。「父は独り言を言ったり、古い歌の断片を口ずさんだりするようになりました――時にはまだ朝の早い時間からです。ある日の午後などは、わたしの友人の面前でナイフを取り出して、壁の絵画を切り裂いたのです。さらに悪いことに、父は大型の猟銃を持っておりまして、これで商人を脅しては喜ぶという、酷《ひど》いことをしているらしいのです。父は何か悪い病気なのだと思います、ホームズ様。今言ったような奇行をしでかしている際、何をしているのか自覚がないようなのです。何度か、後でわたしに尋ねることはあったのですが。それでもわたしは、どの時もあたりさわりのないことを言ってごまかしました」

「わかりました。例のバター皿の一件以前には、特に変わった兆候はなかったのですか？」

「ありませんでした。でも、今から思い返してみますと、父はその数日前に手紙を受け取ったのですが、それにショックを受けていたようでした。投資に関する悪い知らせだとは言っていましたが。それ以外には、思い当たりません」

「お話し下さってありがとうございました、ウェバーさん。非常に興味深い話ですね。ワトスン博士も僕も、喜んでこの事件を引き受けさせてもらいます。何か進展がある度に、必ずお報《しら》せ下さい。さもなければ、数日中にこちらから連絡いたしますので」

微笑を浮かべて我々と握手をして、訪問者は帰って行った。ホームズは自分の椅子へ戻ると、両目を閉じた。事件に集中している際の、いつもの癖である。

「さあて、ワトスン君。君はどう思う？　なんともおあつらえ向きな事件じゃないかね」

「わたしには何もかも明白に思えるんだが」とわたしは答えた。「その人物が頭の病気なのは明らかだから、早くその手の施設に収容した方が良かろう」

ホームズはかぶりを振った。「ワトスン、君には美点が多々あるけれども、残念ながら想像力はそこに入らないようだねえ。ウェバー船長の頭がおかしいと君は思っているようだね。僕はその正反対で、これまで事件で関係した人々の中で最も正常な人間だと考えているんだ。これは実に有益な事件となりそうだから、依頼を持ち込んでくれた彼女には大いに感謝しないとね。明日の夕刻にでも立ち寄ってくれれば、残る問題点についても解き明かせると思うよ」

わたしの医業は、珍しくとても暇《ひま》な時期にあった。ところが翌日に限って仕事が次々に舞い込み、おかげでベイカー街を訪ねた時には、ぎりぎり八時を過ぎてしまった。それにもかかわらずホームズは不在だった。そこでわたしは懐かしの自分の椅子に腰を落ち着けて、フレデリック・マリヤットの血湧き肉おどる海洋小説に没頭した。しかしながら、さほど待たぬうちに階段に足音が聞こえ、シャーロック・ホームズが現われた。

「ああ、ワトスン」と彼は声を上げ、コートと耳垂れ付きの旅行帽を脱いだ。「待たせてしまってすまないね。だが実をいうと、非常に有益な一日を過ごせたんだ」ホームズはくっくっと笑った。「それどころか、少々儲けてきたよ」

わたしは心から言った。「ホームズ、それはおめでとう。だが驚いたよ。君はいつだって、どんな種類だろうと賭け事は大嫌いだったからね」

「これは賭け事とは言えないんじゃないかな、ワトスン。ダーツをちょっとやっただけさ」

「ダーツだって」わたしは驚いて声を上げた。「悪いが、よく分からないな」

我が友は両手をこすり合わせた。「今に分かるよ、ワトスン君、今に分かるとも。すまないが、軽く何か食べさせてもらうよ。腹がぺこぺこなんだ。そうしたら、分かってもらえるよう最善を尽くすから」

彼がそう言いながらベルを鳴らすと、やがてハドスン夫人がハムと卵を載せたお盆と、紅茶を大きなポットで運んできた。その後、わたしたちがパイプに火を点けると、ホームズはその日の冒険談を順に語り始めた。

「昨晩君が帰ってから、僕はシャグタバコ一オンス分の助けを借りて、依頼人の話の中身を念入りに考えてみたんだ。すると、特に気になる点が見えてきた。トランクを開けようとした人物は、なぜそれを自分の部屋の外でやらねばならなかったのか？　なぜ、踊り場を越えて階段の上へ、大きな音まで立てて引きずって行ったのか？　もしトランクの中身が人には見せたくない類《たぐい》のものなら、確実に家族が起きて来ないようにするんじゃないか？　ワトスン君、こういった点が僕には、非常に奇妙に思えたのさ」

「だが、もし正気でないとしたら？」とわたしは言った。

ホームズはもどかしげに鼻を鳴らした。「彼が正気でないと仮定するのはやめようじゃないか」と彼は答えた。「正気でないと思われたがっている、と仮定すればいいだけのことさ。さもなければ、どうして自分の奇行に娘が必ず気付くよう、わざわざそんなに骨を折らねばならないんだね？　どうして第三者がいる時を狙って、絵を切り裂かねばならないんだね？　彼女の学友のことだよ、思い出したかい。いや、ワトスン君、彼は目撃者が必要だったんだ。彼が本当は正常だとしても、ミス・ウェバー、家政婦、学友、商人たち、その全員が彼の奇行を証言し得るんだよ」

「でもなんでまた、異常を装いたがったりせねばならないんだい？」とわたしは尋ねた。「そんな行動を取る理由が思い浮かばないよ」

我が友は笑みを浮かべた。「その理由を見出すために、僕は今日、オルダーショットまで出かけてきたんだよ、ワトスン君。ヘクストン屋敷の近所に、ベア・インというとても居心地の良い小さな宿屋があってね、そこでダーツを一ゲームかそこらやれば、主人のブルックス氏が、親愛なるジョシュア・ウェバー船長のことをぺらぺらと喋《しゃべ》ってくれるようになるんだ。彼が脅していたのは商人だけじゃなかったんだよ、ワトスン君。まさにその宿屋でも騒動を起こしていたのさ。二日ほど前のこと、船長が宿屋へやって来て、友人に会うから個室を使わせてくれとブルックス氏に言ったそうだ。その友人はちゃんとやって来て、船長と二人で個室に閉じこもった。だが程なくして、個室から聞こえる激しい口論の声が、宿屋中に響き渡った。しばらくして船長とその友人が出てきて、勘定を払うと、ヘクストン屋敷の方へ姿が見えなくなったのだそうだ」

「でも」とわたしは思い切って言った。「その友人はヘクストン屋敷へ行かなかったんじゃないか。さもなければ、ミス・ウェバーが確実に言及したはずだ」

ホームズは一旦、間を置いた。「その通り」と彼は認めた。「ミス・ウェバーが知っていたら、話に出しただろう。だが、彼女もマーチモント夫人も知らなかったんじゃないかと思う。実はもう、二人に尋ねて確認済みなんだ。しかし、どうして知らなかったのか？」

彼は椅子の背に身体をもたせかけると、考え深げに天井を見つめていた。ホームズの鋭敏なる頭脳が推理の連鎖を辿り始めたとあっては、それを中断するのは賢明なことではないので、わたしもまた沈黙を保った。

彼は突如として飛び起きると、書き物机へと部屋を横切って歩いた。

「ワトスン君」と彼は叫んだ。「この事件も、すぐに解決できる見込み十分だ。この電報を打ってしまえば、事態は明らかになる。僕たちは明日オルダーショットへ出発しよう」

「僕たちだって？」

「君に異論がなければだがね」

「喜んでお供するよ」

「では、今日のところはここまでにして、君が『株式仲買店員』と名付けて記録した事件と巧妙さにおいて比肩するこの事件に、明日は幕を下ろせるよう願うとしよう」

翌朝、わたしたちはハンプシャー行き列車の車上の人となっていた。わたしの向かい側に座っているホームズは、いつもに増して鋭く痩《や》せた顔つきをしていた。出発前に昨夜の電報の返事を受け取って、ホームズの頬にさっと赤みが差したので、この日の冒険が順調な結末を迎えることを予期しているのだと分かった。ホームズは余裕たっぷりといった調子で、旅の間中、彼が精通している犯罪者たちにまつわる逸話を、次から次へと語って聞かせてくれた。毒殺者のスラッタリー(1)や、盗品故買屋のホイットコム(2)や、わに足リコレッティ(3)や、わたしが以前言及したことのある連中等々である。彼はミス・ウェバーについては一度も口にしなかったし、我々がベイカー街を後にしてかくも奇妙な遠征行に出る端緒となった一連の奇怪な出来事についても触れぬままだった。しかしながら、目的地へ到着する直前になると、会話の流れは途絶えて、ホームズはまただんまりに逆戻りしてしまい、我々をヘクストン屋敷まで運ぶため待機していた辻馬車に乗っても沈黙したままだった。

ヘクストン屋敷は、明るい陽光を浴びているにもかかわらず、実に陰鬱な外観の建物だった。見事な楡《にれ》の並木道の先には、壮大だが陰気な建物があり、一面黒っぽいツタに覆《おお》われていた。人が住んでいるのは中央部分だけのようで、人の気配のない二つの棟は、窓にはよろい戸が下ろされ、両側に侘《わび》しく延びていた。

灰色の髪の小柄な女性――これぞマーチモント夫人に違いない――が、一階にある広々とした快適な家具付き部屋へと、わたしたちを案内してくれた。

「申し訳ありませんが、旦那様はまだお部屋の方においで   でして」と彼女は弁解がましく言った。「絶対に邪魔をしないようにと言い付かっております。お二方がお越しになったことは、お嬢様にお伝えしておきます」彼女は、ドアの方へと引き下がろうとした。

「ああ、ちょっと待って下さい」とホームズが呼び止めた。「昨日こちらへ伺った際も、船長は起きて来ていないとのことだったけれども、ずっと部屋から出ておられないのかな？」

「いえ、違いますわ」と彼女は即答した。「昨日はお茶の時間に起きられて、その後は庭の方へ出られてました。十時頃には貯蔵小屋から出て来られて、東棟の方へ行かれるのを見かけました。もっとも、あちらで何をなさっていたのかまでは判りかねますわ、何年も使っておりませんでしたから。ですが、不思議ではありませんわ。旦那様はここのところ大層おかしな振舞いをなさってましたから。お医者様にみせるべきだと、お嬢様には申し上げたんですが」

「わかりました、マーチモントさん」とホームズは笑みを浮かべて言った。「こちらの僕の友人ワトスン博士が、手を貸してくれるでしょう。ところでその貯蔵小屋というのは、昨日馬車道の左で見かけた建物のことですか？」

「その通りでございます。薪や庭仕事の道具類をしまってありますが、あまり使われてはおりません」

シャーロック・ホームズがそれに答える前にドアが開いて、飼い犬を抱いた依頼人が入って来た。彼女は笑みを浮かべて、歩み寄ってきた。

「父のことは申し訳ありません、ホームズ様」と彼女は言った。「近ごろは、ひどく疲れたとぼやいてばかりなのです。もっとも昨日までは、実際に床につくようなことはなかったのですが」

「というか、僕が到着するまでは、ということだな」ホームズが呟いて、黒々とした眉毛の下からちらりとわたしを見た。「僕に依頼をしたことは、お父上に話しましたか?」

「いいえ、話しておりません。ですが、昨日こちらに訪問客があったことは聞いているはずですし、問い合わせがあったことも知っています。とはいえ、どうしてあのように閉じこもっているのかは判りかねます」

「ワトスン君、僕には判るよ」とホームズは囁《ささや》いてから、声を大きくした。「まあ、仕方がありませんね。さてウェバーさん、よろしければこの立派な歴史ある建物をぐるっとワトスン博士にも見せてやりたいのですがね。ロンドンではなかなかお目にかかれない代物ですし、敷地内はベイカー街ではたまにしか味わえない日差しを浴びるのに最適なようですから」

ミス・ウェバーがうなずいて承諾してくれたので、わたしたちは部屋を出た。廊下に出た時、向かいにある船長の書斎のドアを誰かが閉じる気配を、はっきりと感じた。

わたしが少々興奮してホームズへ振り返ると、彼が言った。「わかってるよ、ワトスン君。僕も見た。船長は、みんなが信じ込まされているほどには疲れていないようだね。じゃあ、新鮮な空気を吸いに行こうじゃないか。あまり人には見られなさそうなところがいい」

外へ出るや、ホームズは一直線に貯蔵小屋を目指した。小屋は、その一部を小さな木立に覆われる形で建っていた。

「ドアは南京錠がかかっているな」とホームズが見て取った。「だが、錠前は最近になって付けられたもののようだね。船長がここにしまっておいて、夜中にならないと取り出せないものって何だと思うね？　非常に難問だよ、ワトスン君」

「東棟を改築でもしてるんじゃないだろうか」とわたしは言った。「完成するまでは、娘に秘密にしておきたいのかもしれない。例えば、彼女用の新しい部屋だとか」

ホームズはいきなり大笑いした。「いやいやワトスン君、それはないよ」と声を上げた。「それだったら、奇行を続けたのや、頭のおかしい振りをしたのはどうしてだね？　宿屋で会って口論になった男は、建築業者兼、内装業者だとでも言うつもりかね？　いいや、ワトスン君、彼はそんなまやかしは使わないよ。もっと重要なことを隠すためだとでもいうなら話はべつだがね」

ホームズのばかにしたような口調には少々傷ついたけれども、わたしの話もホームズのような人物の口から改めて繰り返されると、どうしようもなくばかばかしく聞こえることは認めないでもない。しかしながら、彼の笑い声に対して何か言う前に、彼は黙り込むと、貯蔵小屋の埃《ほこり》で覆われた窓から中を覗き込もうとしていた。だがわたしには、中は真っ暗にしか見えなかった。不意に彼は覗くのをやめると、拡大鏡で地面を注意深く調べ始めた。

「これが分かるかい？」彼はそう尋ねて、長い指をわたしの鼻先に突き出した。

「灯油かい？」

「その通り、灯油だ。ワトスン君、僕が現地にやって来たことで、船長を自暴自棄の行動へと急き立ててしまい、依頼人に不幸な結末をもたらすようなことにならなければいいのだが」

「東棟は調べなくていいのかい？」とわたしは言った。「きっと謎の鍵はそこにあるんだよ」

「ねえワトスン君」ホームズはきつい口調で言い返した。「僕が昨日こっちへ来ておいて、そんな当然の手順を怠《おこた》ったと本当に思っているんじゃないだろうね。屋敷の中から東棟へ向かう入り口は全て閉ざされたと、ミス・ウェバーが言っていたのは君も聞いただろう。それが確かだということは、もう確認済みだ。内部の扉は鍵がかけられているだけでなく、木の板を交差させて打ちつけてあるのだが、これから僕たちが向かうドアだけは、しょっちゅう使われていたんだ」

わたしたちは貯蔵小屋を後にして、十七世紀に作られたという東棟の巨大な扉の前までやって来た。確かに、その入り口は最近使われていたことが見て取れた。辺りの草は踏み倒されており、大きな南京錠は最近塗られたばかりの油で黒々と光っていた。東棟の窓は全て固くよろい戸が閉ざされ、ここの酷く荒廃した様相に拍車をかけていた。

「さて」ホームズが近くの草深い斜面へと向かいながら言った。「ちょっと僕の話に耳を傾けてくれるならば、事件について述べてみたいと思う。僕には全てもうはっきり分かっているんだ。あとはただ、納得のいくように決着をつけるだけだ。とはいえ、船長がベッドから起きてくれそうになるまでは、何もできないんだ。日が暮れれば、獲物も出てきてくれると思うんだがね」

「では、何か重大な犯罪が起こりそうだと考えているのかい？」

彼は対話を小休止し、古くて黒いクレイパイプを取り出すと、煙草入れからゆっくりとタバコの葉を詰め込んだ。

「ワトスン君、僕が事の本質を正しく見抜いているなら、犯罪は既に起こってしまっているんだ。指摘した通り、僕にははじめからウェバー船長の奇妙な振る舞いには一つの意味しかあり得ないことは分かりきっていた。それはだね、物を隠す最良の場所は同じようなものの中だ、という紛れもない事実に基づくものだ——分かり易くたとえれば、針を針刺しに刺しておくのと同じことさ。船長の奇行はよく知れ渡っていたから、もうひとつぐらい増えても——それが犯罪だったとしても——実質的には誰にも気付かれずに済んだだろう。問題となるのは、起こった事実そのものではなく、その理由の方なんだ。船長が手紙を受け取って、投資に関する悪い知らせだと説明していた、とミス・ウェバーが言っていたのは覚えているね。そしてその二日後から一連の出来事が始まったために、僕らはここへ来ることになったんだよ」

「ホームズ」とわたしは声を上げた。「分かってきたよ。その手紙の差出人さえ判明すれば……」しかし彼がじれったそうにパイプを振って説明を続けたので、わたしはそれより先は言えなかった。

「依頼の翌日、ベア・インの主人とのいささか有益なゲームをしている間に、僕はウェバー船長が待ち受けていた〝友人〟のことと、その後不思議なことにその人物が消え失せてしまったということを聞き込んだ。これらの事実を合わせて推論すると——何が分かったと思う?」

「例の手紙はその人物からのものだったのか?」

「ご名答。ワトスン君、今日はいつもより冴えてるじゃないか。その手紙は〝友人〟からのものだった。そしてその中身は、日時を指定してベア・インで船長と会おうというものだったんだ。そこで勇猛なる船長は、マーチモント夫人その他の人々に恐怖を与え始め、大変な苦労に耐えて奇人としての評判を獲得した。そして運命の時が到来して、〝友人〟が約束の場所に現われ、議論が白熱した二人がヘクストン屋敷へと移動するや、東棟で船長は殺人を犯したのだ」

「ホームズ、まさかそんなことが！」

我が友は重々しくかぶりを振った。「残念ながら、これ以外の仮説では事実を説明しきれないんだ。二人はヘクストン屋敷へ向かうところを目撃されているが、ミス・ウェバーもマーチモント夫人も彼らが到着するのを見ていない。いや、ワトスン君、未知なる紳士はやはりあの人気《ひとけ》のない東棟にいるんだ。どのようにして殺されたかまでは、まだ分からない。だがその後、船長はドアをふさいで戻るところを娘に目撃されたけれども、彼女は自分を起こしたハンマーの大きな音を父の奇行のひとつによるものだと、すぐに思い込んでしまった」

ほんの僅《わず》かにも批判めいたことを言われるのすら我慢できない、というのはシャーロック・ホームズの悪い面だが、今回もまたご多分にもれなかった。失踪した男については必ず調査がなされるし、そうすれば宿屋にいた人々がそこで起こった口論のことを思い出して、たちまち疑いの目を向けられることになる――ということに、ウェバー船長は気付いていたはずだ、とわたしは思い切って言ってみた。しかしホームズは傲然《ごうぜん》たる態度でこの反論を一蹴した。

「いや違うよ、ワトスン君。ウェバー船長は調査などされないと分かってるんだ。この事件の鍵は、彼が一年前に帰国するよりも以前の出来事にあるのは明らかだ。その後の彼の生活には、この奇怪な一連の事件の原因となり得るようなことは何も起こっていないのだよ。君も気付いた通り、僕は昨日電報を打って、今朝返事を受け取ったのだが、これに船長に関する非常に貴重な情報が書かれていたんだ」

彼はここで小休止すると、陽光に照らされた大地や、我々の頭上にそびえる無人の東棟を見やった。

やがて彼は説明を再開した。「一八七七年、ジョシュア・ウェバー船長はバーク型帆船〈マリア・クリスティーナ号〉の指揮官を務めていた。この船の名前を聞いて、何か思い出したことはないかい?」

「マリア・クリスティーナ号? それは確か、数年前に世間を騒がせた密輸事件に関係した船の名前じゃなかったかな」

「それだよ」とホームズは続けた。「一等航海士のアダム・ベルターは、麻薬密輸法の重大な違反で告発された。船長自身の有罪を示す確固たる証拠もあった。だが彼は難局を脱して、公判にかけられることは免れた。最終的に、ウェバーの証言の結果、事件の全責任はベルターに帰され、彼は懲役十二年の刑を宣告されたのだ」

「十二年だって」とわたしは声を上げた。「それじゃ、もう出獄しているのか?」

「そうなんだ。八週間前に釈放されている。船長にひどいショックを与えた手紙が、ちょうど届いた頃だ。ベルターが再び自由の身となって、自分を投獄させた男に復讐しようと付け狙っていることを、船長はその時に知ったのだ。その結果として、彼はこの手の込んだ計画を企てたわけだが、これが僕の経験上全く斬新なものであることは認めるよ。もっとも、一八六八年のヘルシンキの事件と少し似ているとは思うがね」

「ホームズ」わたしはこの非凡なる人物への賞賛の声を上げた。「この奇怪なる事件に対する君の説明が正解であることは、明々白々だ。自分が真相を見抜けなかったことが不思議なぐらいだ。君と同じ事実を知っていたのに、わたしは全くの闇の中だったんだから。だが彼を法の裁きにかけるには、ここでどう行動すればいいんだろう？」

シャーロック・ホームズは我々が座っていた草の斜面から立ち上がり、屋敷へと戻る道を辿り始めた。

「我々がここにいる限り、船長が部屋から出てこないのは明らかだ」と彼は言った。「だから、僕たちが立ち去ったものと思わせねばならない。もっとも、さほど遠くまでは行かないがね」

我々が緊急の用件でロンドンへ戻ることになったとホームズから聞かされて、ミス・ウェバーは大いに驚き、少々がっかりしたようだった。しかし我が友は、女性に対する時には常に顕著となる持ち前の礼節と慇懃《いんぎん》さから、すぐに彼女を安心させて、明日には戻ってくるからと約束したのである。

わたしたちが例の宿屋まで来たところで、御馴染みの人物が挨拶《あいさつ》をよこした。

「やあホームズさん、電報を受け取りましたよ。一体全体、何事です？」

「レストレード君、一緒に食事はどうだい」とホームズが答えた。「食べながら、喜んで説明するよ。僕のダーツ友達であるブルックス氏が振舞ってくれる鶏肉を味わったら、待ち受ける試練に立ち向かわねばならないからね。君の功勲にセンセーショナルな殺人事件を一つ追加して、人も羨《うらや》む名声をさらに高めることができるはずだよ」

我々の話を聞いたレストレード警部は、やや半信半疑といった態《てい》だった。とはいえ彼だって、ホームズの非凡なる能力を軽視すべきでないことはとうに分かっていた。

「一緒に行きますよ」と彼は不承不承ながら言った。

「それでこそレストレード君だ。さて、みんな食べ終わったのなら、出発した方がよさそうだ。ワトスン君、拳銃は持ってきてるかい?」

「愛用のイリー型があるよ」とわたしは答えて、ポケットを叩いてみせた。

「では、いざ出陣だ。この事件も、いよいよ大団円が近いぜ」

やがて屋敷へと戻り着いたけれども、中へは入らなかった。その代わりに、前にも話に出した小さな木立へと向かった。その場所からは、屋敷の正面全体と不吉な東棟の扉とを見渡すことができた。

わたしたちが木立の間に屈みこむと、ホームズが囁いた。「さほど長く待つことはないと思うよ。状況がはっきりと分かれば、船長ももうぐずぐずしないはずだ」

「だけど、彼は何をするつもりなんですかね?」レストレードが尋ねた。

「死体だ、警部、死体だよ」とホームズは答えた。「いくら東棟が使われていないからといって、いつまでもあそこに放っておくわけにはいかないからね。一体どうやって処理するつもりなのかは、分からない。だが、彼は僕の到来に明白な脅威を感じ、行動を起こさざるを得なくなったんだ。しかし、あの灯油が気になる。よもやそんなことはあるまいが……」彼は口をつぐむと、咄嗟《とつさ》にわたしの腕をつかんだ。屋敷の扉が開いたのだ。

期待に反して、現われたのはウェバー船長ではなく、その娘だった。まだ早い夜の空気を吸いに、例の小さなペットを足元に引き連れて、散歩に出て来たのだった。彼女は屋敷のまん前にある砂利道を何度か行き来して、一度などは手を伸ばせば届きそうなぐらい、わたしたちのすぐ近くを通り過ぎた。犬は余所者《よそもの》がいることに気付いたとみえて、わたしたちの方に向かって甲高く鳴き始めた。

「しっ、静かになさい、スーキ」彼女は慌ててわたしたちが隠れている小さな木立の方を向きながら言った。幸いにして彼女が近眼だったから良かったが、もしそうでなければ我々は確実に見つかっていただろう。しかしこの出来事に驚いて、彼女はそれからすぐに犬を抱き上げると屋敷へと戻ってしまった。

「やれやれ、よかった」ホームズが安堵の溜め息をついて呟いた。「見つかったかと思ったよ」

それからしばらくは、完全なる静寂が辺りを支配した。夕闇が濃くなり、古い屋敷は昼間より一層陰鬱な印象を増した。無駄足だったのではと思い始めた頃、またしても正面玄関が開くと、今度は一人の男が我々の前方に立っていた。彼こそ、我々が追い求めていた人物に相違なかった。

彼は短軀で、ライオンのような顔をしており、禿げ頭の周りを短く刈った白髪が取り囲んでいた。潮焼けした赤黒い顔は、乾いて皺《しわ》が寄っていた――さらには、冒険と危険に満ちた生活の名残りか、あばただらけだった。それにもかかわらず、彼が我々の隠れ場所の前を通り過ぎていった際には、その顔に疲労と苦悩の跡を見ることができた。彼は古びた東棟の、南京錠のかかった扉へと向かっていた。彼が大きな鍵を取り出すと、ギ、ギ、ギィと大きくきしむ音をたてて、重厚な扉が開いた。

「静かに」ホームズが囁いた。彼が興奮し、緊張の糸を張り詰めているのが判った。「跡をつけるんだ」

我々の標的にこの声が聞こえてしまったらしく、その姿がいきなり消え失せ、我々が入り口に飛び込もうとした刹那《せつな》、重い扉がバタンと閉じられてしまった。

「しまった、馬鹿をやった！」ホームズが痛恨の声を上げた。「この扉をこじ開けるのは不可能だ。窓からの侵入を試みるしかない。だが、どうやってよろい戸を壊そうか？」

ホームズは一声叫んで走り出したかと思うと、すぐに大きな石を手にして戻り、最寄りの窓へと猛烈な勢いで叩き付けた。ガラス窓が粉みじんに砕けたので、わたしたちがよろい戸の錠を銃で撃とうとしたところを、ホームズに止められた。

「あれが見えるかい？」彼は三階の窓を指し示しながら叫んだ。見上げた途端に、背筋を戦慄が走った。

わたしたちのちょうど頭上に窓があり、そのよろい戸の内側から灰色の煙が渦を巻いて溢《あふ》れ出ていたのである。見ているうちにも別の窓から煙が噴き出し、たちまち古い外壁のあらゆるひびや隙間から煙が雲となって流れ出た。

わたしたちは躊躇《ちゅうちょ》なく窓を破り、暗い無人の部屋へと入り込んだ。厚いカーテンと重厚な樫材の家具に一瞥を投げつつ、部屋の反対側のドアを抜けた。その後のことは、ぼんやりとしか覚えていない。ホームズとレストレードに続いて長い階段を駆け上がり、上の階でドアを幾つか開いてみたものの、濃い煙が溢れてくるばかりで、煙はすぐに東棟全体に充満した。我々は再三再四、前進すべく試みた。しかしそれもあたわず、気が付いてみれば、我々は冷たい夜気の中に戻っており、背後では建物が炎と煙の塊と化していた。我が友と警部は速やかにミス・ウェバーとマーチモント夫人を起こしに行き、その間にわたしは助けを求めて走った。

どれだけの時が経過したのかは判らねど、わたしが消防夫を連れて戻った時点では、東棟は完全に燃え盛っていた。我々の到着と同時に、屋根の一部が轟音とともに崩れ落ち、炎と火の粉がどっと舞い上がった。泣き崩れるミス・ウェバーとマーチモント夫人の側にホームズが立っていたので、そちらへと向かった。

「大失敗だ、ワトスン君」ホームズはわたしを脇へと引っ張って言った。「残念ながら、哀れな悪人ウェバー船長は自縄自縛に陥《おちい》ったようだ。灯油は危険物で、こんな古い建築物の中で火を点けたら、木材やら調度品が火口みたいなものだから、自ら災難を招くようなものだ。レストレードと僕で、屋敷の内部から東棟へ入り込もうとしたが、無理だった。おそらく彼は、古着や木切れと一緒に燃やして、死体を完全に処分しようと考えたに違いない。といっても、建物を燃やすつもりはなかったんだろうが」

だがわたしたちは、いま一度ジョシュア・ウェバー船長の姿を垣間見るべく、運命づけられていた。不意に上階の窓から、炎にもだえ苦しむ歪んだ顔が見えたのだ。次の瞬間、彼は宙に身を躍らせたかと思うと、地面へと叩きつけられた。わたしたちは慌てて駆け寄ったけれども、手遅れだった。落下の衝撃で、即死していたのだ。

「ことによると、このほうがよかったのかもしれない」とホームズは感情のにじみ出た声で言った。「あのように生きながら焼かれるのには耐え切れなかったんだろう。少なくとも、これでもう苦しむことはない」

あとはもう語るべきことは少ない。消防夫たちの必死の努力にもかかわらず、炎はさらに一時間ほど盛んに燃え続けたが、少なくとも彼らのおかげで屋敷の別な部分に燃え移って全焼することは食い止められた。最終的には、東棟は真っ黒い残骸を残すのみで燃え尽きた。その中から、黒焦げの骨が見つかった。アダム・ベルターなる人物の成れの果てである。

すすり泣く依頼人を親切な隣人のもとへ送った後、わたしたちは家路を急いだ。その途次に、ホームズが言った。「教訓的な事件だったね、ワトスン君。もし船長の企み通りにいっていたら、きっと地元民は彼が驚異的な回復を遂げるのを目撃することになっただろうね。もっとも、自分の演じていた役割に没頭し過ぎた末に、本当に頭がおかしくなっていたかもしれない、とも思うがね。だが彼の死の責任は僕にありそうだ。僕がまずいタイミングで現われたことで彼を刺激してしまい、行動を起こさせたりしていなければ、これほどまでに華々しくも死に物狂いの死体処理法を選んでいなかったことは確かだからね。もちろん、僕と顔を合わせたら即座に真相を見抜かれてしまうことは彼も判っていたから、僕がいなくなった——と彼が思い込んだ――時まで、部屋に閉じこもっていたのさ。これには失望したよ。それまでは、見事なまでの巧妙さを披露していたのに、あんな幼稚そのもののごまかしで、僕を厄介払いできると思うとはね。そうだね、ワトスン君、もしこの事件を公表しようという気になったら、『疲労した船長の事件』という題名にしたらいいんじゃないかと思うよ」

調教された鵜の事件

オーガスト・ダーレス

この作品は、他のものよりもちょっと説明が必要でしょう。これは、ホームズ・パロディ＆パスティーシュの中でも、特に高く評価されているソーラー・ポンズのシリーズのひとつです。おふざけやナンセンスではない、真面目な作品です。しかし、名前はあんまりシャーロック・ホームズには似ていません。相棒も「パーカー博士」です。

これは「シャーロック・ホームズの後を継ぐもの」として書かれたシリーズなのです。ですから、舞台となる年代もシャーロック・ホームズのヴィクトリア時代ではなく、もう少し後に設定されています（冒頭、ドッグカートを見るのは久しぶりだ、というセリフがあるのはそのためです）。その服装やふるまい、推理法などはホームズそっくりなのですが。

作者は、ホラー作家としても知られるオーガスト・ダーレス。ラヴクラフトの「クトゥルー神話」がお好きな方にはお馴染みの名前でしょう。

どの作品を選ぶかは非常に悩んだのですが、名前が似ていないという部分ではホームズ・パロディ＆パスティーシュ性が薄いため、パスティーシュ性の濃い「語られざる事件」ものを選んだ次第です。

「ロンドンの通りで一頭立て二輪馬車《ドッグカート》を見るのは、まる六か月ぶりだ」と、ソーラー・ポンズが言った。角を曲がってプレード街へ入り、七番地Bが目の前まで迫った時のことだった。「そしてあの一台は、僕の目が間違ってなければ、時代錯誤の個人主義者の作品だね。あれは、退屈な夏の日々を終わらせる事件の先触れだと、希望を抱いても良さそうだ」

ポンズの関心の的たる代物は、わたしたちの住処《すみか》の上がり段に面して停まっていたが、もっと近くまで寄ってみると、ポンズの言葉を十二分に認めることになった。ドッグカートは、茶色、黄褐色、灰白色と、あらゆる種類の木材からなる一種の名品そのものだった。

「完全に手細工の品だ」ポンズが目を輝かせて、囁《ささや》くように言った。「そして、やや遠方からやって来たものだ。パーカー、君は何か言うことは?」

「車輪に泥が付いている——白亜と砂埃——初歩的なことだよ」と、わたしは言った。「フォークストン——ドーバーかな?」

「そうだねえ、むしろ海岸をもう少し回った辺りだね。泥は南ケントに見られる粘土だし、白亜と砂埃がそれを覆《おお》っていて、さらにその両者の上にあるのがロンドンの埃だ」ポンズはそう言いながら、ドッグカートの上に身をかがめ、近くから精査した。「また、木の義足を着けた人物がここまで御《ぎょ》して来ているが、ある種の荷物をカートに縛り付けて運んで来ている」

「旅行鞄かな」とわたしは言った。「わたしたちと一緒に住んで、君のやり方を学ぼうとロンドンへやって来たおべっか使い、というのはどうかね」

「やあ、今夜の君は面白いねえ、パーカー」ポンズは笑みを浮かべて言った。「だが、旅行鞄ではないね。思い切った推理をすれば、それは竹かごで、目の前の証拠がまやかしでないなら、中身は鳥だね」彼は柔らかな羽毛を親指と人差し指に挟んで摘《つま》み上げ、プレード街を吹き渡る優しい微風にそれを放った。

「鳥についてはわたしも同意するよ」わたしは言った。「だが君なら、訪問者が木の義足を着けているという以上のことを言えるはずだ。馬車の床に残っている跡ぐらい、僕にだってよく見てとれるからね」

「やあ、親しき仲ゆえに侮《あなど》りを招いてしまったようだな！」ポンズは声を上げて、普段の冷笑的な顔におどけた表情を浮かべた。「あまり言えることはないよ、パーカー君――訪問者が中年過ぎで、体重は少々重く、明らかに海の男で、馬車は彼自身の職人芸の産物で、大部分が流木から作られたものに違いない、ということぐらいだよ。あえてもうひとつ付け加えるなら、自ら馬車を走らせる屈強で頑固な男で、若い頃と同様に頑健だね。吸っているのは質素なシャグの混合タバコで、その酷《ひど》く強いことは僕の吸っているものと同様だ。現在オレンジ色のコール天のズボンをはいているが、それは座席のざらざらした端のところに糸が付いていることで判る。だが、これで十分だよ。彼がどんな話を聞かせてくれるのか、会いに行こうじゃないか」

そう言ってポンズは身を翻《ひるがえ》すと、七番地の建物の二階にある、わたしたちの下宿へと上がって行った。

訪問者は、暖炉《だんろ》の側にあるポンズの椅子に、気持ちよさげに手足を伸ばして座っていた。わたしたちが入っていくと、男は笑みを浮かべて歯を見せながら立ち上がり、帽子を取った。六十過ぎといった男性で、髪は黒いところよりも灰色が多く、風雨にさらされてざらついた顔をしていた。木の義足で立っており、膝から床までの部分が見えていた。実際にオレンジ色のコール天のズボンをはいていて、似たような生地の濃い青の上着を着ていた。肥満体ではなかったが、がっしりして重そうな体型をしていた。さらに、暖炉の中にはパイプタバコの吸い残しが捨てられ、強烈な刺激臭が漂っていることから、彼がしばらく待っていたことが判った。

「すんませんが、ポンズさんですな」と彼は言って、我が友へと頭を下げた。「キャプテン・アンドリュー・ウォルトンと申しやす」

「中国貿易をしてましたね。後期のウェルキン号でしょう」ポンズは、彼の首元で結ばれたスカーフを見て言った。

「アイ、その前にはバルバドス号で、そのまた前にもたくさんの船に乗っておりやす」

「引退してあまり長くはないですな」

「二年になりやす、サー」

「南海岸に住んでますね」

「アイ、サー。ニュー・ロムニーの近在で、ダンジネス灯台の北側です」

ポンズは彼が話している間に、インヴァネスとディアストーカーを脱いだ。着古した紫色のドレッシングガウンに袖を通し、靴をスリッパに履き替え、シャグタバコを詰めたパイプを手にして落ち着くまで、訪問者は話を続けるようポンズが合図するのを礼儀正しく待っていた。

「自分とアデレードは」と、彼はここで話を続けた。「自分らのちっぽけな家からはるばるロンドンまでやって来やして……」

「まさか、ドッグカートでそれほど長旅するのに、奥さんを連れてきたっていうんですか?」とわたしは口を挟んだ。

訪問者は、ひどく驚いてわたしを見つめた。

ポンズが、思い切り大笑いした。「すまない、パーカー。君のささやかな推理に、ツボを押されてしまってね」と彼は言った。立ち上がると、さっきまで訪問者が座っていた椅子へ歩み寄り、ぐるりとその向きを変えた。そこには、中に黒い鳥が一羽座っている、大きな竹かごが置かれていた。「これがキャプテン・ウォルトンの〝アデレード〟だよ」

「カラスか!」わたしは声を上げた。

「鵜《う》だよ」ポンズが訂正した。「英国の海辺では、魚を捕る鳥としてよく知られているし、世界中の色々なところで、特に日本と中国の海岸地帯では、この鳥は有益に使役されており、漁師たちから高い評価を受けているんだよ」

「アイ。アデレード以上に腕利きの漁師はおりやせんです。静かにしといてやってくだせえ、ポンズさん。そいつを身近に置いて七年になりやすが、こんな遠くまで連れて来たことはありやせんでした。ですが、自分がいない間に家で何があるか見当も付きやせんもので……」

ポンズの目がきらりと光った。「キャプテン・ウォルトン、何かがあなたの日常生活を脅《おびや》かしている、という意味ですね」

「アイ、サー。そうなんです」そう言いながら訪問者は屈み込むと、冷静沈着に木の義足をはずして、そのクッション部分から黒革製らしき小型ケースを引き出した。それはおおむね長方形で、紳士の持つ平たい大型札入れにそっくりな形状をしていた。似ていないのは、折り畳む形でないところと、ぶ厚過ぎるところぐらいだった。それを手渡されたわたしは、ポンズへと回した。その軽さにわたしは驚いた。

「裏地がコルクだ」ポンズが、触った瞬間に言った。「水に浮かせるためだな」彼の目が素早く走った。「忠実なるアデレードがこれをもたらしたと推理したが、間違いないね?」

「アイ、サー。どうぞご覧下され。一点だけを除いて、見つけた時のままです。小さな防水紙に包まれとったんですが、儂《わし》が取ってしまいやした」

「どうしてそれは持って来なかったんです?」

「後で説明致しやす」

ポンズがコルク裏のケースを開くと、二つの小さな包みが露《あらわ》になった。その片方からは、明らかに郵送のつもりで用意された一通の手紙がはみ出していた。ポンズは何も言わずにそれを取り出した。もう一つの包みからは、二つのものを取り出した——手紙の写しの薄紙と、切手を貼ってない葉書だったが、住所が書かれておらず、こちらは郵送のつもりでなかったのは明らかだった。葉書の片面には、タイプ文字が並んでいた。薄紙の便箋は折り畳まれていたが、キャプテン・ウォルトンの膝に押された皺《しわ》がある以外、割合にきれいだったので、さほど長期間包みの中にしまわれていたわけでないのは明白だった。薄紙の便箋は明らかに、もう一方の手紙を受け取るはずだった人物へ宛てて書かれた手紙の写しだった。そのもう一方の手紙は、切手を貼った封筒に入れてあり、宛先住所もタイプ打ちされていた——「ロンドン南東区ブールジェ街十五番地　ジェフリー・クレイル議員閣下」——そして差出人は「ケント州リド近在ダンジネス灯台　ジョン・T・エヴァンズ」となっていた。

封筒の中身は重さから判断すると、せいぜい便箋一枚というところだった。一般的な封筒よりもほんの少しだけ長かったが、規格外というほどではなかった。封筒の折り返し部分は、V字形というよりは真っ直ぐだった。ポンズは気のない様子で封筒を調べると、目の前のテーブルに置いた。彼は薄紙の便箋を開いて、幾分か注意深く熟読した。それは選挙区民から代議士に宛てた一般的な賞賛の手紙で、選挙区民に影響を及ぼす公的な問題における、議員の最近の立場に賛成する内容となっていた。ポンズは、葉書にはもう少し注意を払った。

これはごく普通の郵便葉書で、宛名も住所もなかったが、四行のタイプ文字だけが記されていた。それは次のようなものだった。

間違いなく五日に（Fifth without fail）
こちらへは来るべからず（Do not come to us）
我等がそちらへ向かう（We will come to you）
十日にノルマンディ号で航海（Sailing 10th Normandie）

大雑把な調査を終えて、ポンズは顔を上げた。

「ちょっとお湯をわかしてくれるかな、パーカー」彼はわたしに言うと、訪問者へ向き直った。「続けて下さい、キャプテン・ウォルトン」

「ようがす」キャプテンはゆっくりと話し始めた。「ご存じの通り、儂は海岸に住んでおりやして、恩給以外に流木彫刻の類《たぐい》で小金を稼いでおりやす。またアデレードを調教して、運べるものなら何でも拾い上げて持ってくるように致しやした――魚以外も、です。そして今から八日前のこと、日付は三日ですが、アデレードがこいつを運んで戻ったんです。儂はあまり出かけない方ですが、リドへ行き次第、手紙を投函するつもりでした。ところが、その間にあれやこれやありまして、えいやとそれをするまで三日かかりやした。

その時には、何か奇妙な出来事が起きていやした。すぐに怪しいと思ったなどと申し上げるつもりはござんせんが、何者かが儂とアデレードのことを調べてたんです――ご推察の通り、儂からではなく近所の連中から、遠まわしにです。望遠鏡に日光が反射して光るのを目撃したことも、一、二回ありやした――その光は儂にはお馴染みのものなんです。そこで、誰かが家を監視していることに気付いたんです」

「その招かざる監視はいつから始まりましたか、キャプテン?」ポンズが口を挟んだ。「六日よりも前、それとも後?」

「今から四日前です」

「ふむ、七日か。〝間違いなく五日に〟の二日後だ」

「怪しいと思ったのは、八日の晩です。儂はケースをご覧に入れた場所にしまって、流木を探しに海岸沿いに行きました。すると儂の留守中に、何者かが儂の家に入り込んで屋根から床下まで家探しをやりおったんです。唯一なくなっていたのは、このケースを水に濡らさないための防水の包み紙でした」

「では、あなたが手紙を郵送しなかったことを示すものは何もなかったのですね?」

「そうです。ですが、他にもありました。つまらないこと——ポンズさんなら無害なことだとおっしゃるかもしれやせん。ですが、それまでにはなかったことなのです。翌日、何者かがフォークストンからやって来て、アデレードについて質問しやした。儂がアデレード用の漁業の鑑札を持っているかとか、そういったことです。妙ちきりんな色黒の男で、四角い顔をしてやした——警察の巡査にそっくりでした。儂の家を、中身ごと全部売る気はあるか、とも訊きやした。八日には、何者かがアデレードを撃ったりもしやした——彼女の翼の先に当たったんです。儂にはもう、たくさんでした。このケースが、何もかも引き起こしたのだという結論に達して、自問自答しやした。なぜ連中は直接やってきて、それはわたしたちが失くしたものだから返してくれ、と言わないのか？　それにひどくうさん臭いことがありやす。これがエヴァンズ氏のものならば、彼がうっかり失くしてしまったというなら話は別ですが、どうして灯台の沖に浮いていたのでしょうか？　失せ物なら探して当然ですが、なぜ儂が持っていると判ったのでしょうか」

「その通りですな」ポンズが頷いた。

「最初、儂は決めかねました――灯台へ行こうか、それとも警察へ行こうか。ですが警察だと、疑いの目で見て煩《わずら》わしく思うだけでしょう。エヴァンズ氏は、非友好的で――控えめに言っても――何も話してくれないでしょう。そこで儂は、あなたがミス・ノートンのために少々骨折りしてくれたことと、彼女があなたを高く評価していたことを思い出したのです。かくして、儂はこちらに伺ったわけです。さて、あとはあなたがこれを預かって下さるだけで、儂は帰ることが出来やす」

「そう慌てずに、キャプテン・ウォルトン」とポンズが諫《いさ》めた。

来訪者は不審そうにポンズを見た。我が友は立ち上がると、思案顔で部屋の中を一、二回往復した。窓のところまで歩くと戻り、マントルピースのところで少し止まって、ナイフで刺してある二、三通の手紙をぱらぱらとめくった。炎の前でしばらく立ち止まり、鋭い両目は考え深く、眉根には皺が寄り、唇は突き出たり引っ込んだりしており、両手は後ろで組んでいた。そしてついに、彼はキャプテン・ウォルトンへと向き直った。

「家に戻らなければならない理由は何もないのですよね？」と彼は尋ねた。

「ええ、ありやせん——儂が都会をあまり好かないのを別にすればですが」

「では数日間、ロンドンで過ごすよう提案します」

「え？ でもどうしてです、ポンズさん？」

「今帰宅したら、危険かもしれないとは思わないのですか？」

「儂は危険には慣れておりやすよ、ポンズさん」訪問者は強情に言った。

「それはそうでしょう。では、耳を傾けてくれるまで言わせてもらいます。この近くにある下宿屋の家主宛ての手紙をお渡しします。いずれ、僕らがダンジネスへ行かねばならない時が来るでしょう。その時に一緒に行こうじゃありませんか」

ポンズ自ら、階段を下りてキャプテンと鵜を見送った。彼は跳ねるようにして部屋へ戻ると、ひどく喜んでいる様子で両手を擦り合わせた。

「さてそれでは、パーカー君」彼は訪問者が置いていった物の前に座ると言った。「君はこれをどう思うね？」

「己の判断力を凌駕《りょうが》するような新たな事件を、君がこれほどまでに渇望している姿は見たことがないよ」とわたしは答えた。「この件に謎はほとんどないね。単にエヴァンズが郵便を出しに行く際に、船から札入れを落としただけで……」

「都合のいいことに、水に浮かぶようコルクで裏打ちした容器に入れてかい」とポンズが口を挟んだ。

「そして自分で回収する前に、鳥に拾われてしまったんだ」わたしはしつこく最後まで言った。

「一言言わせてもらうよ、ポンズ。君は謎が存在しないところに謎を作り上げてしまう、残念な傾向がある。それも、判っていたことだとは思うがね」

「ええとだね」ポンズが考え込んだ。「君とは十年以上、おおむね十二年の付き合いだが、その全期間における僕の事件の中で、謎以上のもの――以上だよ覚えておいてくれたまえ、以下ではない――へと転じた場合が、一度だけあった。それは、君の記憶を揺り動かさせてもらえば、エイモス・ドリントン氏の遺産の事件だ①――君はあれ以来、氏の愛らしい娘ミス・コンスタンス②のご機嫌を取っているじゃないか」

「でもやっぱり」とわたしはしつこく言い続けた。「灯台のエヴァンズを訪ねれば、わたしの説を裏付けてくれるはずだと思うよ」

「そうすることが彼のためにならないとしたら？　僕はそう思うがね」ポンズはかぶりを振った。「だがこの議論は、机上の空論過ぎる。どんな質問であろうと、エヴァンズ氏はそれを受けられる立場にないんじゃないかと、僕は非常に恐れているんだ」

「どうしてそう思うんだい？」

「僕が大間違いをしてない限り、エヴァンズ氏は死んでいる」とポンズは、下宿の女将に朝食の卵を頼む時に見せるのと同じ落ち着きっぷりで言った。

「ポンズ、君の頭はどうかしてるよ！」わたしは憤然として声を上げた。

ポンズは、いよいよ我慢の限界とばかりに舌打ちした。「君はお気に入りの仮説に異議を申し立てられると、精神科医に転じてしまうという混乱傾向があるね」と彼は言った。「明白な結論を常に抛《なげう》つ反抗的な姿勢には僕も降参するしかないが、今回の件では、君の結論は明白からは程遠い。キャプテン・ウォルトンと鵜を襲った風変わりな苦難のことは取り敢えず脇に置いて、問題をもう少しだけしっかり見てみよう。エヴァンズ氏が、投函する手紙とその手紙の写しの両方を同時に持ち歩いていた、というのは全く論理的でない、と僕は思うんだ」

「もちろんそうだ。写しはファイルするつもりだったんだよ」

「その通り」

「でも待ってくれ、ポンズ！」とわたしは訴えた。「結論まですっ飛んでしまうのかい？ あの薄い便箋が封筒に入っている手紙の写しだと示す証拠はないんだぜ」

「同じ包みに入れてあったという事実が証拠だよ――議員宛てに自分が何を書いたのかエヴァンズ氏が確認するために複写されたのさ」

「エヴァンズ氏が、彼が差し出したことになっている手紙を書いたのではないというのかい？」

「その通りだよ。彼はそれを読んだことがなかったから、自分が何を書いたことになっているかを知るために写しを持っておく必要があったんだ、と僕は思っている」

「ねえ君」わたしはいさぎよしとせずに言った。「その写しは、僕がこれまで読んだ手紙の中でも最も無害な代物だ。これは控えが必要となるような手紙ではないよ！」

「むろん、中身が非常に皮相的なものであることを除けばね」彼はバーナーの方をちらりと見た。「だが、これ以上手間取ってないで、問題点を確定させようじゃないか。蒸気を当てるにはもう十分だろう」

ポンズはそう言いながら腰を上げると、蒸気を噴出するヤカンのところへ手紙を持って行った。そして、封をされた折り返し部分を蒸気の上にかざしたのである。彼はそこに立っている間、小さく鼻歌を歌っていた。著《いちじる》しく気にさわるその行為によって、彼がわたしの反対意見をものともせず、実に強情な態度をますます強めていることに、わたしも気付かざるを得なかった。

少しして、彼は片手に開いた封筒を、もう片手に開いた手紙を持って、戻ってきた。彼は何も言わずに、手紙をわたしの前に置いた。その中身は、薄紙の複写と全く同じだった。しかしながら、ポンズの関心は手紙にではなく、封筒に向けられていた。

「これこそキャプテン・ウォルトンの悩みの原因だと、僕は思っているんだ」ポンズはそう言って、開いた封筒の裏側を示した。

彼は封筒を裏向きにテーブルへ置いた。最初、わたしには何もわからなかったが、やがて封筒の糊《のり》の線が少し盛り上がっていることに気が付いた。わたしがそれに注目すると、ポンズはポケットナイフを開いて、封筒に手を加える用意を整えた。一瞬にして、彼は非常に薄いセロファンの小片を取り出し、その下にある細い黒線も露《あらわ》にした。ポンズはそれを手前に引き寄せ、勝利の叫びを上げた。

「で、これは何なんだい？」わたしは声を上げた。

「マイクロフィルムだ」ポンズはそれを光にかざしながら言った。

わたしはフィルムを透かして見たけれども、幾つもの階があるコンクリート造りの建築物らしい、ということ以外はほとんど何も判らなかった。それらは屋内の写真だった。

「要塞だよ」ポンズが言った。

「だが、どこの?」

「おそらく、僕よりも兄の領域寄りだろう。この時間ならば、まだ外務省の私設電話で捕まえられるはずだ」

彼はバンクロフト・ポンズ[3]と通話をした後、電話のところから戻ってきた。バンクロフトは非常に謎めいた人物で、外務省との関係はあまりに強力かつ包括的であって、彼の地位の重要性が想像できぬほどなのだが、最高度に重要であるということだけは言える。そんな彼が、すぐにやって来るということだった。

「さてそれでは」ポンズは、もういちど訪問者の奇妙な包みの中身を引っくり返すと、冷静に話を続けた。「もうこの包みについては君も結論に達しているだろう。これは――他にも同種のものがありそうだが――海へ投下されたものだ。おそらくは、通過する飛行機か船舶から、エヴァンズ氏が見つけるように。にもかかわらず今回は、アデレードの目の方がエヴァンズ本人よりも優れていたということだ」

「しかし、それじゃ余りにも手順が遠まわし過ぎやしないかい?」とわたしは抗弁した。

「スパイ活動は、遠まわしにしてし過ぎることはないよ、パーカー君。特に、海外からもたらされたものだとしたら――もしかしたら、フランスかな」

「だけどフランスは同盟国だ!」

「その通り」

「たとえ英国が通常経路では得られない情報を必要としても、別の手段があるはずだ」

ポンズは寛容に笑みを浮かべた。「エヴァンズ氏がこのような手紙をロンドンにいる我が国の政治家へ送る一方、自分の手紙の写しと原本を受け取っているというのに、君は何も変だと思わないのかい？」

「もしかして、手紙は暗号文なのか？」

ポンズはうなずいた。「僕はすぐに思いついたよ。葉書にはへたくそなメッセージが隠されているんだ。その伝える内容――この手紙を五日までに配達すべし、十日までには密偵が行動する、ということのほかにも。出航日とやらはタイムリミットのことにほかならないから、君が労を惜しまず船籍簿を細かく調べようとも、ノルマンディ号なんて船はどこの港からも出航予定になっていないのは確実だよ。そして、今日は十一日だから、タイムリミットは期限切れで、警告内容は実行されてしまっているんだ」

「警告とは何だい？」

ポンズは葉書を投げてよこした。「行末の各音節に、無邪気なメッセージが込められているのは明らかだよ」

わたしはもう一度葉書を見て、四つの行末の音節を読んでみた。

fail us you die（しくじったらお前は死ぬ）

「僕の意見では」とポンズが言った。「このとても判り易く述べられた脅迫は既に実行されている、と仮定してもいいのではないだろうか」

「なんてことだ！　それなら、どうして君はそこでのんびり座ってるんだい？」わたしは叫んだ。

「なぜならば、エヴァンズ氏は機械の中の歯車にしか過ぎないからさ。いや、我々の獲物はロンドンのどこかにいるんだ。エヴァンズ氏の件で僕らに出来るのは、朝になったらダンジネスへ急行して、可能な限り調査を行い、同時に地方警察へ通報することぐらいだ。何らかの偶然でまだエヴァンズが生きているなら、自分がお尋ね者になっていることは容易に判るだろう」

「ずいぶんと冷酷な物の見方をするんだね。君らしくないよ、ポンズ」

「まさか」ポンズは平然と言った。「こんなに遅くなってからいくらエヴァンズ氏を気にかけても無駄ではないかと懸念《けねん》しているのさ。それよりむしろ、我が国の繁栄に影響を及ぼすかもしれない、もっと緊急の情勢に精力を注ごうじゃないか。今は、バンクロフトの来訪を待つべきなんだ」

我が友の兄は、一時間も経たずに姿を現わした。音もなく階段を上がって、その到来をポンズが気付く直前に部屋へと入って来た。

「どういうことだね、ソーラー？」彼は入り口で、落ち着いた声で言った。広い肩と、大きく堂々たる頭で、出入り口は一杯になった。「わたしに連絡してくるとは、どんな問題が起こっているんだ？」

「これだよ」ポンズは言いながら、マイクロフィルムの小片を叩いた。

バンクロフトは猫のような足取りで前進し、フィルムを取り、光にかざした。その顔が蒼白になった。

「わたしを呼び寄せたということは、これが何だか判っているのだな」バンクロフト・ポンズが言った。

「初歩的なことだよ、兄さん」ポンズが答えた。「ある種の城塞だ。フランスじゃないかな。焦点が基礎構造に合っているようだから、かなり広大な建築物だろう」

「これは内部写真だ――重要かつ極秘の内部写真だ――マジノ線[4]要塞のな」とバンクロフトが言った。「出所はどこだ？」

何も言わずにポンズは、マイクロフィルムが隠してあった場所を示した。真っ直ぐ立ったまま、バンクロフトはステッキを脇の下にするりと挟み込み、手紙と封筒を取り上げると、素早く一心不乱に両方とも精査した。

「一番興味を惹《ひ》くのは、ジェフリー・クレイル閣下じゃないかな」とポンズが言った。「マイクロフィルムは、彼宛てになっているからね」

「チッチッ、正当とは認めがたい結論に、飛躍してはいかんな、ソーラー」バンクロフトは叱責した。「むしろ、手紙と封筒が彼宛てになっていると言うべきだ」

「ああ、それでは彼は非の打ち所のない人物なんだね」

「申し分のない人物だ」

「既婚者？」

「独身だ」

「若くはない？」

「六十七歳だ」

「ひとり住まい？」

「家政婦がいる」

「おやおや、兄さんは我が国の政治家たちについて、ずいぶんと情報を押さえているようだね！」とポンズが言った。

「こんなもの、英国政府に対するわたしの責務の中では、取るに足らぬ部分に過ぎんよ。さてそれでは、このエヴァンズとは何者だ？」

「朝になったら調査に行く予定なんだ。でなければ、兄さんに任せるよ」

「彼が書いたのではないな、もちろん。だから、ただの手先だ。この手紙は——またおそらくこれ以前の手紙も——フランスから来たものに違いない。そしてロンドンにいるドイツの——もしかしたらロシアの——間諜《かんちょう》に宛てたものだ。どうやって手に入れた？」

我が友は迅速かつ簡潔に、キャプテン・アンドリュー・ウォルトンが訪ねてきた経緯を説明した。

「鵜とはね」バンクロフトが感慨深げに言った。「ちっぽけな自然事象によって、万全に用意された計画が暴露されるとは！　バーンズ氏[5]に謝らねば。全く、アデレードか！　彼らは今どこにいるのだね？」

「ロンドンだよ、問題が片付くまではね」

バンクロフトは、しばし思案している様子だった。そして人差し指で手紙に触れた。「この手紙は？」

「この件に使おうと思ってる。マイクロフィルムは持っていってくれないか。そっちは必要じゃないんでね」

「何をするつもりなんだ？」

「まず第一に、これらのメッセージがいかにして選民たる英国のしもベクレイル議員に宛てられることになったかを突き止めるよ。不名誉とは無縁のはずの議員が、フランスの潜在的な敵国の手に落ちたのかもしれないんだ。それはつまり英国にとっても潜在的な敵国ということになる。そして二番目には、敵国に鉄槌を下してくれる。慈悲深い僕らの政府が、敵国の本体を打ちのめすくらい豪胆だと信じるほど、僕は楽天的ではない――我々がここではからずも偶然発見したものは、スパイ活動の輪のごく一部にしか過ぎないことは、一目瞭然だよ。我らがフランス同盟は、この手の問題に関してはあまり用意周到とは言いがたいし、外交的免除特権の主張をあまり重要視しない傾向があるしね」

バンクロフト・ポンズは、堂々と不愉快そうに、鼻に皺を寄せた。彼はマイクロフィルムを慎重にポケットへ収めると、またしても音を立てずに出入り口まで足を進めた。「わたしの電話番号は知っているな。我々の手助けが必要な際は、電話するように」

兄が立ち去った後、ポンズはしばらく座ったままで、首を垂れ、両目を閉じ、指は体の前で突き合わされていた。彼はこれ以上は説明をしようとせず、わたしもあえて尋ねはしなかった。彼の答えが、わたしをさらに混乱させるのではと懸念したからである。

あくる朝早く、わたしたちはダンジネス灯台を目指して、ニュー・ロムニーへと向かう途上にあった。チャリング・クロス駅から一時間強の汽車旅で、セヴンオークスやタンブリッジウェルズの美しい田園風景を通って、チンクエ・ポルツ地方へと入った。だが旅の間中、ポンズは心ここにあらずで、個室の床や壁をぼーっと見つめるばかりだった。彼は座ったまま深く考えにふけっており、両目は半ば閉じられ、頭はうなだれていた。昨晩の推理を検証する以外、今回の旅で得るところは何もないと確信しているかのようであった。

我々は、ニュー・ロムニーでいったん風変わりな小型鉄道へと乗り換えた。その鉄道は、この古い港町とダンジネスの間を走っており、灯台のある岬の先端までは短い旅だった。途中は荒涼たる一帯で、広大なダンジェ湿地は、内陸部をニュー・ロムニーからリドまで拡がっていた。ダンジネス自体は、ありふれた寂しい町で——海の灯台が、パブや漁師や彼らの小屋を威圧していた。灯台まで行くボートを雇うのは、何の問題もなかった。わたしたちは、灯台で管理人を見つけた。イライジャ・ムーアヘッドという名の、頰髯を生やした老人だった。

「エヴァンズとな！」彼は、ポンズの質問に大声で答えた。「では、あんたらはエヴァンズのことを訊きに来たんじゃね！　おかしなことに、奴は消えちまったみたいなんじゃよ」

「ああ」ポンズが呟《つぶや》くように言った。「彼がいなくなって、何日になるかな？」

「二日じゃよ、ポンズさん」

　ポンズは意味ありげにわたしの方をちらりと見た。ムーアヘッドは話を続けた。

「奴は自分のボートで出発して――奴はここにいるのと同じくらいそのボートに乗っておったんじゃ――、それからもう戻って来なんだ。ボートは、転覆してるのが見つかってな。儂は、奴の失踪を当局に報告したんじゃ」

「よろしい、ムーアヘッドさん。彼がよくボートに乗っていたと言うことだがね。彼はここにいる義務は負っていなかったのかね？」

「いや、あったわい。でも、儂よりはよっぽど自由じゃった。儂らは、飛行機があんまり近くを飛びすぎるのにえらく悩まされてたもんで、赤い火を灯したブイをひと繋がりにしたみたいなもんを奴が考案して、儂らを苦しめるこの辺の濃い霧の中でも見えるようにしたんじゃ。そんで、奴はしょっちゅうそれを見て回っとったわい。それに奴はボートを操るのが巧みじゃった」

「彼がここからいなくなった時の行き先はどこだったんだろう？」

「海岸沿いに南下して、友人に会いに行ったんじゃないかと儂は思っとる」ムーアヘッドの目が細まった。「奴は暴力沙汰に巻き込まれたんじゃないかとは思わんかね、ポンズさん？」

「そのうち判るでしょう」ポンズは答えた。「何はともあれ、彼のものはそのままにしておいた方がいいと思う。警察が調べたいと考えるかもしれないから」

「ポンズさんも彼の部屋をご覧になりたいんじゃないかね？」

ポンズは灯台管理人の申し出にいそいそと応じた。

しかしながら、エヴァンズの部屋は、奇妙なまでにがらんとしていた。ポンズは、手紙の写しが整理されている書類挟みだけは見つけた。写しは全部で十一通分あり、三か月間にわたってジェフリー・クレイル閣下宛てに送られたものだったが、ポンズはそれをいじり回しはしなかった。

ロンドンへの帰り道の途中に、彼はようやく口を開いた。「あえて推測するならば、エヴァンズが自分宛てのメッセージを受け取るために考案したのは、極めて危なっかしい手法だったようだ。彼の作戦の実行可能性を共謀者たちに納得させるのは、ちょっと難しかっただろう。かくして、彼は共謀者たちの機嫌を損ねないよう用心していたわけだが――キャプテン・ウォルトンの調教された鵜が、見事にその用心の裏をかいてしまったんだ」


翌朝起き出してみると、わたしはひとりきりだった。

しかしポンズは、謎のメッセージを残していた。わたしの朝食のお盆の横、テーブルクロスの上に、朝刊から切り抜いた小さな紙切れがピンで留められていたのである。

要するにそこには、ダンジネス灯台で働いていたジョン・T・エヴァンズの死体が、ダンジネスの広い砂浜近くにある磯で発見された、と書かれていたのである。エヴァンズは溺死しており、事故による死亡だと推定されていた。

わたしが一回り往診して正午過ぎに戻って来ると、ポンズもちょうど帰って来たばかりだった。彼は、街頭の行商人が着ていた方がもっと相応《ふさわ》しいと思われるような服を、脱いでいるところだった。

「君のメッセージはちゃんと見たよ」とわたしは言った。「きっと君はもう、地方陪審の意見を訂正してきたんだろう?」

「とんでもない」ポンズは言った。「エヴァンズは当然の報いを受けただけさ。彼は魅力的な雇い主たちと取引していたが、その一部は、ああなんたることか! 通常の合法なルートを通しては接触できない相手だったんだ」

「免除特権が常にある外交官ということかい?」

彼はうなずいた。「君はもう記録に留めているだろうね、僕が一、二回遭遇した邪悪なる最大級の犯罪者、エネスフェルド・フォン・クロール男爵⑥のことは」

「まさか、また奴なのかい!」

「この一件における彼の関与は、何もかもあまりに明白なんだ。ブールジェ街十七番地の家にはドイツ政府職員のハーマン・アルバート・ハウプトマンが住んでいると聞いたら驚くかい?」

「なんと、それはクレイル議員の家のある一画じゃないか」

「これは偶然の一致ではないよ、パーカー。しかもハウプトマン氏は、ドイツ国内で確固たるコネクションを持っているんだ――彼の妻はフォン・クロール男爵の姪《めい》なのさ。それから、彼には幼い息子がいる。年齢は九歳。名前はオットー。オットー坊やは進取的な気性の少年で、切手収集に夢中だ。彼は毎日、捨てられた封筒——切手収集家の言うところの〝カバー〟——を、近所中の家から集めている。しかしながら、オットー坊やは、自分では知らずに、故国のために貢献をしていたんだ。どの切手がいるかが決まれば、親切にも父親が息子の趣味を手伝うんだ——切手に注意して蒸気を当ててね。その間に、父親は封筒の折り返しをひとつふたつ剝がすというわけさ。

僕は今朝方、商人に変装して、議員閣下の年配の家政婦——どうやら雇い主の人望に引けを取らないぐらい親切らしい——が、近隣全ての情報を知っている、文字通りの生き字引だと突き止めた。僕の考えでは、ハウプトマンの諜報組織網を通じて収集された情報は、フォン・クロール男爵に直接もたらされ、男爵のところから外交文書送達用の袋でドイツへ運ばれるのだ。組織には他にもエヴァンズのような奴らがいるという疑いもある。鎖の輪がどこか一箇所で切れたら、鎖全体が壊れて危険にさらされるからね。実際のスパイはフランスのどこかにいて、この情報を英仏海峡を渡らせて問題なく運ぶための連絡手段を持っている。選挙区民から代議士へ宛てた手紙以上に安全なものはあるかい？　このドイツ人連中は、子どもみたいに無邪気な考え方の持ち主だね」

またしてもドレッシングガウンに袖を通し、シャグタバコを詰めたパイプをくわえた我が友は、ジェフリー・クレイル閣下宛ての封筒と便箋が置いてある前に腰を下ろした。

「では、僕たちに何ができるか考えてみよう」と彼は言った。「議員の手紙を送り届けることにしようか。だがマイクロフィルムがあった場所には、別の小さなものを入れてね」

彼はセロファンの小さな一片を切り取った。わたしが見守る中、彼はその一片にピンを使って以下のようなメッセージを書き入れた――

「Komm schnell oder Alles ist Verloren.」[7]

ポンズはこれを、封筒のマイクロフィルムがあった場所にゴム糊《のり》で貼り付け、それから封をした。彼は、発送予定の郵便物用の棚へと封筒を置き、満足げな笑みを浮かべると、上体を後ろに反らした。

「これがハウプトマン氏に届き次第、キャプテン・ウォルトンとアデレードはケント州へ帰っても安全になるよ。同時に、ハウプトマンがロンドンから飛び立つ際に確実に尾行するよう、スコットランド・ヤードへ警告し、またフランス警察庁へは、ハウプトマンとフランスにおける片割れ――諜報員どもの実情にはかなり疎《うと》い我が英国政府の、手の及ぶ海岸の向こう側にいる奴――に対する包囲網を確実にしておいたほうがよいと警告するのさ。フォン・クロール男爵を捕らえることは出来ないが、いずれまた、相まみえることになるだろう!」

その週のうちに、南西の海岸へと帰路の旅に出発する用意のできたキャプテン・ウォルトンのドッグカートは、竹かごの中に大人しく落ち着いているアデレードを乗せて、七番地の縁石前に停まっていた。彼がここへ戻ったのは、ポンズの招きがあったからだけではなく、アデレードとコルク付きの包みに関するポンズの骨折りに対して、お礼を渡しに来たのだ。その前日、キャプテン・ウォルトンとアデレードはテムズ河の水路を通って、郊外へ遡上したのである。アデレードは大忙しだった。彼女はポンズのために、丸々と太ったブリームを十二匹も捕まえたのだった。

そこにちょうど朝刊が届き、ポンズはキャプテン・ウォルトンに自分が活躍した結果を見せた。その記事に付された見出しは「ドイツのスパイ網壊滅」だった。ポンズに言わせればこれは「記者のせいというよりもスコットランド・ヤードの熱狂のために少々不正確」なのだった。この記事には、ロンドン～パリ間でスパイが共謀者と接触するまでめざましい尾行劇が行われたこと、その後フランス警察との戦闘でフランス人スパイは死亡し、ハウプトマンは逮捕されたことが書かれていた。

「でも、ここにはこう書いてありやすよ。『これはスコットランド・ヤードとフランス警察庁の緊密な共同作戦のおかげである』」キャプテン・ウォルトンが言った。「ポンズさんのことは、一言も書いてありやせん」

ポンズは笑みを浮かべた。「ああ、キャプテン・ウォルトン、それはアデレードがコルク付きの包みを見つけたことも同様ですね――人生におけるささやかな皮肉のひとつということですよ」

コンク - シングルトン偽造事件

ギャヴィン・ブレンド

これは、「六つのナポレオン」の中で言及されている語られざる事件です。「六つ…」事件が終わると同時に、シャーロック・ホームズはこの事件に関する書類を取り出すよう、ワトスン博士に頼んでいるのです。この語られざる事件は、ミステリ作家ジョン・ディクスン・カーも戯曲として作品化しているので、タイトルに聞き覚えのある方もいらっしゃることでしょう。

作者は、有名なシャーロッキアンのギャヴィン・ブレンド。「疲労した船長の事件」のアラン・ウィルスン同様、一般読者の方には馴染みがない名前かもしれませんが、シャーロッキアン界ではビッグネームです。衝撃のラストが待ち受けていますが……決して怒らないで下さい。

「わたしはね、ホームズ、顔は人間の性格を表し出すものだという法則を支持するよ。この法則に例外があることは、わたしも否定しないさ。以前君が言っていたように、外見は日曜学校の先生であるかのような、バート・スティーヴンズ[1]という犯罪者もいるからね。しかし、彼は一般法則の例外だと主張しておくよ。実際に例を挙げれば、忌《い》まわしい悪党メリデュー[2]とか、ウッドハウス[3]とか、ヘンリー・ストーントン[4]がいる。もっと最近の事件に目を移せば、昨晩逮捕したばかりのイタリア人のごろつきがそうだね。嫌悪感を催《もよお》す彼らの顔の上に、極悪ぶりが大きく刻み込まれていることに、疑問の余地はないだろう?」

　わたしは椅子にもたれかかって、卵の殻《から》をスプーンでつついた。その朝、いつもよりも遅めの朝食をとっているところだった。開いた窓から降り注ぐ七月の日差しが、わたしの寝坊ぶりをたしなめているようだった。とはいえ、やましいところはなかった。手錠をかけた殺人者を連れて、わたしたちがチズウィックから戻ったのが真夜中過ぎで、警察へ行ってさらに遅くなったのだ。

　しかしながら、ホームズにとって夜更かしは、わたしの場合よりも大したことがなかったとみえ、彼は既に朝食を食べ終えており、わたしが話している間にパイプに火を点けていた。彼はパイプをふかしながらしばし沈黙を保ち、やがて立ち上がると、グラッドストンバッグから一冊の本を取り出した。それは確か最近買ったばかりのもののはずだった。彼はその本を開くと、一世紀前の衣装を身にまとった中年男のイラストを、わたしに見せた。本文は新聞で隠されていたので、渡されたけれど読むことはできなかった。

「教えてくれたまえ」と彼は言った。「この顔から、何が判る？　これは今、僕が非常に興味を抱いている人物なんだ。ただし、七十七年前に死んでいるがね」

「そうだな」とわたしは言った。「彼は専門的な職業に就いていたんじゃないかと思うね。例えば法律家とか、もしかするとわたしと同業者かもしれない。賢くて頭の切れる実務家で、辛《しん》辣《らつ》かつ皮肉なユーモア感覚の持ち主だ。自分では女性にもてると思っているけれども、女性とくつろいでいるときに茶化したり嫌味を言ったりすることが多すぎる。どうだろう――僕の分析は事実と一致しているかい？」

「残念ながら、ほとんどはずれだねえ」と我が友は答えた。「実は、君が見ていたのは彫刻家ジョゼフ・ノレケンズの肖像だよ。ギャリックやスターン、ジョンソン、フォックス、ウェリントン、その他当時の名士をたくさんモデルにした人物さ。しかしながら、別な理由、それもあまり芳《かんば》しくないことでも有名なんだよ。彼はね、けちん坊だったんだ。二十万ポンドもの財産を遺したけれども、上着は二着、シャツは二枚、下着類は一組しか持っていなかったんだ。ロウソクを節約するために部屋は暗いままにしていたし、古靴に何本か余分な釘を打ったことで、靴屋相手に値切ったこともある。妻もやっぱりみじめったらしいたちで、飼い犬にエサをやる時は散歩に連れ出し、近所の肉屋で余り肉を食べさせていたんだ。極寒の日にロンドンベリー卿が胸像を作ってもらうために座っていて、彫刻家がちょっと席を離れた隙《すき》に、乏《とぼ》しい暖《だん》炉《ろ》の火に石炭を足してしまったら、大変な目に遭ったそうだよ。

彫刻さえ、彼の強欲を満たすために利用されたんだ。ローマから戻った際には、絹のストッキング、手袋、レース、その他諸々の関税を支払うべき品を英国へ密輸している。それらを複数の鋳造《ちゅうぞう》作品の中に隠した上、漆喰《しっくい》で塗り固めて、中に空間があるようには見えなくしたのさ。その後、マンスフィールド卿と向かい合って座っていた時、ローマから運んで来たスターンの胸像を示して『閣下、わたくしがローマから戻って宮廷に上がった際、その胸像の中にレースのひだ飾りが入っていたことをご存じですか』と言ったそうだ。そう、ワトスン君、ジョゼフ・ノレケンズというのは現在でも研究に価する、非常に興味深い対象なんだよ」

「その理由も判ったよ」とわたしは声を上げた。「彼が芸術家であり吝嗇《りんしょくか》家でもある、と言った時にすぐに判った。新たな事件について君に相談するため今朝の面会を申し込む手紙を送って来たコンク‐シングルトンとノレケンズの間に、君は確固たる類似点を見出したのに違いない。実際には、彼は彫刻家ではなく作家だ。とはいえ、それは些細な相違点に過ぎない。彼も非常に成功を収めているし、彼の小説は驚異的な売り上げを誇っている。大金持ちであるにもかかわらず、彼はけちなことで有名だ。一ペニーたりとも慈善団体に寄付したことがない、というわれている。かくして、我々はここでノレケンズと相似点のある人物を待っているというわけさ」

ホームズは大笑した。「今回ばかりはだしぬかれてしまったよ、ワトスン君。確かに君はこれまでになく推理の連鎖を披露してくれたけれども、コンク-シングルトンがどうして僕らに会おうとしているのか、というところまで憶測するのは時期尚早なようだね。もっともそれに関しては、さほど長く待たなくて良さそうだ。そら、彼がやって来たんじゃないかな」

彼がドアを開けるよう命じると、給仕のビリー少年は、砂色の髪をした五十がらみの青ざめた男を部屋へと入れた。男はスティーヴン・コンク-シングルトンだと自己紹介した。彼は手にしていた書類の束を、テーブルの上に置いた。

「要点だけ申し上げさせて頂きます、ホームズさん」と彼は言った。「これは文書偽造に関する事件でして……」

トスカ枢機卿事件

S・C・ロバーツ

これは、「ブラック・ピーター」の中で言及されている語られざる事件です。ワトスンが、一八九五年に発生した事件として、この「トスカ枢機卿事件」と「悪名高いカナリヤ調教師」を挙げているのです。

作者は、やはり有名なシャーロッキアンのS・C・ロバーツ。彼もまた、シャーロッキアン界のビッグネームです。

「ブラック・ピーター」の中では、トスカ枢機卿が急死したことと、ローマ法王から直々に依頼があったこと――それしか述べられていません。そこからS・C・ロバーツがどのようなパスティーシュを創り上げたか、どうぞご覧下さい。

前半部分から、いきなり解決へと移るところが唐突な感がありますが、その理由については解説で説明させて頂きます。

我が友シャーロック・ホームズとの長期にわたる付き合いの中で、世界の宗教における信条と教義の、その根底にある大いなる疑問について、彼が言及するのを聞いたことは、ごくたまにしかなかった。偶然に支配されたこの世のことわりなど、彼の頭には想像も出来ぬことだとわたしには分かっていたが、文明化された世界における宗教団体については、それなりに興味を見せることが稀《まれ》にあった。

その特別な朝、わたしはやや遅れ気味に朝食へと降りてきた。その時には何も事件を抱えていなかったホームズは、ふさぎ込んだ様子で静かに肘掛け椅子へ腰を下ろしていた。部屋には、彼の吐き出すタバコの煙が濃い雲となって漂っていた。わたしも同様に沈黙を保ったまま、コーヒーを注いで「デイリー・テレグラフ」紙を読み始めた。五分ほども経たぬうちに、驚いたことにホームズによって沈黙が破られた。

「うん、僕は賛成だよ、ワトスン。カトリック教会に入信するのは、素晴らしいことだと思うよ」

「ホームズ、君は何のことを言っているんだい？」

「君が考えているのと同じことだよ」

「だけどホームズ、それはおかしいよ。わたしは新聞を読んでいただけだぜ」

「まさにその通りだ、ワトスン君。君がベッドから出て来る前に、僕はその朝刊を熟読したのだが、今日はいつになく退屈な内容で、中央右側のページに載っている四番目のコラムだけが例外だった。一分前まで君の目がそこに集中していたことを、僕は見て取った。それから君は考え深げに目を上げ、片手をベストの右下側のポケットへと伸ばした。そこに入ってる、時計鎖の端に繋いだ小さな十字架――信心深い母親の遺品――へと触れたのに違いない。単純な、ちょっとした動作だ。僕はそこから、やはり単純な推理を行ったのだ。トスカ枢機卿が昨日劇的な死を遂げたことを読んだ君は、僕が先ほど指摘したように、素晴らしい団体であるカトリック教会へ入信することを思案した、というわけさ」

「君は全く正しいよ、ホームズ」とわたしは答えた。「それから、枢機卿の身に降りかかった死よりも荘厳な死に方を想像するのは難しいね」

「僕も驚いたよ」ホームズは言葉少なに言った。

「ああ、もちろん君やわたしや、英国人の大多数はこの問題に関しては部外者だ。だが、長きに及ぶ名誉ある経歴の持ち主たるこの年老いた方は、自分の仕事場で神聖なる職分を果たす祈りの最中に、彼が愛情を傾けてきたもうひとつの世界へと、痛みもなく速やかに立ち去ったのだからね」

「ワトスン、君は救いがたいほどロマンティックだねえ。今は亡き枢機卿の死が無痛だったと、どうして君に分かるんだい？　彼の来世への関心については何か知っているのかい？」

「おいおい、ホームズ。わたしはこの新聞で読んだことしか知らないよ。聞いてくれたまえ。『昨日、崇敬すべき人物トスカ枢機卿の身に降りた死の手ほど、実に突然、実に劇的なものは滅多にないだろう。先週前半に英国を訪れた枢機卿は、高名なるカスバート・ジェイムスン神父の賓客《ひんきゃく》で、ナイツブリッジの無原罪教会での降福式の執行を引き受けていた。枢機卿は六十八歳で、健康状態も良かったが、慎ましく礼拝の祈りを捧げようとしたところで、突然倒れた。彼は志願した礼拝者の一団によって教会の入り口までうやうやしく連れ出され、忠実な従者がベイズウォーターのジェイムスン神父の屋敷まで運んだ。当初、発作は一時的な性質のものではと思われたが、枢機卿が意識を取り戻すことはなかった』」

「それで？」とホームズが言った。

「それで」とわたしは答えた。「実に悲劇的だが、実に美的な死だな、と」

「確かに悲劇的ではあるね、ワトスン。だが美的という点では――そう、君が髭を剃《そ》っていた間に――話は変わるがワトスン、今朝君は革砥《かわと》をひどく切ってしまったんじゃないか？」

「切ったよ、ホームズ。だが、一体全体、どうして分かったんだ？」

「なに、大したことじゃないさ。君が毎朝、非常に規則正しく行動する物音を、僕は耳にしている。だが今朝は突然、おかしな音が聞こえた後に少し間が空いた。それからまた、革砥で研《と》ぐ音は再開したけれども、その往復が短くなっていた――君が革砥の三分の一を使えなくしてしまったのは、明らかだよ」

「全くその通りだよ、ホームズ。だが――」

「そうそう、僕が言おうとしていたのは、枢機卿の死には美的だという以外にも別の要素が存在する、ということだ」

「犯罪の可能性を疑っているということかい？」

「何も疑ってなどいないよ、ワトスン。僕にはデータがないんだ――自分の索引のCの部で見つけた、枢機卿の経歴に関する僅《わず》かな項目を除いてだがね。だが犯罪と関連性があるにせよ、誰が教えてくれるというんだい？」ホームズはそれ以上何も言わず、窓の外をむっつりと見つめていた。その時突然、彼は何かを注視した。

「おや、あれは何だ？」彼は声を上げた。「兄のマイクロフトが僕のところへ向かって来るじゃないか。それも大急ぎだ。ははあ、何か面白そうなことが起こったに違いない。朝のこんな時間に、マイクロフト兄さんの足を急がせるとは、普通の事件じゃないぞ」

数分後、マイクロフト・ホームズの巨大な身体が、部屋へと入って来た。

「シャーロック」彼はそっけなく言った。「お前の助けが必要だ」

「他の誰かに必要だということだね、マイクロフト。兄さん自身のことで、そんなに並外れたエネルギーを費やすことはないからね」

「その通りだ、シャーロック。今朝起きてからずっと、我慢できんほどの苦行を強いられてきた。まず特使が、直ちに外務省へ出頭するよう伝えてきた。そこで事務次官とあわただしく面談した。彼は、トスカ枢機卿の死について緊急調査を行うよう、首相が個人的な要求を受けた、と語ったのだ」

「ローマから?」シャーロック・ホームズが尋ねた。

「そうだ。法王その人が詳細な調査を熱望していて、お前の力を借りるよう要請してきているのだ」

シャーロック・ホームズの目がきらめいた。彼が何年か前に語ったところでは、彼にとって謙遜《けんそん》は美徳の中に入らないということだった。

「君にも名誉なことだね、ワトスン」と彼は言った。

「そうだぞ、ワトスン博士」マイクロフトが言った。「だが、君の書いた事件簿が有名にした探偵、かわいそうな弟のことは哀れに思ってやってくれ」

わたしが答えるより前に、シャーロック・ホームズが言った。

「しかし、猊下《げいか》は枢機卿のことで何を報《しら》せて来たんだい? どんなデータを持って来たんだ、マイクロフト?」

「ほとんど何もないよ、シャーロック。お前は新聞に書いてあることは知っているだろう。私は知らん。私は新聞を読まないからな。私が知っているのは、外務省の一件書類中にあった、僅かな事実の集積だけだ」

彼は書類を一枚、弟に手渡した。シャーロック・ホームズはそれを熱心に精査した。

「ほほう」と彼は言った。「幾つか新しいことがあるが、僕のファイルと大差ないな」

「では」マイクロフトが言った。「私の出番は終わりだ。シャーロック、私が飲み物をせがむことは滅多にないんだが、今朝はひどい急ぎっぷりで朝食をとったのだ。コーヒーは残っておらんかね？」

へとへとなマイクロフトにわたしがコーヒーを注いでいると、シャーロック・ホームズは窓をもう一度見やって、口を開いた。

「さらなる訪問者がやって来るようだ。こっちで見てみたまえ、マイクロフト。兄さん同様に急いでいて――明らかに奉公人だ」

「確かにそうだ」マイクロフトがだるそうに言った。「それにローマ・カトリックだ」

「神かけて、マイクロフト兄さんは正解だ。これはぞくぞくしてきたぞ」

「ホームズ」わたしは言った。「一体、何だっていうんだい？」

「ワトスン君、いつもと同じなだけさ。マイクロフトの観察の手順は僕以上に速いんだ。あの男の黒いコートの仕立てが、奉公人だと即座に教えてくれるのだが、時計鎖のペンダントに気付くのが、僕は兄よりも遅かったのさ」

この時、廊下を急ぎ足で歩く音が聞こえ、訪問者が現われた。髭のない、うやうやしい態度の小男だったが、興奮状態にあるのは明白だった。

「ああ、すみません、どのお方がシャーロック・ホームズ様でしょうか？」彼は息を切らしながら言った。

シャーロック・ホームズが歩み出ると、小男に座るよう言った。「僕がシャーロック・ホームズだ。こちらが兄のマイクロフト・ホームズ、それから相棒のワトスン博士だ――さあ、お話しなさい」

「はい」来訪者は話し始めた。「わたくしの名前はグッドウィンと申します〟ジョゼフ・セバスチャン・グッドウィンです。ジェイムスン神父の内々の使用人を務めております。トスカ枢機卿の大変な出来事については、もちろん皆様もお聞き及びのことと存じます」

「ああ、聞いているよ」シャーロック・ホームズが言った。「だが我々は、新聞に書いてある以上のことを、もっとたくさん知りたいんだ。そして君こそ、何が起こったのかを、内密に教えてくれる人物というわけだ」

「内密にですって？」グッドウィンが言った。「どうやって内密にできるというんでしょうか——遺体が消えたというのに？」

マイクロフトまでもが、驚いて跳ね上がり、大きなベストにコーヒーを少しこぼしてしまったが、すぐに落ち着きを取り戻した。

「他に何か、一緒に消えたものはあるかね？」彼は尋ねた。

「意味が分かりかねますが」グッドウィンが答えた。

「分からなくて構わん」マイクロフトが言った。「質問をするのは私の本分ではないからな。だが、弟がもっと質問することになる」

彼はシャーロック・ホームズへと向き直ると、続けた。「さて、私は職場へ戻らねばならん。さらばだ、シャーロック、コーヒーをご馳走様。お前がデータを収集してから会えると嬉しい。今日この後で私に会おうと思ったら、ディオゲネス・クラブで捜してくれれば……」

ライム・ストリート駅で、快適な列車の中に落ち着いた際、ホームズが解決への最初の手掛かりをどこから得たのか、尋ねてみた。

「ワトスン君」と彼は答えた。「あらためて、マイクロフトの驚異的な頭の回転の速さを思い出してもらわねばなるまいね。彼があのグッドウィンという小男に、遺体以外に何か消えたものがあるかと尋ねた時、彼が何を考えているのかすぐに判った。それから後で、枢機卿の使用人が遺体が消えた後では朝と違う服を着ていた、とグッドウィンが言った際、僕の疑惑は固まった。最初の服は、何に用いられたのだろうか？　もちろん、枢機卿は教会から運ばれた時、気を失っていただけだったというのが真相だ。だが、君自身も直接観察したように、医学的な死亡証明は行われていない。証拠の連鎖を全て挙げて君をうんざりさせる必要はなかろうが、ひとたび枢機卿がまだ生きているという仮説を採用すれば、全てがぴったりと当てはまることが――もしくは、少なくとも矛盾点がないことが、判ったのだ。僕の情報にも、ひとつだけ重大な欠落があったんだ。僕の索引には、枢機卿の前半生に関する情報が少ししか載っていなかったのさ。だがローマ警察にいる旧友に電報で問い合わせて、返事をもらえた。それによると、枢機卿はごく若い頃、短期間だけだがナポリ協会に所属していたというのだ。それは、無政府主義と反聖職者主義的な性格があることを疑われている団体で――脱会者を絶対に許さないたちの協会なんだ。そして、僕は他の事件でも遭遇したような秘密の脅迫手紙を見つけ出したが、あれで枢機卿は衣服を借りて逃亡したのだと、はっきりと確信したよ」

「しかし、彼がリバプールから出航したと、どうして知っていたんだい？」

「知っていたわけではないよ、ワトスン。だが彼が英国から、そしてヨーロッパから出て行きたがるのは当然のことだ。彼が西へ向かうだろうというのは明白で、サザンプトンよりもリバプールの方が可能性が高く思えたのさ。かくして、有徳なる枢機卿は今、たくさん友人がいるケベックへの途上にあるわけだ。そして僕らは、この汽車が時刻表を守ってくれれば、シンプスンズ(1)で食事をとってから、アルバート・ホール(2)で気持ちのいい音楽を聴くのに、丁度間に合うよ」

第Ⅳ部　対決篇

シャーロック・ホームズのパロディ&パスティーシュのひとつの手法として、実在の人物もしくは架空の人物と共演させる、というものがあります。一番多いのは、正体不明の殺人鬼「切り裂きジャック」との対決でしょう。邦訳のある長篇だけでもエラリー・クイーン『恐怖の研究』をはじめ、マイケル・ディブディン『シャーロック・ホームズ対切り裂きジャック』、エドワード・B・ハナ『ホワイトチャペルの恐怖』などがあります。

架空の人物では、何はさておきモーリス・ルブランの『ルパン対ホームズ』があります。ドラキュラと対決するのはローレン・D・エスルマンの『シャーロック・ホームズ対ドラキュラ』です。未訳のものだと、もっとあります。短篇では、さらに色々な人物と対決しています(かくいうわたしも、ホームズのライヴァルのひとり「思考機械」と対決させたことがあります)。シャーロック・ホームズも大変です。

やはり、ただ出遭うだけでなく「対決」するという図式こそ、パロディの醍醐味《だいごみ》なのです。

ここでは、ホームズが架空の人物と対決する作品を集めてみました。果たしてその結末やいかに。

シャーロック・ホームズ対デュパン

アーサー・チャップマン

最初の対決相手は、オーギュスト・デュパン。エドガー・アラン・ポーの生み出した名探偵です。シャーロック・ホームズ以前に世に現われた、文学作品中の私立探偵です。世界最初の推理小説と言われる「モルグ街の殺人」をはじめ、「盗まれた手紙」「マリー・ロジェの謎」に登場します。

デュパンが活躍する舞台は、フランスです。フランスから、わざわざデュパンがホームズを訪ねてロンドンへやって来たのです。

名探偵同士の対決は、どのような名勝負を迎えるのでしょうか。

ジョンソンの伝記作家ボズウェルと同じ役割を、わたしはシャーロック・ホームズに対してずっと務めてきたが、この名探偵が動揺するのを目撃したのは、たった一度きりである。わたしたちは穏やかにタバコの煙をくゆらせ、親指の指紋に関する学説について話していた。そこへ、下宿の女将が小さな四角い名刺を持ってきたのである。ホームズはそれを何気なく一瞥するや、床に取り落としてしまった。わたしは名刺を拾い上げた。その時、ホームズが震えているのを目撃したのだ。彼は動揺のあまり、客を通すのかそれとも追い払うのか、女将に言うことも忘れていた。名刺には、このように書かれていた。

C・オーギュスト・デュパン

パリ

この名前のどこがシャーロック・ホームズの胸に恐怖を与えたのかといぶかしんでいると、ムッシュー・デュパンその人が部屋へと入って来た。彼はまぎれもないフランス人の顔立ちをした、瘦《や》せ型の若い男だった。彼は入り口に立つと一礼したが、ホームズが驚愕のあまりもしくは恐怖のあまりに挨拶《あいさつ》を返していないことに、わたしは気が付いた。ホームズは、部屋の真ん中に突っ立ったまま、まるでムッシュー・デュパンが幽霊であるかのように、入り口の小柄なフランス人を見つめていた。気力を振り絞ってようやく自制心を取り戻したホームズは訪問客を椅子へと案内し、ムッシュー・デュパンが腰を下ろすと、自分も別の椅子に倒れ込み、一心に額を拭《ぬぐ》っていた。

「だしぬけにお伺いしましたがどうぞご容赦下さい、ミスター・ホームズ」と来訪者は言うと、ミアシャムパイプを取り出してタバコを詰め、長々と吸い込み、ゆっくりと吐き出した。「しかしながら、あなたがわたしと顔を合わせたくないとお思いになるのを懸念《けねん》しまして、女将にわたしを追い返すよう伝える間のないうちに、入らせて頂きました」

驚いたことに、シャーロック・ホームズは小説や演劇で有名になった鋭く探るような一瞥で、彼を無視することはしなかったのだ。その代わりに額を拭い続け、そしてようやく弱々しい声でもごもごと言った。

「だが……だが……き、き、君は死んだと思っていた、ムッシュー・デュパン」

「あなたも死んだと思われていましたね、ミスター・シャーロック・ホームズ」訪問者が、ゆっくりとした高い声で言った。「しかしあなたがアルプスの断崖(1)から投げ落とされたのに生き返ることができるなら、わたしが歴とした墓所から出て来て、あなたとお喋《しゃべ》りをしてはいけないわけはありますか。あなたもご存じの我が創造者エドガー・アラン・ポー氏は、墓から人が甦《よみがえ》る話(2)をたいそう愛好していましたよ」

「ああ、うむ、確かにその人、ポーの作品は読んだよ」ホームズはつっけんどんに言った。

「ある意味、巧い作家だ。君が登場する探偵小説は、どれもまんざら悪くない」

「いいえ、まんざら悪くない、ではありません」ムッシュー・デュパンが言った。少々辛辣《しんらつ》だな、とわたしは思った。「例えば『盗まれた手紙』なる小品をご記憶でしょうか？　まるで宝石のような作品ではありませんか！　読み終わるやいなや、あなたやあなたの貧弱な人造宝石のような作品のことなど、すっかり忘れてしまいましたよ。それも無理はありません。何もかも、運命そのもののように確固としています。見当はずれではありません。後知恵でもありません。謎解きは全て非常にシンプルです。それに比べると、あなたの技術のほとんどが不器用に思えてしまいます」

「だが、もしもポーが君を描いてそれほどの傑作を創り上げたというなら、どうしてもっと君のことを書かなかったんだろうか？」とホームズが口を挟んだ。

「ああ、それこそポー氏が真の文学的芸術家であるゆえんです」とムッシュー・デュパンは言って、途切れなくミアシャムパイプをふかした。「彼は傑作をものしたとき、必要以上に続けることによってそれを台無しにしてはいけないと、十二分に分かっていたのです。もしも彼が、わたしを主人公に『モルグ街の殺人』を書いた後、わたしが登場する短篇集を二、三冊書いていたとしたらどうでしょう。それからわたしのことをお芝居にして、さらにわたしを公衆にひけらかしていたとしたら。また、しかるべくわたしを葬って、これ以上探偵小説は書かないと宣言した後、編集者の甘言《かんげん》に乗って、改めてわたしの物語をだらだらと発表し続けたとしたら。そう、当然ながら作品のほとんどが月並み以下となり、人々は『モルグ街の殺人』や『盗まれた手紙』といった名品のことは全く忘れ去ってしまうでしょう。宝石が、ごみの山に埋もれてしまうのです」

「なるほど、確かに僕の演奏は長過ぎたようだ」シャーロック・ホームズは、不機嫌そうに溜め息をつくと、彼の手に届かぬようわたしが動かしておいた皮下注射器へと、手を伸ばした。

「しかし、君の話を書けば一語当たり一ドルもらえたとしたなら、ポーだってきっと弾《ひ》き過ぎていたろうさ」

「気の毒なエドガー――理解されざる気の毒なエドガー！――おそらく彼はそうしたことでしょう」デュパンは考え込むように言った。「彼の動乱の人生において、金銭は不十分でした。ですがそれと同時に、報酬がどうであれ、彼は多芸な天才だとわたしは思うのです。彼は、しかるべき時に新奇なるものを発見し得る才を持っていたのです。いずれにしても、他人の頭の産物を盗んだり、それをあたかも自分のものであるかのように誤魔化して売りつけるような真似はしなかったでしょう」

「これは何ということを！」ホームズが声を上げた。「ポー以外には誰も、解析学の理論を探偵小説に活用する権利はない、などと言うのではないでしょうな？」

「いいえ。でも、あなたがありとあらゆる要素において、どれほどわたしそっくりに真似ているか、考えてみてください。わたしは富には縁がありませんが、あなたもそうです。わたしは行動計画を練っている際にはいつもタバコを吸いますが、あなたもそうです。わたしには言動を全て記録してくれる友人がいますが、あなたにもいます。わたしは、警察が導き出し得るものよりも遥《はる》かに優れた推理を行って感嘆させますが、あなたもそうです」

「分かった、分かった」ホームズは、またしても額を拭い始めながら言った。「これは僕にとって最悪な事件のようだ。ムッシュー・デュパン、確かに僕は君を少々勝手に利用させてもらったし、謝辞を示してしかるべき場合に必ずしも引用符を用いなかった。だがそれでも僕は、我が作者が生み出した一番ひどい模造品というわけではないんだ。彼の書いた『白衣の騎士団』という本を読んで、『回廊と炉辺』[3]と比較したことはあるかな？　ない？　いわゆる〝作品上の情調移植〟なるものを知りたければ、読んでみるとよろしい」

「なるほど、他人のアイディアを盗用する時代になったということのようですな」デュパンは諦めきったように言った。「わたし自身に関しては、あなたが我が熱弁を盗用したことは告発しないでおきましょう。実際、あなたは引退を拒絶し続けてわたしの忍耐力に試練を与えているとはいえ、社会的地位のある方なんですから。それに、自分と並び比べてわたしをより明るく輝かせているだけですから、『踊る人形』の物語に関する主張をするのも、止めておきましょう。あの中であなたは、『黄金虫』をすぐに思い起こさせるような暗号文を使っておられましたね」

「だが、君は『黄金虫』には登場しないではないか」シャーロック・ホームズは、一点稼いだとばかりに言った。

「登場しません。これまで語ってきたことを、強調しただけです。人々は、創作した人物を酷使しなかったという事実において、ポーを文学的芸術家として賞賛するのです。さあ、それを心に刻んでおいて下さい。そしてあなたが次に引退宣言する時には、パッテイ(4)の最終公演とはわけが違うのだと忘れずに認めて下さい。アメリカの読者の忍耐力だって無尽蔵ではないんですから、あなたがいつまでも現在の〝ベストセラー上位六冊〟に入っていることはできないのですよ」

その言葉とともに、ムッシュー・デュパンも、パイプも、何もかも、タバコの煙に満ちた室内の空気中へと消え失せたのである。名探偵シャーロック・ホームズを残して。盗んだリンゴを持っているところを捕まった男子生徒のように、ホームズはしおらしい顔をしていた。

シャーロック・ホームズ対勇将ジェラール

作者不詳

次の対決相手は、なんとシャーロック・ホームズと同じくアーサー・コナン・ドイルの生み出したキャラクターです。勇将ジェラールこと、エティエンヌ・ジェラール。ナポレオン戦争を背景にした短篇連作の歴史冒険小説シリーズの主人公です。

彼が活躍したのは十九世紀初頭ですから、十九世紀末にシャーロック・ホームズのもとを訪れたとすると……百歳にはなってますかね。作中、ホームズが「あなたはお年寄りなんですから」と言っているのも道理です。

英仏の戦いを背景にして、英国人ドイルが書いているにもかかわらず、主人公ジェラールはフランス側、というのも面白いですね。作中、ジェラールがパリからやって来ているのはそのためです。

歴戦の勇士と名探偵という、異種格闘技的な対決です。

シャーロック・ホームズは、黄色い模様入りのドレッシングガウンを着て、古いソファーの上にゆったりと横になっていた。黒いクレイパイプに三ペニーのシャグタバコ一服分を詰め込み、射撃の穴だらけの天井を考え込むように見つめていた。その時、ドアがばたんと開いて、年老いた白髪頭の紳士が部屋へと大股に入って来た。皺《しわ》だらけの顔は非常に高齢であることを明示していたけれども、その眼には勇ましき熱情の光が輝いており、勲章を得た兵士に相応《ふさわ》しき態度で振舞っていた。ドアマットの上で踵《かかと》をかちりと打ち鳴らすと、片手を上げて敬礼し、残る片手を己の胸にばしんと当てた。

シャーロック・ホームズは、鷲《わし》のような眼の片隅で彼を一瞥すると、マッチを擦って、くすぶるシャグタバコの刺激臭がある煙で、部屋を満たし始めた。

「おはようございます、准将《じゅんしょう》！」と彼は言った。「そこの肘掛け椅子へどうぞ。長旅で、非常にお疲れのようですな。それから、ええとですね。あなたは昨日の午後三時にパリの北駅を出発し、ディエップで夜間定期船をつかまえ、荒れた海を航海して、ひどく船酔いし、可愛いブルネットのお嬢さんと一緒にロンドン橋まで遡上し、ロンドン市長公邸付近では馬車に轢《ひ》かれそうになり、チープサイド、フリート街、ストランド街と彷徨《さまよ》って、別々の警察官に三回道を訊いて、結局チャリング・クロスで馬車を拾って、ここに着いたというわけですな。一体どういう風の吹き回しで……」

「うるさい！」准将が我慢出来ずにさえぎった。「儂《わし》はお前さんの伝記作家で友人のワトスンじゃないぞ。お前さんの演繹《えんえき》的推理でこのエティエンヌ・ジェラールを驚かせることなぞ出来ん。儂らは同じ『ストランド』誌に連載されておったんだぞ。儂はお前さんに問い質《ただ》しに来たんだ。この儂、ジェラールはあんな急に話が終わってしまったというのに、お前さん、シャーロック・ホームズは、ぐずぐずと最終回の先延ばしをしてるのが万人に判っていたにもかかわらず、またしても再開して、前よりも長い話が書き続けられているのは、どうしたことだ？」

「医者が、休息をとるよう指示してますよ、エティエンヌ。あなたはお年寄りなんですから」

ホームズが冷静に言った。

「年寄りだと！」准将が叫び、憤《いきどお》りのあまり椅子から跳び上がった。「おいこら！　この永遠に多彩であり続けるエティエンヌ・ジェラールは、年齢が力を奪い取ることも、歳月が老化させることも、出来やせせぬのだ。だが儂は、名誉溢《あふ》れる波乱の人生において、多種多様な出来事に接してきた。物語の最後では、ご機嫌ようと言っただけだ。儂がまだぴんぴんしておる一方で、モリアーティと一緒に飛び降りたお前さんは、小説のどんな規範に照らしても、石のように冷たくなって死んでいなければならんはずだ」

シャーロック・ホームズは、にっこりと笑った。

「ジェラール」と彼は言った。「僕はあなたがもっと洞察力があるものと思ってましたよ。あんな具合に悪が正義に勝利するようなことがあると思いますか？　モリアーティが難物だったことは、僕も認めます。彼との格闘で、かなり長い間、意識を失っていました。しばらくは、ドイル自身も僕は死んだものと諦めてましたから。ですが、僕が死ぬ運命になっていたのはその時ではなく、ドイルの素晴らしい技量と長い休息期間のおかげで、今、シャーロック・ホームズその人が復活したというわけです。ホームズはやっぱりホームズなのです」

「誇らしいことに、この儂、ジェラールはそうならなかったが、儂だってそれほど酷《ひど》くはないものの窮境に陥《おちい》ったことはあったし、物語を語るべく生き延びたのだ」とエティエンヌは言った。「だが、教授との飛び込みは、儂のどんな経験にも勝る。お前さんは遂にひどい落っこち方をした、と誰もが思った。『ベイカー街の偉大なる名探偵の生涯が、はなばなしくも相応しい最後を迎えたのだ』と彼らは言った。しかり、この儂エティエンヌ・ジェラールの場合のような終わり方ならば、軽蔑されることはないし、運命が確実に死を支配するのだ。だがその点では、お前さん方英国人は——いつだって同じなのだ。お前さんは完全に消え失せたのに——これはびっくり！　思いもかけぬ所でお前さんが相も変わらぬことをやっていることを悟る、というわけだ。イベリア半島(1)で何があったか、儂が事実を話してくれようか……」

「それはさておき、ジェラール」シャーロック・ホームズが言った。「僕だって最後のいとまごいを告げる時がくれば、いい読み物になりますよ」

「何回いとまごいをすれば気が済むんだ？」准将はとげとげしく問うた。

「准将、僕のことを職業歌手だとでも思ってるんですか」目つきの鋭い探偵は動顚《どうてん》して声を上げた。「僕の人生は、長いにせよ短いにせよ、それはドイル次第ですよ。もしあなたの扱いが不当だと感じるのでしたら、それは彼に言って下さい。実際にはですね、ジェラール、あなたが饒舌《じょうぜつ》になってきてしまったんですよ。蛮勇《ばんゆう》なガスコーニュ人さん、あなたはおよそ九年間にわたって断続的に続けてこられましたが、もう交替させたほうがいいとドイルは考えたんです。もう既に決定済みで、あなたはもう舞台から退場しなければいけないというわけなんですな。

もうそろそろよろしいですか？　僕は我が友ワトスン君が来るのを今か今かと待ってるところなんです。このタンブラーの下には、彼に進呈すると約束しているゴルゴンゾーラ・チーズの粒があるんですが、これに関しては、ちょっとした面白い物語があるんですよ。これは死んだ男の歯が抜け落ちた跡から発見されたんです。男は、謎めいた失踪をしましてね。捜索しても見つからなかったのですが、それも僕が現場に行くまでのことです。そして、僕が手掛かりを嗅《か》ぎつけるや否や、秘密は暴かれました。ではオー・ルヴォワール、准将。レディ方に幸いあれ」

「なあお前さん」堂々と頭を上げ、片手を胸に当てて、ジェラールが言った。「レディ方はエティエンヌ・ジェラールの雄々《おお》しき振る舞いをいつまでも覚えているだろう。シャーロック・ホームズの探偵譚が、一週間前の新聞記事のように忘れ去られる時が来ようとも。儂は――」

彼の言葉の続きは、発作的な咳《せき》によって妨《さまた》げられた。シャーロック・ホームズが、意図的にタンブラーをひっくり返したのだ。幾度も絶望に打ち勝ちし雄々しき准将ではあったが、時代物のゴルゴンゾーラと三ペニーのシャグタバコの混合した臭気が部屋中に充満しては、迅速なる退却を余儀なくされた。

「げほ、げほ、ううっ！」彼は咳《せ》き込んで、ドアまで後退した。「なんと……まあ……ううっ、げほ、げほ！　こやつめは——取って代わろうとしておるのだ——この儂、エティエン……」

彼の声は、階段の下へと遠ざかって行った。シャーロック・ホームズはウィンクをして、タンブラーを元の場所に戻すと、窓を開け放った。

筆記帳を持ったワトスンがやって来た時には、ホームズは両眼を閉じてショパンの『葬送行進曲』をヴァイオリンで弾《ひ》いていた。彼の青白い顔には、クリスマスツリーの天使のように清らかな表情が浮かんでいた。

シャーロック・ホームズ対007

ドナルド・スタンリー

最後の対決相手は、超有名人。００７ことジェームズ・ボンドです。説明の必要はないと思いますが、イアン・フレミングの生んだ英国の秘密諜報員であります。新作映画が未だに作られ続けているのは、皆さんご存じの通り。

というわけで今回は、英国人同士です。……時代は違いますが。

頭脳派のシャーロック・ホームズに対し、ジェームズ・ボンドは肉体派。果たして、どうなりますことやら。

ホームズが気を引き締めているのは、間違いなかった。彼は今、後ろに立つわたしとともに、ベイカー街を見下ろしていた。それまでの十五分間、名探偵は部屋の中を行ったり来たり歩き回っていたのだ。そして今度は、窓から振り返って、感嘆の声を上げた。

「ほうら！　僕の予想通りだ」先ほどから緊張していた鷲《わし》のような容貌が、急に生き生きとなった。「急ぐんだ。ワトスン。お客様方の到着だ。ハドスン夫人が案内してくる間に、僕のものを片付けるのを手伝ってくれたまえ」

「変わった乗り物だね」窓下の腰掛けからホームズのヴァイオリンを拾い上げながら、窓ガラス越しに外を眺め、わたしはつぶやいた。

「おいおい、ワトスン。乗り物だって？　あれは間違いなくベントレーだよ。僕の推測通りならば、切り刻んで、車体を下げて、溝を掘って、サードレーのオーバーヘッド排気弁をはめ込んである。実は、サードレーについては研究論文を書いたことがあるんだ」

「それで、彼らが君に会いたがっている理由については分からないかい？」

「はっきりとはね」と彼は答えた。「だが、僕の方こそ彼らに会いたがっている、というのが本当のところさ。特に彼らの一人にね」

そう言いながら、ホームズはかぶっていたトルコ帽をぽんぽんと叩いた。そしてミアシャムパイプをくわえ、大きな革椅子に腰を下ろすと、ヴァイオリンを弾《ひ》き始めた。彼の演奏はいつでもわたしに同じ効果を及ぼすので、ドアにノックの音が響くまで、わたしは彼と同様にぴりぴりとしていた。

わたしがドアを開くと、堂々たる押し出しの、四角くいかつい人物が現われた。彼は六十歳前後で、将校用とおぼしきコートのポケットに、両手を突っ込んでいた。彼は、口にくわえたブライアパイプもそのままに、冷たい目つきでわたしを一瞥すると、わたしの前を通り過ぎて部屋へと歩み入った。

その後ろには、彼よりも若い男性がいた。浅黒い肌、壮健な肉体、身にまとっているのは非の打ち所のないサヴィル・ロー仕立てのフランネル。彼は猫のように静かに、入り口から動いた。わたしの背後では、ホームズが気に入りの協奏曲の終結部を激しく弾いていた。わたしは立ち尽くしているハドスン夫人にうなずいて、この二人が予期せぬ客ではないことを伝え、ドアを閉めた。

「ワトスン博士かな」年配の人物はそう言ってわたしを見てから、ホームズの方へと向いた。ホームズはというと、訪問者の到来に注意を払うことなく、ヴァイオリンを弾き続けていた。

「わたしのことはMと呼んでくれたまえ。こちらはジェームズ・ボンド君……。すまんが、あれを止めさせてくれんかね？」彼はそう言って、ホームズの方へとパイプを振った。

「別にかまわないじゃないか、M」ボンドが低い声で言った。「例の人物は中毒者だが、音楽家でもある。それにあの服装を見たまえ。彼こそホームズだよ」

まさにその瞬間、我が友はヴァイオリンを下ろすと、口元から取ったパイプを落ち着き払って高く掲げ、来訪者に挨拶《あいさつ》した。

「こんばんは、みなさん。ベントレーにトラブルがあったのはお気の毒でしたね。サードレーの機械は扱いが難しいですから。そういえば、あなた方の車が立ち往生した場所から道をちょっと下ったところに、そいつの扱いが得意な修理工場がありましたよ」ホームズがさらりと切り出した話題は、期待通りの効果をもたらした。

「一体全体、どうしてそれが分かったんだ?」ボンドが声を上げた。

「初歩的なことだよ、ゼロゼロセブン君」ホームズは満足げに言った。「君は約束の時刻に遅れた。君自身が『非常に重要な』用件だと言っていたにもかかわらずね。結論は? 遅刻が不可避のものだったということだ。君の袖にはオイルの染みがついているから、君がボンネットを開けて覗き込んでいたことが分かる。また僕は、君が車を走らせていた際に、サードレーが喘《あえ》ぐような音を出していることにも気が付いた。君の靴に付着している土は、ブロムリー・ロードの一区間に特有の土壌のものだ。僕は昨日、あそこでガス会社が地面を掘り返しているのを見ていたのさ」

「いまいましいほど鮮やかだ」とMがうなずいた。「ボンド、君はどうしてあんな具合にやらないのかね? 少しは傷も減るぞ、うん?」

ホームズは優越感から微笑《ほほえ》みを浮かべたが、ボンドの顔は再び無表情な仮面の下に隠されてしまった。わたしは、彼が度々そうなることに気が付いた。

「ああ、確かに見事な芸当だ」ボンドは鼻を鳴らした。「鮮やかなお手並みだが、少しばかり曲芸じみているな。だがこれが、スメルシュ(1)の奴らにもしっかり効き目があるかね？　鋼鉄の刃を突きつけたり、ワルサーを咥《くわ》えさせたり、空手チョップをお見舞いした方が、悪党どもには効果的だと思うがね」

「おそらく、君が正しいのだろうな」Mは溜め息をついた。「それでもやはり、もう少し穏やかに、もう少し文化的に任務が遂行されたら喜ばしいのだが」

わたしが椅子を引いて訪問者たちに座ってもらった際、ボンドの視線がこちらに向いているのを感じた。わたしは問いかけるようにボンドへと顔を向けたが、彼はMと視線を交わし、少しじれたようにかぶりを振るばかりだった。

「ワトスン君、ハドスン夫人にお茶の用意をするよう頼んでくれないか」とホームズが言った。Mは、片手を上げて辞退した。「失礼。ジェームズは既に軽食をとっている。彼はクラブから届けられたなにやかやを飲み食いしているんだ。ここは正直にな、そうだろうジェームズ？」

「もしアレックスがスフレをこれぐらい寒いところで管理できればな」とボンドが応じた。

「あまり急いではいけないんだ。それからヴヴレー・ミュゼは適度に冷やして、あとは……」

「ジェームズに食べ物を注文させたら、三十分はかかってしまう」Mが、不機嫌と不本意な感嘆とが入り混じったような声で言った。「彼はいつもこの調子でね」

「おかしな強迫観念ですな」食事など取るに足らないホームズが、面白がるように言った。

ボンドが身をこわばらせた。「強迫観念ではない。これは単なる快適な生活環境の問題だ。わたしは申し分のない食事を好むんだ。ベイカー街のような……いやその……殺風景な土地よりも、チェルシーに住むことを好むようにね」ベイカー街と言うことはなかったのに、とわたしは思った。

「さあ、さあ、諸君」Mが割って入った。「その手の話は、またの機会にしようではないか。今はもっと差し迫った、しかもデリケートな問題に精力を注ぎたいのだ。ジェームズ、君の出番だ」

ボンドは冷酷そうな顔つきで身を乗り出し、悪意を含んだ視線でホームズをじっと見た。

「それでは遠慮なく」ボンドは言った。「我々は、あなたの習癖のことは何もかも知っている」

「僕の習癖?」

「あなたの習癖だ。君は、麻薬常用者――ジャンキーだ。今週は何をやったんだね、コカイン、それともモルヒネ?」

わたしは湧き上がる勝利感を抑え切れなかった。わたしは何年もの間、君の悪癖はいつの日か君を堕落させることになるぞ、と説いて聞かせていたのだ。ホームズはわたしと顔を見合わせると、皮肉っぽく言った。「君の言う、僕の――あー――習癖については、隠し立てしたことはない。確かに僕はかなり依存していたが、ワトスンが絶えず僕のことを書き散らしてくれたおかげで、それもしっかり暴露されてしまっている」

「ワトスンさん、そうなのかね?」ボンドは、またしてもわたしに冷たい視線を投げかけたが、先ほどよりは警戒を解いた様子だった。「ワトスン博士。わたしは、博士こそあなたのコネクションなのではとも考えているのですよ」

わたしほど世間の言葉遣いの変化に馴染みがないホームズは、困惑の表情を見せていた。

「あなたのコネクション、あなたの麻薬供給源だ」とMが説明した。パイプの煙の渦《うず》の向こうで、彼の両目は今やぎらぎらと輝いていた。

「もちろん、そうだとも」ホームズが答えた。「ワトスンは、わたしのささやかな要求に対して、たっぷりと供給してくれた――刺激をね」

「これはしたり!」ボンドが声を上げた。「今ので納得したかい、M? 我々の勝ちだ。調達方法も、わたしの言ったとおりTTDレポートに一致した」なめらかな一動作で、ワルサーPPFがボンドの手の中に現われた。だがボンドはその嫌な武器をホームズに向けるかわりに、わたしの胸に突きつけた。

「これはどういうことかね?」わたしは尋ねた。「わたしは開業医で、信頼も――」

「おやめなさい」ボンドが、ムチのように鋭い声で言った。「あなたはやり過ぎた。もうこれ以上、ホームズの影に隠れることはできないよ」

「君、何が言いたいんだね」ホームズの声は、落ち着き払っていた。この状況下においては、その落ち着き振りがわたしをひどくいらだたせた。彼は再びヴァイオリンを拾い上げると、無為に弦をかき鳴らした。

「わたしが言いたいのは」と、ボンド。「あなたの良き友ワトスン博士が、山師《やまし》だということさ。我々は、彼の世界的な麻薬流通組織を通じて、彼の存在に感づいたんだ。ワトスン博士こそ――」彼は劇的効果を狙うように、言葉を切った。「――わが仇敵エルンスト・スタヴロ・ブロフェルド[2]にほかならない。変装の達人にして、人の姿をした悪魔、そして我が花嫁の殺害者。それが今、我が手中にもたらされたのだ」

　彼はワルサー拳銃の安全装置に指をかけた。わたしは、彼がゼロゼロナンバーであることの意味――殺人認可をにわかに思い出した。ボンドがMにちらりと目をやった。老将が視線を返し、気付くか気付かないかというほど小さくうなずいたのを、わたしは見た。これは剣呑《けんのん》な状況である。

　だがわたしは、ホームズのことを勘定に入れていなかった。電光石火のごとく、ホームズは貴重なストラディヴァリウスを、拳銃を持ったボンドの手に振り下ろした。ヴァイオリンと拳銃が、同時に炸裂した。しかしながら、ホームズが銃口を十分にそらしたため、弾丸はわたしのズボンの布を貫通しただけで、怪我はなかった。それはわたしの脚の、一八八〇年にジザイル弾で傷を受けた部位から、ほんの二インチほどのところだった。

「このくそ音楽家め！」ボンドはわめいて、傷を負った自分の手を押さえた。一方ホームズは、サイドテーブルのところへ跳び、抽斗《ひきだし》から何かを取り出した。

「早く、ワトスン、入り口を固めるんだ」わたしはMよりも一歩早くドアへ辿《たど》り着いた。今やMの顔は、敵意を映し出していた。素早くわたしのもとへ駆けつけたホームズは、皮下注射器を手にしていた。Mのシャツのカフスを引き裂くと、その腕へと針を突き刺した。強力なモルヒネ濃縮液が、凄まじいほど急激に効果を現し、Mはカーペットの上へすべるように倒れた。

「なんてこった、ホームズ」わたしは声を上げた。「どうして彼なんだ？　ボンドの方を捕まえたまえ」

「ばかげたことを。ワトスン、007はただのお飾りだ。何も知らない、ただの道具だよ。床に転がっている男こそ、我々の相手だ。僕にはベントレーから降りてきた瞬間に、奴のことが分かったよ。では、レストレードに電話をかけてくれれば、僕の事件簿の中で唯一未解決のまま残っていた事件に、終止符を打つことになる」

「ホームズ、まさか君は……？」

「そのまさかだよ、ワトスン、古今東西を通じて最悪の策士、悪逆非道な全事件の首謀者、暗黒世界を牛耳《ぎゅうじ》る指導者、国家の命運を左右する頭脳の持ち主――それが何年もの間、公安部に身を隠していたのだ。この訪問者Mこそ、我らが仇敵モリアーティ教授に他ならないんだ」

「凄いよホームズ。最高のお手柄だ」

「初歩的なことだよ、ワトスン君でもブロフェルド君でもなんでもいいが。さて、書斎を修理して、記憶が新たなうちに事件記録を作成することにしようか――君が事実関係を歪めてロマンティックな話に作り変えてしまわないうちにね」

ここでわたしは、窓辺に立って力なくうなだれている人物に気が付いた。

「ボンドの方は、どうすればいいんだろうか？」

「ボンド？　ああ、元のお役所に送り返してやればいいさ。実のところ、あんまり関係ないからね」

第Ⅴ部　異色篇

さて、いよいよ最後のパートとなりました。ここには、普通のホームズ・パロディとはひと味もふた味も違う、異色の作品を集めてみました。ホームズ・パロディでありながら、シャーロック・ホームズは全く登場しないものもあるかもしれません。例えば既訳の長篇では、シャーロック・ホームズではなくホームズ役者が活躍するジュリアン・シモンズ『シャーロック・ホームズの復活』などがこのジャンルに分類されるでしょうか。

ですから、ストレートなパスティーシュはありません。ホームズ・パロディの可能性を、様々な方面に求めたものと言ってもいいでしょう。その場合、失敗すると目も当てられない結果になったりするのですが、ここには成功例を集めてみました。新たな要素を導入した分、面白くなっていること請け合いです。

犯罪者捕獲法奇譚

キャロリン・ウェルズ

【対決篇】では、別な作家のキャラクターも登場しました。ところが、この作品では色々な作家のキャラクターがぞろぞろと出てきてしまうのです。何せ、探偵たちが協会を作っているのですから。その名も〝国際絶対確実探偵協会〟。そしてその会長こそ、シャーロック・ホームズなのです。

ですから、この作品はホームズ・パロディであると同時に、探偵小説全体のパロディでもあります。ミステリファンの方は大丈夫だと思いますが、一応、各探偵については註で説明をしておきました。一人だけ、我が国ではやや知名度の低い人が混じっているでしょうか。

国際絶対確実探偵協会のもとへ、新たなる犯罪者識別法がもたらされることによって、問題は発生します……。

〝国際絶対確実探偵協会〟は、フェイカー街(1)にある最高級の事務所で会合を開いていた。今回の打ち合わせは、憤《いきどお》りに満ちたものとなっていた。

「実にばかばかしい」と会長のシャーロック・ホームズが言い放った。「ベルティヨン(2)の犯罪者識別法は無用の長物だったが、この〝犯罪者似顔描写法《ポートレート・パール》〟はその千倍も酷《ひど》い」

「それは何なのだね？」と思考機械(3)が苛立って尋ねた。「ポートレート・パールとは何なのだ？」

「あんたはフランス語を知らんのかね」とムッシュ・ルコック(4)がばかにするように言った。

「それは――『語られた肖像』という意味だ」

「『似顔の描写』だよ」とラッフルズ(5)が割り込んだ。

ホームズが声を上げた。「似顔の描写！　こいつは大笑いのばかばかしさだ！」

「これじゃわめくだけの道化芝居だ」とアルセーヌ・ルパン(6)が一般的意見を代表して言った。

ルーサー・トラント(7)が考え深げに言った。「全くとんでもない酷さだ！」

「だが、一体何なのだ？」思考機械が甲高い声で言った。「誰か教えてくれ！」

「わかった」と、気難し屋の老人に対して常に丁寧なラッフルズが言った。「それは、犯罪者をいつでも確認できる、彼らの特徴を描写する方法だよ。被験者の顔の、造作のひとつひとつを特別な手法で記述し、計測結果を記録して、特徴に関する詳細な報告書が作られるんだ」

「全くばかばかしい！」ホームズがわめいた。「まるで、わたしが抽象的な手がかりから推理したのが、特別なことではないようではないか。わたしの名声は、その推理の上に成り立っているんだ！　手がかりさえ示されれば、わたし自らが似顔を描写してやる！」

「素晴らしいよ、ホームズ！　素晴らしい！」とワトスン博士が言ったけれども、どこか心ここにあらずといった感じだった。実際、複雑な実験装置に夢中になって、ゴム製の袋に頭を突っ込んでしまっているのだった。

「僕は素晴らしいことだと思う」とルパンが言った。「もしも僕の若き日にこんな助けがあったなら、今頃もっと名を上げていたに違いない」

「ナンセンスだよ、ルパン」とホームズが言った。その声音には、少しばかり冷笑的な気味があった。「不完全な探偵だけが、そのような助けを必要とするのだ。わたしの考えでは、この犯罪者似顔描写法はわたしが華々しい功績を上げる機会を全て奪い去ってしまうものだ。わたしが素晴らしい推理を働かせる余地を残さないのだ」

「そしてそれに従って、わたしが適切なコメントをする機会も奪ってしまうんだ」ワトスンが袋から頭を引き抜いて言った。

「探偵業はこれまでの姿と変わってしまうんだ」ムッシュ・ルコックが悲しげに言った。「確かに、気候だって変わったたし、足跡関係に絶対不可欠なあの〝ちらつく小雪〟だって、今では滅多にこれぞという瞬間に降ってくれなくなった」

「しかし、足跡だって指紋だってもう不必要なんだ」とルーサー・トラントが言った。

「いや」思考機械が唸るように言った。「この新たな犯罪者似顔描写法は、探偵の本能までも全く不必要にしてしまうのだ」

「もちろん不必要だ」とホームズが皮肉っぽく認めた。「オムレツを見て、卵を割ったということを推理する場合はね」

「素晴らしいよホームズ、素晴らしい」ワトスンが囁《ささや》くように言った。悲しげに、そしてこのセリフを言うのがこれで最後であることを半ば恐れるかのように。

まさにその時、電話が鳴った。警察署長が、協会に話があるということだった。

電話機の一番近くにいたアルセーヌ・ルパンが応答した。

「こいつはもっけの幸いだぜ、諸君」伝言を聞いたルパンが言った。「署長は、身を隠している犯罪者を捜し出して欲しいのだそうだ。それで、そいつの『似顔描写』を届けて寄越すとさ」

この情報は、多方面から鼻が鳴らされ、鼻で笑われ、鼻であしらわれた。だがやがて、真の探偵としての寡黙さをもって、新たなる労力節約のための道具が到着するのを待ち続けた。箱を持ったメッセンジャーが到着し、ワトスンがそれをテーブルに置いた。

ホームズ会長が蓋《ふた》を開けるのを協会員たちは取り囲み、うずうず、じりじり、いらいら、そして斜に構えて立っていた。

彼らが目にしたものは、大慌てでかき集めたガラクタにしか見えない代物の集大成だった。それは古い角灯《かくとう》（lantern）、錐《きり》（gimlet）、鉄鉤《てつかぎ》（iron hook）、そして手斧（hatchet）だった。さらに小さな箱に入っていたのはスカラベ、つまりエジプトの甲虫（beetle）だった。別の箱には林檎《りんご》（apple）と人参（carrot）が入っており、肉屋の包装紙に包まれていたのは生の羊肉片（mutton chop）だった。仕出し屋の箱に入っていたのは、美味しそうなパイ（pie）だった。

ラッフルズは、パイを独占して眺《なが》めていたが、結局のところ彼は素人芸の探偵に過ぎなかったわけである。真の探偵たる他の一同は、食べ物について考えることを軽侮していたが、思考機械だけは例外で、林檎を丸かじりにしたくてしようがなかった。

ホームズ会長は腕を組んで、指先に至るまで冷笑的な態度をとった。「この似顔がどういう意味か判ったかね、諸君？」

ルパンが、飾り紐ボタンで留めた襟《えり》の折り返しへと、片手を突っ込みながら言った。「こいつは大それた計略だ。即刻、我々の手の者を組織すべきだ。犯人は考古学者だ、スカラベから判った」

「肉屋だ、肉片から判った」とルコックが割り込んだ。彼は同国人のライバルに以前から嫉妬していたのである。

「ペストリー職人だ」とラッフルズがパイを眺め続けながら言った。それはメレンゲパイだった。

「農夫だ」と思考機械が断言した。その眼は、林檎から人参へとうろうろしていた。

「きっと大工だ」とアルセーヌ・ルパンが言った。「錐と、手斧と、それに大きな鉄鉤を見たまえ」

「では角灯は？」とホームズが問いかけた。今回は鷲《わし》のような顔付きをしていた。

「それも農夫だということだ」と思考機械がしつこく金切り声で言った。

「全く違う」とホームズ。「これでは、我々は真っ当に働いている者を捜さねばならなくなってしまう」

ワトスンが適切に選んだ言葉で弁じたてた後、ラッフルズが陽気に言った。「だけど僕らが捜しているのは犯罪者だ。角灯はつまるところ些細な問題《ライト・マター》を意味しているだけだよ」

「人参の意味は、我々がとんま《ドンキー》だということか？」ムッシュ・ルコックが問うた。彼は言外の意味を汲み取るのにさといのだ。だがそれには誰も答えなかった。各人とも「似顔描写」の意味するところを解き明かすのに余念が無かったのだ。

「手斧は埋められているという意味だな」ホームズが考えながら言った。「角灯は穴を掘る時に役立つ」

「夜中に穴を掘らなきゃならんいわれはない」とラッフルズ。「羊肉片とパイは、食事の時間を示しているんだと思う」

「なんにせよ、穴は掘るんだ」ホームズがしつこく繰り返した。

ルパンがしかつめらしく言った。「もちろんだ。だって、あの甲虫は『黄金虫』の手がかりなんだ。これは埋められた財宝の事件だ。もちろん鉄鉤は場所を指していて、半島か岩だらけの海岸だ」

「そして林檎はエデンの園を指しているんだな」アルセーヌ・ルパンが自嘲げに言った。「遠過ぎるな、僕にゃ行けないよ」

「お前さん方はみんな、字義通りに捉え過ぎておるのだ」と思考機械が不機嫌そうに言った。「これらは、連想のための因子に過ぎんのだ。林檎は、パリスとヘレン(8)を思い起こさせる。そこから論理的に考えて、捜すべき犯罪者は美しい女性だ」

「では、今すぐ『女を捜せ《シエルシエ・ラ・ファム》』ということだ」と、常に色男たるラッフルズが声を上げた。

「協働では完遂できぬ」最後にホームズが言った。「おしなべて、名高き探偵は孤高であらねばならんのだ。友よ、己の道を行け。『似顔描写』を忘るるべからず。明晩、その指し示す犯罪者を伴って帰還すべし」

　慣れ親しんだ自分好みの手法で追跡することに喜んで、絶対確実を旨《むね》とする探偵たちは散会して去った。

　翌晩、彼らはフェイカー街に続々と帰って来た。各人の選び出した犯罪者を意気揚々と従え、我こそは正しい人物を捕まえた真の探偵なりと確信し悦に入っていた。

　ルパンが逮捕したのは有名な考古学者で、思考機械が連れているのは怒鳴り散らしている富裕農夫、ラッフルズは小粋なフランス人のペストリー職人だった。各人が獲物を捕らえており、会合はホームズ会長を召喚した。これから彼が聴取を行い、自らの絶対確実なる観点から様々な意見に裁定を下すのだ。

その時、電話のベルが鳴った。

「ホームズさんですか？」と警察署長が言った。

「そうです」とロバのような――ではなく鷲のような顔付きでホームズは言った。

「それがですね、捜していた犯罪者が見つかりまして。ですから、そちらの捜索は中止して頂いて構いません」

「本当かね」ホームズが言った。「その人物をこちらに連れてきて、届けてくれた『似顔描写』と比較してはもらえんかね？」

「すぐに連れて行きますすよ」と、親切な署長が丁寧に答えた。

国際絶対確実探偵協会のメンバーは、署長が到着するまでひどく陰鬱な雰囲気の中で座っていた。署長が連れていたのは卑屈な態度の犯罪者で、探偵たちは興味を持ってじろじろと眺めた。男が科学者ではないのは確実で、農夫ではないのも明らかだった。どこをどう見ても、大工でもペストリー職人でもなかった。

ホームズ会長が辛辣《しんらつ》な単調さで言った。「どうも我々には、君の『似顔描写法』の能弁な言い回しが全く理解できないのだがね」

「お分かりにならない？」警察署長が驚いたように言った。「なんとまあ先生、お送りした『似顔描写』にこの男が生き写しなのは一目瞭然じゃありませんか。奴の顔を見て下さいよ！奴《やっこ》さんは、ひょろ長い顎（lantern-jawed）、げじげじ眉毛（beetle-browed）、鋭い眼（gimlet-eyed)、赤い頬（apple-cheeked)、そして尖った顔（hatchet-faced）をしてるじゃありませんか。わし鼻（hook-nose）で、頬髯（mutton chop whiskers）を生やして、赤毛（carroty hair）で、のっぺりした口元（pie mouth）をしてませんか？　これほど雄弁な描写が理解できないほど、みなさんの頭は鈍《にぶ》くてらっしゃるんですか？」

「もうたくさんだよ、署長」とホームズが長くて白い手を振りながら言った。「おしゃべりな『似顔描写法』なぞ、たくさんだ！」

小惑星の力学

ロバート・ブロック

まずはタイトルから解説しておきましょう。シャーロック・ホームズと敵対し、「最後の事件」ではライヘンバッハの滝で対決した、モリアーティ教授。彼は天才的な数学者です。そんな彼が書いた論文こそ「小惑星の力学」というタイトルなのです。

さて、本篇では語り手も異色です。アメリカで、老人介護の仕事をしている女性なのです。時代は現代——といっても、本作品が書かれたのは今から半世紀以上も前、一九五〇年代のことですが。彼女はある時、ホテル住まいをしている百歳の老人の介護をすることになります。その老人はかつて数学の教師をしたことがあり、そして犯罪にも関係していたというのです。彼女が聞いた、老人の驚くべき話とは……。

正直に言うけど、あなたが担当する患者の中には、叫ぶ人だっているのよ。ほんっと、絶叫するんだから！

あたしだって、他の仕事がしたいってわけじゃないのよ――一日当たり二十ドル稼げて、やるべきことと言ったら、子守女のような役目を二時間こなすだけ、なんていう仕事、他のどこにもないでしょ？　病院とか、診療所の事務室で働くのと比べるのも、全くの無意味。だけど、相手をする〝連中〟ときたら！

こう思いながら最後に面倒を見た人は――そうそう、まだ彼のことを話してなかったわね？　歳は、百歳だったのよ。

〝百歳〟！　想像できる？　いいえ、あたしはあまり自信がないわ。彼の喋《しゃべ》り方とか、様々な振る舞いときたらもう。彼からあの話を聞いたのは、今から三か月前のことだったわ。彼は服をきちんと着込んで、自分で食事をして、ホテルの室内のことなら、車椅子上のことでなくても全て一人でやっていたのよ。もちろん、必要なものは電話で注文したし、ホテルは食事も何もかも直ぐに届けて寄越していたわ。でも考えてもみてよ――百歳の老人が車椅子に一人っきりで、自分のことは全部自分でやっていたんだから！

　もちろん、あなただって彼をひと目でも見てれば、分かってもらえたと思うけどね。彼はいわゆる算数だか数学だかの類《たぐい》の教授だったけれど、それも若かった頃の話。考えてもみて、六十年も昔のことなのよ！　その後事故に遭って、左半身が麻痺《まひ》してしまい、車椅子に乗ることになったとか。六十年――車椅子の中で生きるには長すぎる時間だわ。クーパー先生が主治医だったんだけど、週に一度だけやって来ては、驚くべきことだって言ってた。

でも爺《じい》さんはタフだったのよ。あたしは彼のことをそう言うようになっていたの。ひと目見れば、判ってもらえたはずよ。もちろん、あたしが面倒を見る時には、すでにベッドに入っていたけど、体は起こしてたわ。それに彼が座っている時は、あなただって最初は麻痺しているとは気付かないわよ。大きな禿頭と飛び出たおでこの持ち主で、視力は衰えているものの、その眼が時々何かを捉えるようだったわ。でも、彼は萎《しな》びてしまったり酷《ひど》く皺《しわ》だらけになったりしてはいなかったわねえ。

彼はそんな頭を突き出して、顔を左右に動かしていたわ。でもその間中、小さな両眼で相手をじっと見つめて、聞いているか確認するのよ。彼はよく喋ったわ。喋るだけでなく、書くこともしたわ。そしてしょっちゅうあたしに郵便物を送らせたの。そのほとんどが海外の大学――たぶん教授連中宛てだったわ。そしてこの国の政府の人間宛てだったり、アインシュタインのような人物宛てだったりしたのよ。

これこそ、あたしが言いたかったことなの――彼はアインシュタインに手紙を書いたのよ！

これまで、そんな話を聞いたことがある？

初めのうち、彼は自分が何をしているか教えてくれなかったの。少なくとも、多くのことは教えてくれなかったわ。でも、身体が日に日に弱っていき、最後の月の頃には書くことも出来なくなって、そしてもちろん、眠ることも難しくなっていったの。クーパー先生は注射に大賛成だったけれど、本人はそれを受け付けようとしなかったわ。絶対に！　彼はタフだったわ。

でも、幾晩か、彼はあたしを呼んで――あたしは続き部屋のカウチで寝ていたのだけど――そして自分のために本を読んで欲しいと言ったの。彼はあらゆる種類のへんてこな題名の雑誌を取っていたわ。おそらくは、科学雑誌ね。その一部はドイツ語とか、フランス語とか、ナンノコトヤラワカラナイ語だった。もちろんあたしにそんなもの読めるはずもないし、普通の英語のを読んでみた時でも、彼は怒り出してしまったんだけど、それはもちろん、あたしがしちむずかしい言葉を全く理解できなかったからなんだけどね。

そんな訳で、たいていは新聞を読まされたわ。でもそれが、途方もない話の始まりだったのよ。

犯罪のニュースが、お気に入りだったわ。ほら、あなたも知ってるでしょ、近ごろＧＩ殺しとかその類の、殺人事件がたくさんあるじゃない。あたしがそれらを読み上げると、彼は決まっていきなり笑い出すの。

最初、あたしは面倒くさかったのよ。単に彼が老いぼれているだけだと思っていたからだけど。そういう人たちがよく取る行動については、あなたも知っているでしょう？

でも、亡くなる二週間ほど前のこと、彼はあたしが犯罪シンジケートのひとつについて読むのに耳を傾けていたの。徒党を組んで、ゆすりたかりなんかをたくらむ連中のことよ。

彼はいつものくつくつ笑いをすると、こう言ったの。「奇妙じゃないかね、ミス・ホーズ？」

そこであたしは問い返したわ。「何が奇妙なんですの？」

彼は言った。「こんなことが未だに起こっていると考えるとな。昔を思い起こさせるよ、ミス・ホーズ。昔を思い起こさせる」

あたしは言った。「こういうことかしら。連中がこんな具合に寄り集まるのは昔からで、あなたが――」あたしはここでいきなり言葉を切ったの。あやうく「生きていた時代」と言ってしまうところだったのよ。

そうしたら、おかしなことが起こったの。彼はあたしのセリフを続けて、自分でこう言ったのよ――「生きていた時代？」って。それから彼は、また笑ったわ。「そう、儂《わし》が生きていた時代にも、連中は集団を作って、犯罪団の首領や構成員が犯罪の背後にいた。あんたにはとても信じられんだろうが、儂はその一人だったんじゃ。六十年以上も前に儂が死んだということは、あんたにはそうそう信じられんだろうがな」

ここであたしは、彼が惚《ぼ》けてしまっているのだと確信したわ。それで、多分それが顔に出ていたと思うの。

「きっと、あんたは儂の話に興味をそそられるじゃろうな」と彼は言ったわ。もちろん、あたしは「ええ」と答えたわ。本当はそうじゃなかったけどね。正直に言えば、これまで彼が話をしている間、あたしは彼の横で新聞を読んでいたのよ。でも今回は、もうちょっと耳を傾けたの。ところどころ、かなりとんでもない話だったから。

かくして彼は、とりとめもなく長い話をし続けたの。まだ若くて学寮だか大学だかなんだかにいた頃、難しい数学問題をたっぷり学んで卒業をしたけれども、仕事がなかったとか。どうやら、結局は小さな私立学校みたいなところで教師になって、それから、英国の金持ちの子どもに教える家庭教師になったとか。

その後本を何冊か書いたけれども、誰も気にも留めなかったとか。なんでかっていうと、それがどんなに重要なものでも、時代に先行し過ぎていたからだそうよ。

さて、長い話を縮めると、彼は結婚しようとしていたけれども、恋人が彼を振ってもっと金持ちの男に乗り換えたものだから、心がずたずたになってしまったということらしいの。彼に言わせると、それこそが犯罪者になった原因なんですって。

さらに彼の話によると、彼はかなりの重要人物だったそうよ。いわゆる超大物犯罪者みたいなもの。決して自分の手は汚さずに、指示を出すだけ、っていうやつ。他の連中のためにどのようにやるべきか計画を立てて、手数料をもらうのですって。

彼は論理的な頭脳の持ち主で、それまで学んできたことゆえに、物事をどのように構築すればいいのかちゃんと判るのだというの。すぐに、彼はヨーロッパ中の犯罪者のためにも働くようになり、ひと財産築き上げたそうよ。確かにそこのところは、あたしにも信じられたわ。だって、今まで彼は大きなホテルのスイートルームに住んでいて、六十年以上も働かないで、車椅子の中にいるだけなんだからね。

でも、この話の中には、あたしにとっては何の意味もなさない人の名前とか日付とか場所とかが次々出て来るんだけど、そんなことまではじっくり聞いていられなかったわ。

ようやく、あたしが聞いていないことに気が付いて、彼は喋るのを止めたの。あたしには好都合だったけれど、彼が口にした自分の「死」をどういう意味で言ったのかだけは気になったわ。

その二日後の晩、また同じことになったの。あたしは何人かの医者が西の方の国へ行った、という記事を読み上げていた。誰だかを生かしておくために、手術の間中心臓マッサージをしていたという話、あなたも覚えてるでしょ。確か数か月前、シナイ半島のことだったと思うけど。

いずれにしても、彼がこう言ったの。「医者どもか！　奴らは医学の専門家と自称しているが、生命の始まりのことすら知りやせん。もし儂が奴らに従っておったら、六十年以上前に死んで埋められておったわい」

それでまあ、あたしはちょうどその時、ちょっと疲れていたのよ。彼が喋っている最中に、うとうととしていたみたいだった。でも、彼がこんな話から始めたのは覚えているわ。いかにして警察とゴタゴタが起きたかということ、そしてとある探偵が彼を逮捕しようとしたこと、彼の方が先んじただけだったこと。その後、あたしは地名を忘れてしまったけれど、どこだかで大決戦が行われ、彼は打ち負かされた。しかし彼は死んではいなくて、ただ麻痺状態にあったとか。

それがヨーロッパのどこかだったので、彼は手当てを受けていた際、その地に留まることに決めたそうよ。お金はうなるほど持っていて、一ダースもの別々な銀行に預けてあったし、もう誰も彼のことを捜してはいなかったのですって。不自由な身体にはなってしまったけど、引退したことを彼は喜んでいたそうよ。

それから、例の探偵は死んだと思われていたので、彼が姿を見せるようなことがあったら、探偵殺しで指名手配ということになってしまう。だから、引退は名案だったのよ。その後、彼はヨーロッパ中をあちらからこちらへと移動して回ったのですって。一度、故国へ帰ろうかと考えたこともあったけれど、彼の話によれば、おかしなことが起こってしまった――彼が殺したものと思っていた男が実は死んでなくて、生きてぴんぴんとしていたんですって。だから彼が帰国すれば、何もかもまたやり直しとなってしまうとか。

だから彼は表向き、死んだままでいることにしたそうよ。その後ドイツに住んでいたけれど、ナチが活動を始めた頃に、この国へと移り住んできたらしいわ。

「これほど長い年月の間、死んだままでいるというのは、奇妙な体験じゃったよ」と彼は言ったわ。「だが、退屈させてしまったようじゃな、ミス・ホーズ……」

自分がうとうとしていたらしいと気付いたのは、その時だったの。あたしはおたおたと謝ったけれど、彼はくつくつと笑うだけで、少しも構わない様子だったわ。

いいえ、まだこれで終わりじゃない。もうひとつだけ話しておきたいことがあるから、待ってて。それがこの、アステロイドに関わる途方もない話なの。アステロイドって何のことかご存じ？　あたしも知らない。どうやら星の一種らしくて――ただ彼が言っていたのは本物じゃなくって、模造品の方だったのだけど。ジンコウ・エイなんとかって呼ばれてるもので。ああ、そう、衛星だわ、それよ。人工衛星。

きっかけとなったのは、新聞記事だったのよ。先週、遂に政府が月ロケットを発射するために、宇宙ステーションを建設することになった、という話が載っていたのを覚えている？　生まれてこのかた、こんな突拍子もない話を聞いたことがあるかしら？　でもあたしは、それをやろうとしてるんだと思ったわ。

それから、あたしはこの話を彼のために読んだの――彼はちょっと弱ってて、ええとその、クーパー先生はあまり長くないだろうと言ってた――そしてあたしが読んでいる最中に、ふと気が付くと、彼は体を起こしてるじゃない。彼は一週間近くも起き上がってなかったし、食べ物もきちんと口にしていなかった、というよりほとんど口にしていなかったのに。でもこの時、彼はぴんと起き上がっていたのよ。「すまんが、もう一度全部読んでくれんか、ミス・ホーズ？　ゆっくりとお願いする」彼がいつでもこんな具合に丁寧だったことは、彼のために言っておきたいわ。

そしてあたしが読み終わると、またしてもくつくつと笑い始め、顔には不思議な表情を浮かべたの。それは正確には微笑ではなかったけれども、判ってもらえるわよね、そのようなものだったのよ。彼の頬は死期を迎えた人にありがちなようにげっそりと落ち窪《くぼ》んでいたけれども、一瞬、彼が再び若返るのを見たとあたしは誓うわ。

「儂には判っていた！」彼は言ったわ。「奴らがこれをやると儂には判っていた！　これこそ儂がずっと待っていたニュースだ」

そして彼は、喋りに喋りまくったわ。あたしは言ったの。「お願いです、クーパー先生がおっしゃってたでしょう、興奮してはいけないって。休んで下さい」

それから彼は言ったわ。「休む時間ならこれからたっぷりとある。それも安らかにな」そして彼は、喋り続けたの。

今となっては、これのどこまでが彼のでっち上げた話かは分からない。だって、全く途方もない話に聞えるけれども、彼は確かに例の手紙を出していたし、返事だって受け取っていたのだもの。彼らはみんな彼のことを知っていたのよ――あの科学者たちはみんな。

でも彼がこのことについて話したところでは、墜落して死にかけて以来初めて、改心することに決めたらしいの。何か、世界のためになることをしようとしたらしかったわ。そして、もう一度数学を研究し始めたのよ。彼はこんなとんでもないタイトルの本を書いたと言っていたわ――これについては、あたしもよく覚えている――『小惑星の力学』という題名。これはあの宇宙ステーションについての本なのですって。

「その通りだよ、ミス・ホーズ」と彼は言った。「六十年以上前だ。誰もこれを真面目にとらなくても不思議ではない。儂は時代を先行していたのだ。先駆者としての研究に、儂は何年も費やした。ただ学界の正統的権威から評価してもらおうと思ってな。一歩一歩、儂は成し遂げていった」

要するに、彼が自分の理論を研究し続け、科学者たちに手紙を送っては、アイディアを与えたらしいということなの。あのアインシュタインや、その他たくさんの科学者たちみんなに。連中が彼の考えに則《のっと》って研究している限りは、彼はどんな名声も望まなかったのよ。そして長い年月を経て、連中は成し遂げた。彼はこのアイディアを、宇宙ステーションや人工なんたらいうものを建設するために、ずっと温めていたのだと言った。そして彼は計算に計算を重ね、図解集まで送ったのですって。

ドイツでは、実験用の模型とかその類まで製作して、大学や政府にそれを寄贈したの――でも決して自分の名前は使わせなかったのよ。彼は、何か人類のためになることをしたかっただけなのよ。

「儂に出来る罪滅ぼしは、それぐらいだったのだよ、ミス・ホーズ」と彼は言った。「儂のささやかなやり方で、人類が星の世界へ到達する手助けをしたかったのだ。そして今、どうやら研究の果実が実ったようだ。これ以上、どんな報酬を求めろというのか?」

もちろん、彼に調子を合わせてあげるやり方はよく判っていたわ。哀れな老人と、彼の具合に対してあたしが出来るのは、それぐらいだったもの。そこで、あたしは、それをどれほど素晴らしく思っているかを語ったの。そして、彼の名前が他の大物科学者たちと並んで新聞に載るべきである、とも。

「それは決してあり得んよ」と彼は言った。「それに、もはやそれは問題ではない。儂の名前は、悪の象徴としてだけ、伝わり続けることになるのだ」

そう、あたしは幕引きがどうなるかを分かっていなかったわ。でもその晩遅くに、深刻な状態が訪れたの。あたしが別室のソファーで眠っていると、彼がゼイゼイ言う声が聞こえて、大急ぎでベッドルームに行くと、ひと目見てすぐにクーパー先生に電話したわ。

でも、先生が到着した時には、もう手遅れだったの。いわゆる苦痛を伴う死ではなかったわ。彼はすぐに譫妄《せんもう》状態になって、それから少しの間昏睡状態に陥《おちい》った。心臓がもたなかったのだ、とクーパー先生は言ったわ。

でもしばらくの間、譫妄状態に陥った際に、彼は恐ろしい実像を露《あらわ》にしたの。まるで別の人間であるかのようだった――おそらく、彼の言葉が真実だったとしたら、一八九〇年代に彼が犯罪者だったときの振舞い方だったのでしょうね。彼は、誰かを罵《のの》し続けていたわ。たぶん、あの探偵のことなんだと思う。探偵が有名で彼がそうでないための嫉妬《しっと》で、探偵に対してひどく怒り狂っていたというわけではなかったわ。だって、さっきあたしが語った通り、彼は死んだと思われていたのだけれども、実際は生き返って逃げていたのだから。今、哀れな老人は、探偵がその部屋にいるかのように振舞っていた――そして罵ったのよ！

それから彼は、探偵と格闘を始めたのよ。頭がいかれてしまった人がどんなかは、ご存じでしょう？　彼が探偵と闘って、探偵が彼に打ち勝った時点に戻ってしまったらしい、としかあたしには分からなかったわ。

彼らは崖の上で取っ組み合って、そこには滝だかがあって――それはドイツかアルプスかその辺りなんだとあたしは思う――探偵はジウ・ジツを用いて、滝の中へ老人を投げ飛ばし、彼は頭を打って跳ね返り、水に流されたの。だけど探偵はそれに気付かなかったのよ。探偵は人々に自分が死んだと思わせようと、足跡を残さないように崖をよじ登っていたの。ああ、あなたはなんの意味もないと思うでしょうけれど、とにかくそんな具合だったのよ。

そして昏睡状態の直前、この格闘の後で彼がベッドに起き上がったので、あたしは彼を寝かせようとしたわ。でも彼はあたしがその部屋にいることすら気付いてなかった。だって――彼には探偵しか見えていなかったのだもの。

そして彼は言ったの。「栄光を大事にするがいい！　安っぽい評判を大事にするがいい！　名声もだ！　儂は敬意も払われず、嘆かれもせず、賛美もされずに死んでいくが、最後に勝つのは儂だ。儂の偉業は、人類を星の世界へ運ぶだろう！　これだけは認めておけ――儂の推論には、初歩的なことなぞないのだ！」

本当にとんでもないたわごとだった、全く！

それから彼は昏睡状態に陥って、死亡したわ。こんな顚末《てんまつ》だったのよ。こんな大混乱の仕事、あなた想像できる？

このどれだけが、本当に真実なのかしら？　つまり、彼が犯罪王で、改心して、宇宙ステーションを発明する科学者たちを助けた、ということよ。あたしは、あの『小惑星の力学』だかなんだかいう本のことなんて、聞いたこともない。

きっといつか、調べることもあるでしょう。彼があれほど嫌っていた探偵の名前を、あたしは知りたいと思っているの。それがきっと手掛かりになるはずよ。
だけどあたしは、とにかく彼の名前は知っているわ。アイルランド系で、モリアーティという
うの。さしずめ——モリアーティ教授、ってとこね。

サセックスの白日夢

ベイジル・ラスボーン

本篇は、作者まで異色です。シャーロッキアンにはとても有名な、ベイジル・ラスボーンです。しかし作家としてではなく、ホームズ役者として有名なのです。

さて、シャーロック・ホームズは、探偵業を引退してからは、サセックス州で隠遁生活を送っていました。そこで、養蜂をしてのんびりと暮らしていたのです。ただし、隠遁生活中の事件「ライオンのたてがみ」が発生したり、世界情勢の急変によって「最後の挨拶《あいさつ》」事件に引っ張り出されたりはしましたが。

そんなある日のこと。一人の男性が、たまたまサセックス州で休暇を過ごしていました。そしてたまたま、養蜂をしている老人と出会い、白日夢のような会話を交わすのです。——本篇は、そんな物語です。

わたしはいつでも、サセックスの田園風景を愛してきた。わたしにとってそこは、人生で最高に幸せだったとき――幼少時代の記憶が、幾つもある場所だからだ。六月のはじめごろ、数日間の休暇が必要不可欠となったわたしは、過去の夢をもう一度見ようと、そして少なくとも短期間だけでも現在と未来を締め出してやろうと、ヒースフィールドの小村へと足を踏み入れたのである。

暖かな春の陽気が、慎《つつし》み深い夏の到来を告げていた。わたしはたっぷりと散歩し、ゴールズワージーの『フォーサイト家物語』を再読し、ありがたいことに規則正しくかつ満ち足りるまで眠った。

休暇最終日の午後のこと、ヒースフィールドの宿所へ戻ろうと、静かな田園風景の中を歩いていた際、わたしはいきなり蜂に刺されてしまった。跳び上がったわたしは、柔《やわ》らかな土をひとつかみ拾い上げて、刺されたところへ塗った。子どもの頃に教わった、古風な治療法である。突如として、わたしは自分の周りに蜂が群がってきていることに気付いた。わたしは立ったまま動かず、そして待った。

その時、わたしは茅葺《かやぶ》き屋根の小さな家と、よく手入れのされた庭園があることに気が付いた。庭の一角には、蜜蜂《みつばち》の巣箱が幾つかあった。宿の女将のメッセンジャー夫人が、たびたび話題にしていた家である。メッセンジャー夫人は、大柄で、歳のわりには若い、気持ちのよい女性である。彼女は部屋を〝賄《まかな》い付き〟で貸してくれた。また彼女はお喋《しゃべ》り好きで、砂浜に波が軽やかに打ち寄せるような、絶え間ないリズムで懐旧談を語るのだった。こちらからも話を返す努力をしなくていい限りは、これもなかなか悪くないものだった。

聞いたところによると〝彼〟は、何年も前からここへ来ては、茅葺き小屋で過ごしていくのだという。最初の頃は、めったに訪れなかった。だが時が経つにつれ、彼はしばしばやって来るようになり、滞在も長くなっていった。彼はあの場所を養蜂園と呼んでいた。彼が誰のことも構わないように、誰も彼のことを構わなかった。それが古き英国の慣習であり、良き慣習であった。一九四六年現在、彼はほとんど伝説と化していた。彼はかつて〝有名人〟であり、メッセンジャー夫人の父は、彼がロンドンから来た医者か法律家かその両方かである、と断言していた。

そして今、この夏の日の午後、わたしは彼を目にした。彼は庭園の椅子に腰を下ろし、膝の上には膝掛けを掛けて、本を読んでいた。高齢であるにもかかわらず、老眼鏡は使っていなかった。彼は姿勢を変えなかったが、外見上は生気のないその身体に、不思議なほど生命力が感じられた。彼には、非常に古い樹木のような、荘厳な優美さが備わっていた。その容貌は鋭く、著《いちじる》しく突き出た鼻が際立っていた。手に浮き出た静脈は、盛り上がった山脈のようにくっきりと青く走っていたし、肌は貝殻のようにくっきりと透き通っていた。

彼はミアシャムパイプで、はっきりした香りのタバコを吸っていた。不意に彼が目を上げて、わたしたちの視線は交わった。彼と真っ直ぐに目を合わせているのは、どうにもきまりが悪かった。

「寄っていくかね？」彼が驚くほどしっかりした声で呼びかけた。

「ありがとうございます」とわたしは応えた。「ですが、あなたの隠遁生活のお邪魔をするいわれはありませんので」

「邪魔だったら招き入れたりはせんよ」と彼が言った。

小さな白い柳細工の門を開いて入って行くと、彼の目がわたしを精査しているのを感じた。

「椅子を持ってきて、お座りなさい」

彼はもう一度、鋭い理解力に満ちた目で、わたしを一瞥した。椅子に手を伸ばし、腰を下ろした時、わたしは夢を見ているような奇妙な感覚を味わった。

「儂《わし》の蜂が君を刺したのを見たが、申し訳なかったな」

わたしは照れくさくなって、顔に塗った泥を拭《ぬぐ》い落とし、笑みを浮かべた。笑みは、大したことではないと伝えようとしてのものだった。

「小さな虫を許してやってくれるだろうね」と彼は続けた。「あれは代償に命を差し出したのだから」

「そうしなければならなかったのは、不公平な気がしますね」わたしは言った。自分自身の声が、あたかも他人の声であるかのように聞こえていた。

「いや」老人は感慨を込めて言った。「それが自然の法則なのだ。『神は不可解なる仕方にてその不思議を行いたもう』さ」

一羽のツグミが近くの生垣《いけがき》にとまって鳴き始めた。この出来事は——これはもはや出来事となっていた——魔法の力で奇妙に調整されていた。わたしは興奮していた。

「お茶を頼んでこようかな？」

「おそれいります、結構です」わたしはお断り申し上げた。

「儂自身は大のコーヒー党でね。比べてしまうと、お茶はいつだって風味のない代用品としか思えんのだよ」

微《かす》かな笑みが、彼の口元に浮かんだ。

「この辺りに住んどるのかね」彼は続けた。

「いいえ、短期休暇中なんです」

「こちらへはちょくちょく来るのかな」

「可能な限りですが。わたしはサセックスが好きなんです。この近くで生まれたんですよ」

「本当かい！」この時、彼の笑みが目元まで拡がった。「ここは地上の慰めとなる小さな場所だよ、そう思わないか。この季節は特にね」

「大戦中はずっとこちらにお住まいだったんですか」とわたしは尋ねた。

「うむ」彼の笑みが消えた。彼は古い六連発のウェブリー拳銃を膝掛けの下からゆっくりと取り出した。「もし〝奴ら〟が上陸していたら、そのうち六人は生きて話をしていることもなかったろう……儂は大昔にこれの扱いを教わったのだ。親愛なる彼のことを忘れたことはない」

彼は拳銃を手中でもてあそび、ちょっとの間、わたしを孤独な世界におきざりにした。人はその小さな世界の中で孤独に生まれ、孤独に死んでいくのだ。彼は拳銃を膝の上に戻すと、わたしに目をやった。しばらく躊躇《ためら》ってから、わたしは勇を鼓して質問を発した。「第一次世界大戦では従軍なさったんですか?」

「間接的にね――君は?」

「わたしはスコットランド・ヤードの警部なんです」

「そうだと思ったよ!」彼は改めて、鋭い理解力に満ちた目でわたしを見た。

その時、彼の膝の上にあった本が、地面に落ちた。わたしは手を伸ばして拾い上げ、彼に手渡した。

「ありがとう」彼は含み笑いをするような声を発した。「それで今のヤードはどんな感じかね?」

「最新の科学と道具が、ずいぶんと助けてくれてます」とわたしは言った。

「そうそう」彼の手がポケットへ伸び、古い拡大鏡を取り出した。「儂の若い頃は、彼らもこの手のものを使っておった。最新の発明品は大いに時間の節約になる一方で、儂らの本能を鈍らせて、怠惰《たいだ》にしてしまう――すくなくとも儂らの大部分を。このボタンを押せ、あのレバーを引け、それですべて出来上がり、あっという間だ!」彼はうんざりして、少々愛想がつきたという感じだった。

「あなたのおっしゃる通りでしょう。ですが、中間の道はないのです。前進するか、後退するかなんです」

彼は古風なスポーツジャケットの大きな二つのポケットに、拡大鏡と拳銃をしまった。ジャケットの肘には、革の肘当てが付いていた。そして彼は深呼吸をすると、長く長く溜め息をついた。

「儂は君ととても近い仕事をしていたのだよ、警部。ヤードは君のような人物に勤めてもらえて幸運だ」

「ありがとうございます」

「どういたしまして。……それでだね、儂は昔、君の父上をよく知っていたのだよ」

「父をご存じだったんですか！」わたしはどもりながら言った。

「そうだ。君の父は、立派な男だったよ。彼はわたしにとても関心を持ってね。彼の精神は、正気と狂気のはざまの細い線上で、不安定なバランスを保っていたよ。彼はご存命かね？」

「いいえ。一九三六年に亡くなりました」

老人の首が、思慮深げに揺れた。

「新奇な観念を好む連中なら、非常に興味深い問題を彼に見出したことだろう。あれはなんと言うのだったかな？　精神……精神分析学だ！」

「精神分析学は、賢く使えばとても役に立ちますよ。そう思われませんか？」

「いや、そうは思わん」彼はつっけんどんに言い返した。「全くくだらん考えだ――『精神分析学』なぞ！」彼は軽蔑するようにその言葉を吐き出した。「消去法による推理以上に、簡単な方法はないのだ」

　彼は過去と現在における犯罪と、捜査手法の相違点について語った。動機や、犯罪を助長する環境に対する社会の責任について。冷たいそよ風が庭を横切り、昼の終わりを静かに告げて、彼は話をやめた。

　彼はたっぷり六フィートはある身体をゆっくりと立ち上がらせ、片手を差し出した。「もう中へ入らねばならん。君と話が出来て楽しかったよ」

「こちらこそ、本当にありがとうございました」わたしはもっと何か言いたかったのだが、妙に気詰まりを感じたのだ。彼は手に持った本を差し出した。

「君はこの本を知っているかね？」

　わたしはタイトルに目をやった。『シャーロック・ホームズの冒険』。

「しばしばひどく誇張されているがね、いい読み物ではあるよ」再び彼の口元から笑みが拡がり、今回はそれが目の中でも揺れた。

　わたしは、彼が言及した物語全般について、詳細な知識があることを認めた。彼はわたしが〝ザ・マスター〟[1]に言及するのを、大いに喜んでいるようだった。彼は小さな白い柳細工の門までゆっくりとわたしを送り出し、その途中、わたしたちはＳ・Ｃ・ロバーツやクリストファー・モーリーやヴィンセント・スターレット[2]について暫時《ざんじ》語り合った。

「我らが親愛なる友ワトスン博士が書いた冒険談は、儂の人生にとって大きな意味があったよ」と彼は述べた。彼はわたしの手をとって、大げさにゆっくりと握手した。「かつて誰かが言っていたように『思い出とはこの世でただひとつ確かに不滅のものである』のだね」

わたしが宿へ戻ると、メッセンジャー夫人はお茶とスコットランド・ヤードからの緊急電報でわたしを出迎えた。電報は、急いで戻って来るよう要請するものだった。わたしは〝彼〟を訪問したことを彼女には話さなかった。〝彼〟のことを偉大なるシャーロック・ホームズだと未だに信じている、ヒースフィールドの少年たちみたいに子どもじみていると思われることを懸念《けねん》したのである。

いずれにせよ、少年たちにも別れの時がやって来るのだ。短くも美しき時代には、現実そのものよりも現実的だった全ての有名人——サンタクロースやティンカーベルたちとの別れが。

シャーロック・ホームズなんか恐くない

ビル・プロンジーニ

いよいよ最後の作品となりました。現代のアメリカの犯罪現場で、警官たちが事件の捜査をしているところへ、突然シャーロック・ホームズが現われたら、警官たちはどんな反応を示すでしょうか。年老いたシャーロック・ホームズではなく、現役ばりばりのホームズがです。――その答えが、この作品の中にあります。

作者は、私立探偵〈名無しのオプ〉のシリーズで知られる、ビル・プロンジーニ。彼は、どんなシャーロック・ホームズを生み出したのでしょうか。

「わたしの名はシャーロック・ホームズだ」と、わたしは言った。

二人の警官は、互いに顔を見合わせた。

「今なんと?」片方が言った。

わたしは黒いクレイパイプをひと吹きした。

「シャーロック・ホームズだ」わたしははっきりと言った。「ところで、その明かりをわたしの目に向けるのを止めて頂けるかな」

上背のある細身の警官は、懐中電灯を下ろした。「こんな裏道で、何をしてたんだね?」

「手掛かりを探している」

「なんだって?」

「手掛かりだよ、君、手掛かりだ」わたしはベストのポケットから虫眼鏡を取り出し、倉庫の赤レンガを見た。「ふむ。面白い、そう思わないかね?」

「いかれぽんちだ、チャーリイ」ずんぐりした短軀《たんく》の警官が、わたしの背後で囁《ささや》いた。「あの服装を見ろよ」

もう一方の警官が言った。「モリス警部は彼から話を聞きたがるだろうから、かまやしないよ」それから、声を大きくした。「一緒に来てくれ、君」

「行かんよ」わたしは彼に顔を向けて、いらいらと言った。彼の鼻先へ、指をぐいと突き出す。「一緒に行ったら、手掛かりを探し出せないではないか。いい子だからさっさとあっちへ行きなさい」

彼らは、またしても視線を交わした。

「なあ、君」チャーリイと呼ばれた方が言った。「中にモリス警部という人がいて、ここを担当しているんだ。中に入って彼に話をした方が、身のためだよ。分かったかい？」

「彼はヤードから来たのかね？」

「ヤード？」

「スコットランド・ヤード、ロンドン警視庁だ」とわたしは言った。

「ロンドン警視庁？」ずんぐりした警官が繰り返した。

わたしは灰色の外套を整えた。

「スコットランド・ヤードになら、いつでも喜んで協力するよ」

二人の警官がみたび目と目を交わした後、わたしは暗い路地を進み、脇扉から倉庫へと足を踏み入れた。左側はガラスに囲まれた小さな事務室で、明るい照明が点いていた。中にいるのは、青いビジネスーツを着た灰色頭の男と、茶カーキ色の制服を着た猫背で初老の人物だった。わたしは二人の警官の先に立って、事務室へと入った。傷だらけで未塗装の木製デスクの端に、灰色頭の男が腰を下ろしていた。彼は、我々が入っていくと振り返った。

わたしを見た途端に彼の目が見開かれるのを、わたしは目撃した。

「一体全体、こいつは何者だ？」

「シャーロック・ホームズです」ずんぐりした警官が言った。

灰色頭の男は、彼を睨みつけた。「くだらん冗談は無用だ、フレッド」

「本人に訊いてください」フレッドは肩をすくめた。

「あんた、誰だね？」灰色頭の男が尋ねた。

「シャーロック・ホームズです」わたしは言った。「御用件を承りますよ。ええと、あなたは？」

「モリス警部だ」彼は顔をしかめた。「今から幾つか質問をする。あんたは答えてくれればいい」

「ふふん」とわたしは言った。

「なに？」

「あなたではだめですな、警部。申し訳ないが、あなたの上司のお名前は？」

「儂《わし》の、なんだって？」

「あなたの上司ですよ。あなたには後ほどすぐに報告しますので」

「あんた、もしかして部長を知ってるのか？」

「ヤードには知り合いがたくさんいますよ」わたしはかたくなに言った。

モリス警部は、二人の警官へと向いた。「お前たち、どこでこのトンチキを見つけてきたんだ」

「外の裏手です」チャーリイが言った。

「手掛かりを探してました」フレッドが言った。

「手掛かりだと？」

「虫眼鏡を使ってました」とフレッド。

「厄介ごとなら十二分にある」モリス警部が言った。「トンチキ相手に議論している暇《ひま》はない。ここからつまみ出せ」

「もしかして彼を最初に調べるべきかと思いまして」チャーリイが言った。

「なぜだ？」

「ええと、彼は向こうの裏手にいたもんですから」

「ここに入った強盗は二人組の男だぞ」モリス警部は言った。彼はデスク横の椅子に座っている初老の男へと目をやった。

「この人物を見たことがありますか、ベネットさん」

ベネット氏はわたしをじろじろと見た。そしてかぶりを振った。

「あなたを襲った二人組のことはよく見たんですよね？」

「ええ、もちろん」ベネット氏は言った。「その人は、奴らの一人ではありません」

「確かですか？」

「こんな人の顔を忘れると思いますか？」

「失礼、なんとおっしゃいました？」とわたしは言った。

「彼はシャーロック・ホームズそっくりじゃありませんか」とベネット氏。

「シャーロック・ホームズは実在の人物ではありませんよ」フレッドが言った。

「わたしが言いたいのは、映画でホームズを演じた人のことです」

「ベイジル・ラスボーンですか？」とフレッド。

「そうそう、それだ」

「ベイジル・ラスボーンとは誰です？」とわたしは問うた。

「やっぱりこの人を調べるべきだと思いますよ」とチャーリイが言った。

「一体全体、何のためにだ」モリス警部が言った。

「共犯者かもしれませんし」

「共犯者ですと！」わたしは憤慨《ふんがい》した。

「わかったわかった、そいつを調べろ」モリス警部が言った。「全く困ったもんだ」

チャーリイが前に歩み出た。

「おいおい」とわたしは言った。「もう我慢ならん――」

チャーリイは、わたしのベストのポケットを上からはたき始めた。わたしはステッキを振り上げた。

「わたしに触れるんじゃない、君！」わたしは叫び、ステッキで威嚇《いかく》した。

チャーリイは後ろに下がると、リボルバーを取り出した。

「そんな物騒なもんはしまっておけ！」モリス警部が声を上げた。

「彼は何か隠そうとしてます」チャーリイは言って、リボルバーをホルスターに戻した。

「わたしは何も隠してなぞいない」わたしは言った。

「ほんとか？」

「ふふん」とわたし。

「あのねえ」ベネット氏が、笑いながら言った。「あんたがシャーロック・ホームズだっていうなら、ワトスン博士はどこだ？」

わたしは頭を垂れ、チェック柄の布製帽子をとった。

「亡くなったよ」わたしは言葉に悲嘆を滲《にじ》ませた。「彼はあの世にいる。心臓発作でね。突然のことだった」

「ポケットを全部空にするんだ、ホームズ」チャーリイがわたしをにらみながら言った。

「なんのためにかね、君」

「所持品を調べるんだ」

「虫眼鏡と咳《せき》止め飴のほかには、何も持っていないよ」

「それを確認させてもらう」チャーリイは素早くこちらへ来て、いきなりわたしを捕まえると、両手でわたしの服を検めた。やがて彼は後ろに下がった。「何も持ってません、きれいなもんです」彼の声は失望の色を帯びていた。

「きれいに決まってる」わたしは不機嫌に言った。「風呂にはきちんと入ってるからね」

ベネット氏が、にやにやと笑った。

チャーリイが怒った顔で言った。「財布を見せて」

「持ってない」とわたしは言った。

「どこに住んでるんだ、ホームズ?」フレッドが言葉を挟んだ。

「ベイカー街、二二一Bだ」

「この街の?」

「ロンドンだ」

「ここでは、どこに住んでるんだ?」

わたしは下宿の住所を教えた。

「この国で、何をしてる?」チャーリイが尋ねた。

「極秘任務だ」

「ほーお」チャーリイが言った。「じゃあ、あんたを繁華街で見つけたら……」

「もういい!」モリス警部がわめいた。「もうたくさんだ。これ以上勘弁してくれ。一体全体、お前らどうしちまったんだ? 強盗事件が起きて、捜査中。金庫からは六千ドルが盗まれて、こちらのベネット氏は頭を殴られて倒れた。さあお前らのやることは? 自分をシャーロック・ホームズだと思い込んでる、この酔いどれアタマと時間をつぶすことか?」

「だが、わたしはシャーロック・ホームズなんだ」わたしは言った。

「こんちくしょうめ」モリス警部は、ほとほと愛想が尽きたとばかりに言った。「とにかく、お前さんはここで何をしてるんだ?」

「たぶん、あなた方と同じですよ」とわたしは言った。

「強盗事件か?」

「その通り」

彼は険悪な顔をした。「どうやってそれを知った?」

「短波ラジオを持ってるんです」とわたしは答えた。

「シャーロック・ホームズは、短波ラジオなんか持ってなかったぞ」ベネット氏が言った。

「進歩というやつさ、君」わたしはぶっきらぼうに言った。

「事件を起こした連中が何者か、君にはもう判ってるのかね」ベネット氏が、笑いを浮かべて言った。

「もちろん」

「ほう?」モリス警部が興味をそそられて言った。「犯人は何者なんだ?」

「むろん、赤毛組合ですよ」

「誰だって?」

「赤毛組合です」わたしは繰り返した。「悪名高きモリアーティ教授が画策してるんですよ。間違いない」

「赤毛組合だと?」モリス警部は言った。「モリアーティ教授だと?」

「大悪党どもですよ」わたしは言った。「終生、奴らと戦い続けてきました。いつか捕まえてみせます。正義は勝つでしょう」

「おいおい！」モリス警部は言った。彼はチャーリイとフレッドへと目をやった。「こいつをつまみ出せ。今すぐだ！」

それに応ずる前に、わたしは両腕を荒っぽく摑まれて、倉庫の正面扉へと歩かされた。そこでわたしは、遠慮なしに外へ押しやられた。

「この大ばか野郎め」チャーリイが戸口から言った。

「ふふん」とわたしは言った。

扉は、ばたんと閉じられた。

わたしは下宿屋へ帰った。二週間ほど前にこの街へ到着して以来、ここに部屋を借りているのだ。女主人のラフェリイ夫人が、玄関口のポーチで涼んでいた。

「こんばんは、ホームズさん」彼女は用心深げに言った。

「こんばんは」わたしは無愛想に応えた。

「お散歩は気持ちよかったですか？」

「いいや！」わたしはぶっきらぼうに言った。「いまいましいスコットランド・ヤードめ。またしてもモリアーティ教授に逃げられた」

「それは災難でしたね」

「全くです」

わたしは自分の部屋へ入って、コーヒーを一杯呑《の》むと、すぐさま椅子でぐっすりと眠った。

二日後の晩、わたしが短波ラジオを聴いていると、警察の通信指令係の声が、地元の毛皮商から、高価なミンク毛皮とアーミン毛皮のストールが盗まれたことを告げた。わたしは外套を着てチェックの帽子をかぶると、階段を駆け下りた。

隣人の一人である、顔が貧相なキツネそっくりの嫌なちび男が、玄関でわたしの腕を捕まえた。

「またお出かけか、えっ、シャーロック？」と彼は言った。奴のにたにた笑いには、胸が悪くなった。

わたしはステッキで彼の指をきつく叩いた。

「君は正義の邪魔をしている」

彼の顔が青ざめた。

「忌まわしい偏執狂めが！」彼は痛む手先を擦りながら、ぶつぶつと不平たっぷりに言った。

「お前なんかブタ箱入りしちまえ！」

わたしは彼に向かって舌を突き出した。

毛皮商のところへ到着すると、監視中のパトロール警官が背を向けた隙《すき》に、裏口から中へと入った。わたしはモリス警部を見つけた。彼は毛皮掛けのそばに、警官のチャーリイと共に立っていた。

わたしはステッキで、床をコンコンと叩いた。

「こんばんは、紳士諸君」とわたしは言った。

彼らは振り返った。「なんてこった！」モリス警部が言った。「またお前か！」

わたしは空気の匂いを嗅《か》いだ。鼻がぴくぴくと動いた。

「モリアーティ教授がここにいたんだな！」わたしは言った。「彼が好むコロンの匂いなら、どれほどの微量でもわたしには嗅ぎ分けられるんだ！」

チャーリイがこぶしを固めた。「おい聞け、この厄介者め……」

「君のことは覚えているよ」わたしは茶目っ気たっぷりに言った。「親切な方だとね」

「また始めさせるな」モリス警部はうんざりと灰色頭を振って、言った。「今すぐ放り出せ、チャーリイ」

チャーリイは、あまり嬉しくなさそうな笑みを浮かべた。

わたしは放り出された。一言申し添えるなら、比喩的にではなく、文字通り放り出されたのである。

その晩、わたしは長時間歩き回った。帰って来ると、ラフェリイ夫人がわたしの部屋の前で待っていた。

「警官が二人来て、あなたのことを訊いていったわ」

「警官？」わたしは眉をひそめて言った。

「刑事部からよ」とラフェリイ夫人。「背が高くて細い人と、背が低くて太った人」

「ああ」とわたしは言った。「チャーリイとフレッドだ」

ラフェリイ夫人は、ちょこんとうなずいた。

「お互いにそう呼んでたわ」

「用向きは何でしたか?」

「あなたが誰か知りたがってたわ」

「わたしが誰かって?」とわたしは言った。「わたしが誰だか、よく知ってるのに」

「ええ」とラフェリイ夫人は言って、わたしをおかしな目つきで見た。「そうね、もちろん、あなたがシャーロック・ホームズさんだって、彼らには言っておいたわ」

わたしはおざなりにうなずいた。

彼女は小さな口元を濡らして喋《しゃべ》った。「お気になさらなければいいんだけど、彼らにあなたの部屋を見せなけりゃならなかったの。あんまりしつこく要求するもんだから」

「全然かまいませんよ」とわたしは言った。「だけど、変だな。何を探してたんだろう?」

「わからないわ」ラフェリイ夫人は言った。「彼らが探してる間中、あたしは立ち会ってたんだけど。ええと、下宿の規則なのよ。でも、彼らは何も持っていかなかったわ。あたしから話せるのはそれだけ」

わたしは自分の耳を引っ張った。

「全くおかしい」とわたしは言った。「ヤードに問い合わせねばならんな」

「そうね」ラフェリイ夫人は言った。「そうなさるといいわ、ホームズさん」彼女は急ぎ足で、玄関広間へと降りて行った。

わたしは下へ降りると、電話ボックスを見つけた。わたしはモリス警部に電話をかけた。

「もしもし、ホームズです」わたしは彼が出たので言った。

「誰です?」と警部が尋ねた。

「シャーロック・ホームズですよ」わたしはつっけんどんに言った。「おたくの二人が、どうしてわたしの部屋を調べたのか、教えて頂きたいんですがね」

「儂が送り出したからだ」警部は言った。「いいか、この酔いどれアタマ野郎め、お前にはもうこれ以上、強盗事件の周りをうろちょろしてもらいたくないんだ。わかったか?」

「モリアーティ教授を逮捕するのに必要だと思えば、そうしますよ」

「いいか、警告しておくぞ」モリス警部は言った。「お前をブタ箱にぶち込むことになるからな」

「わたしを逮捕すると?」

「その通りだ、畜生め」

「そうしたら、不当逮捕で訴えることになりますよ。わたしにはスコットランド・ヤードに知り合いがたくさんいて――」

「勝手にしやがれ!」モリス警部はそう言って、電話を切った。

木曜日の晩、街で新たに強盗事件が発生した。犯人は大型スーパーマーケットへ天窓から侵入し、支配人の金庫から数千ドルを盗んだのだ。

わたしがスーパーマーケットに到着した途端、わたしはチャーリイという警官から口汚い言葉を浴びせられた。だがすぐに、チャーリイはモリス警部の脇に引っ張られた。彼らは聞こえないと思っていたらしいが、にもかかわらずわたしは彼らの会話の盗み聞きに成功した。

「どうしてあいつを鉄格子で閉じ込めちまわないんです?」チャーリイが言った。「きりがありませんぜ」

「そういうことはしたくないのだ」モリス警部は言った。「儂はじっくり考えたんだ。そいつはうまい考えじゃない」

「よくわかりません」

「いいか、あいつをぶち込むのは構わん。だが、その後の成り行きを考えてみろ。審問が行われることになる、そうだな? そうしたら儂らは証言をせにゃならん」

「おっしゃるとおりですね」チャーリイは険しい顔でうなずいた。

「まだ分からんのか?」モリス警部は言った。「そうしたら新聞がそれを嗅ぎつける。それから何が起こるかは、お前にも分かるだろう」

「分かりません」チャーリイが言った。

「新聞は儂らを間抜け扱いするってことだ」とモリス警部は言った。「見出しが目に浮かばんか? 『警察、シャーロック・ホームズを逮捕』。部長が大喜びすると思うか? 要するに、いかれぽんちに首輪を付けてうろうろさせておくよりマシな手はなさそうだ、ってことだ。一般大衆は腹が痛くなるまで大爆笑するだろうからな」

「はい」チャーリイが言った。「おっしゃる意味が分かりました」

「大新聞も嗅ぎつけるだろう。通信社もだ。国中が大笑いするだろう。儂らのことをな。その手の悪評なぞいらん。厄介ごとはもう十分だ」

チャーリイはゆっくりとうなずいた。

「要するにだ」モリス警部は言った。「二人組の悪党に比べりゃ、そこのシャーロックを我慢するのなんざマシってこった。ま、こいつに害はないしな。ただ嗅ぎ回って、あのクソ虫眼鏡で調べてるだけだからな」

「では、我々が捜査するどの強盗事件にも、やっこさんがついて回るのをほっとくってことですか」

「まあそういうことだ」モリス警部が言った。「奴がモリアーティ教授を捜し続けるだけで、儂らの邪魔をしない限り、適当にあしらうんだ。奴を無視しろ」

「分かりました」チャーリイが、半信半疑ながら言った。「警部がそうしろとおっしゃるなら」

モリス警部は断固としてうなずいた。「そうしろ」

慈悲深き警部どのは、約束を守った。その翌月には、スーパーマーケット強盗が三件続いた。どの事件でも、わたしは思慮深く無視された。確かに、油断なくわたしに目は向けられていたが、それさえ別にすれば、わたしは調べたいものは何でも虫眼鏡で調べることができた。やがて、モリス警部はわたしが辺りにいることに慣れてきたのではないか、とすら思えた。

あくる月の五日、ベニントン宝石店が強盗に襲われた。

わたしはモリス警部に続いて到着した。この時もチャーリイとフレッドがいて、二人ともいつものように嫌な顔をしつつ、わたしを特別扱いしてくれた。わたしは挨拶《あいさつ》をしたが無視されたので、宝石陳列ケースの調査に取り掛かった。

五分後、恰幅《かっぷく》のいい紳士がやって来た。しわくちゃのスーツを着て、頭に合っていないカツラをかぶっている。彼は、見るからに取り乱していた。

「なんてひどい！」彼は両手をねじりながら言った。「なんて恐ろしい！」

「商品明細を用意してもらえますか、クーリイさん」モリス警部が言った。「何がなくなっているか、知りたいんです」

「ええ、ええ、もちろんです」クーリイ氏が応えた。その時、彼はわたしを見た。

「この人はどなたです？」

「彼のことは無視してください」とモリス警部は言った。「商品明細をお願いします」

クーリイ氏はカーテンで仕切られた入り口から、店舗の奥へと入った。いなくなって少しすると、彼は再び現われて、並んでいる陳列ケースへと突進し、荒れ狂ったように便箋へとなぐり書きをした。突然、あまり目立たない大型ケースの前で、ぴたりと止まった。

「ああ！」と彼は苦しみに満ちた声で言った。「ああ、ああ、ああっ！」

「どうしました？」モリス警部が、彼のところへ来て言った。

「ない！」クーリイ氏が悲嘆の声で言った。「なくなってる！」

「何がなくなってるんです？」

「クボーのネックレスです！」クーリイ氏が言った。「ああ、ひどい、なんてひどい！」

チャーリイがやって来た。「クボーのネックレスって何です？」

「うちの店でもっとも貴重な逸品です」クーリイ氏が言った。「予防策として、さほど貴重ではない商品数点と一緒に、このケースに保管してあったんです。それなのに、なくなってる！」

「幾らぐらいするものなんですか？」モリス警部が尋ねた。

「五万ドルです！」クーリイ氏が答えた。

モリス警部が、そっと口笛を吹いた。「安い商品はケースからなくなってますか？」

「いえ、なくなってません」

「では盗人どもは、どれを狙うべきか分かっていたに違いない」モリス警部が言った。「他に何かなくなっているものは？」

「大したことのない商品が幾つかあります」クーリイ氏が言った。「おおよそ二千ドル相当というところです。でも、クボーのネックレスが！　これでは破滅だ！」

「ははあ！」わたしは言った。床に膝を突いて、虫眼鏡で床板を眺めていた。

一同は、いっせいにわたしを見た。

「赤毛組合だ！」わたしは叫んだ。「モリアーティ教授の画策だ、賭けてもいい！」

「この男は何者です？」クーリイ氏が尋ねた。

「急がなければ」わたしは言って、跳び起きた。「痕跡がはっきりしているうちに、モリアーティを追跡しなければ」

わたしは扉へと走った。「奴を逮捕したら、連絡します」と、モリス警部に言った。

警部は両目を閉じた。

「いざ出発！」わたしは叫んで、外へと駆け出した。

わたしは左へ曲がり、通りを勢いよく歩いた。曲がり角で、また左に折れた。ブロックの半ばまで来たところで、足を止めた。わたしはベストのポケットに、片手を突っ込んだ。

そして微笑《ほほえ》んだ。

クボーのネックレスは、とてもひんやりした感触だった。ひんやりしてていいではないか。わたしは思った。なにせこいつはクールなんだから。

わたしは通りを渡って、最寄りの路地へと入った。そこで、灰色の外套と、チェックの布帽子と、ニセの鷲鼻と、黒いベストにおさらばした。それらをステッキと一緒にゴミバケツに突っ込み、紙の下に隠した。

わたしはもう一度微笑んだ。「さらば、ホームズ」とわたしは言った。「安らかに眠れ」

路地を歩いて、次の通りに出た。

シャーロック・ホームズが突如としていなくなって、警察が悲嘆に暮れるかというと、はなはだ疑問であった。実際は、彼らは万々歳の大喜びに違いない。

クボーのネックレスに関しては、盗難品のひとつに加えられることになる。少なくともこの時点において、市警を代表する三人の警官の単純な判断力では、シャーロック・ホームズが素早くネックレスをポケットに滑り込ませた、などと疑うようなことはないだろう。

むろん、お人好しの警部が、最終的に自明の答えを出す可能性はある。だがもしそうなっても、わたしはこの街から何マイルも何マイルも彼方にいるだろう。それに、追跡されたり身元が割れたりする可能性は全くないのだ。

宝石ひとつ盗むにも、難問がたくさんある、そうだろう？　そういうものだ。だが、それを軽減する余地はある。

なにせ、わたしのような職業に従事する人間は、自分の仕事にうんざりすることもある。同じような計画で、同じように窃盗を行う、それが果てしなく続くのだ。

一般的な職業に従事している一般的な人間のように、プレッシャーが生じたらそれを軽減したり頭を刺激したりするため、変化や挑戦というものを必要とするのだ。

わたしの場合、その挑戦は、新しくて完全に特別な種類の犯罪を実行するというものだった。

そして、それは成し遂げられたのだ。

わたしは気分が昂揚するのを感じた。わたしは、もはやお約束の言い回しをすることもなく、普通のやり方で楽しく仕事をできるのだ。

そう、ことわざというのは正しいのだ。

確かに、バラエティは人生のスパイスなのである。

註　七パーセントの注釈

「一等車の秘密」

（1）**個室**　当時の英国の列車は、一つの客車が幾つもの個室に区切られていた。また後には通路が作られて個室間を行き来出来るようになるが、初期のものは通路がなく、個室に乗って一旦走り始めると密室に閉じ込められることとなり、犯罪や乱痴気騒ぎなどが問題となった。本篇の一等車も、通路がないタイプである。

（2）**ジェイムズ・フィリモア失踪事件**　「ソア橋の怪事件」中で言及はされているが、実際には書かれていない「語られざる事件」のひとつ。

（3）**五ポンド札**　列車の非常通報索を正当な理由なく引くと罰金五ポンドだった。

「ワトスン博士の友人」

(1) **ストッパー**　ビール瓶の首に付属している金具が栓を固定しているもの。王冠が蓋《ふた》をしている現代日本のビール瓶とは異なることにご注意。オランダの「グロールシュ」など、輸入ビールには現代でも存在する。

「おばけオオカミ事件」

(1) **パディントンに構えた我が家**　「株式仲買店員」で、ワトスンがこの地区で開業していたことが言及されている。

(2) **テムズ河上をアンダマン諸島の原住民を追跡**　『四人の署名』事件のこと。ワトスンはこの事件で知り合ったメアリ・モースタンと結婚することになる。

(3) **アルカディア**　「背の曲がった男」で、ワトスンがこのパイプ用タバコを愛用していることを、ホームズが指摘している。

(4) **酒瓶台**《タンタラス》　デカンタが三本入る、ストッパー付きの台。シャーロッキアン的象徴のひとつとなっているが、はっきりと「タンタラス」と名前が出て来るのは「ブラック・ピーター」事件で、ピーター・ケアリの部屋でのこと。ホームズたちの部屋にもあることになっているが、「ボヘミアの醜聞」で「酒の台《スピリット・ケース》」としか呼ばれていない。

(5) **炭酸水製造器**《ギャソジーン》　炭酸水を製造する家庭用の装置。ホームズとワトスンの部屋にあったことが「ボヘミアの醜聞」「マザリンの宝石」で述べられている。「タンタラス」と並んで、シャーロッキアン的象徴となっている。「お約束の儀式」とは、ウィスキーのソーダ割りを作ること。

(6) **僕が病人のふりをして、君も深く関わった例の事件**　「瀕死の探偵」事件のこと。

(7) **祖母の言語であるフランス語**　ホームズの祖母はフランスの画家ヴェルネの妹であると「ギリシャ語通訳」で言及されている。

(8) **オランダ王家**　ホームズがオランダ王家のために尽力し、その功績ゆえ報酬をもらったことが「ボヘミアの醜聞」及び「花婿の正体」で言及されている。

(9) **ディオゲネス・クラブ**　ペルメル街にある架空のクラブ。マイクロフト・ホームズはここのメンバーで、自宅と勤務先とここ以外には滅多に行かない、と言われている。

(10) **マイクロフト**　シャーロック・ホームズの兄。表向きは政府の下級役人だが、実際は政策全般を調整するほどの重要な役割を果たしている。「ギリシア語通訳」「ブルース゠パーティントン設計書」などに登場。

(11) **皮下注射器**　ホームズはコカイン常用癖があり、その際には溶液を皮下注射していたことが『緋色の研究』『四人の署名』などで言及されている。ただしワトスン博士の説得の甲斐あって、後には中毒から脱している。

(12) **パントマイム**　大人向けの無言劇ではなく、クリスマスから新年にかけて開演される子ども向けのおとぎ芝居のこと。本作品が一月の出来事であることに注意。

(13) **ホイットニー**　ワトスンが「くちびるのねじれた男」事件に関わることになるのは、友人アイザ・ホイットニーを探してアヘン窟《くつ》へ行ったのがきっかけである。ここに登場するイライアス少年は、その息子ということになる。その名前は、伯父（アイザ・ホイットニーの兄）の名前をもらったものらしい。この後のワトスンの記述からして、本作品は「くちびるのねじれた男」の前に設定されていることになる。

(14) **バスカヴィル館でのできごと**　無論『バスカヴィル家の犬』事件のこと。子どもには不適切だというワトスンの反対は、正しいと言えよう。

(15) **ハリー**　ワトスンの兄のことであろう。ワトスンに兄がいたことは、『四人の署名』の中で言及されているが、名前は出てこない。ただし、その同じくだりで、ワトスンの父が「H・W」というイニシャルであることが明かされており、ホームズはワトスンの兄も同じイニシャルだろうと推理している。

(16) **ペルシャスリッパ**　ホームズはベイカー街二二一Bの部屋では、ペルシャスリッパの爪先部分にパイプ用のタバコを入れておいたことが、「高名の依頼人」「海軍条約事件」などで述べられている。

(17) **アイザぼうや**　ホームズの推理が正しそうなので、イライアス少年の年長の兄ということになる。父親と同じ名前なので、正確には「アイザ・ホイットニー・ジュニア」と呼ばれているかもしれない。

(18) **ジェイムズ**　ワトスン博士は「ジョン」・H・ワトスンであり、ファーストネームはジエイムズではない。にもかかわらず、「くちびるのねじれた男」で一度だけワトスン夫人に「ジェイムズ」と呼ばれている。

(19) **ヘイミシュ**　夫人がワトスンを「ジェイムズ」と呼んだのは、ミドルネームの「H」が、ジェイムズのゲール語風の読みである「ヘイミシュ」であるからだ、という説がシャーロッキアンの間では一般的となっている。

(20) **メアリ**　ワトスンは複数回結婚したという説があるが、少なくともこの時点での夫人はメアリ・モースタン（旧姓）であるらしい。

(21) **『ヴァチカン・ヴァクサネイションの醜聞』事件**　何やら難しげな名前で誤魔化しているが、「ヴァクサネイション」とは「予防接種」のことである。医者なので、適当な名前を考えるにあたって咄嗟《とっさ》に医学用語が出てしまったということか。

(22) **歩合**　ワトスンが、ホームズの依頼料の一部を歩合制でもらっていたことが暗示されている。ワトスン夫人が、結婚生活を送っているにもかかわらず喜んでワトスンをホームズのもとへ送り出していたのは、この歩合ゆえだったという新説である。

(23) **君の友人のドイル**　もちろん、アーサー・コナン・ドイルのこと。ワトスンが書いたホームズの事件記録が「アーサー・コナン・ドイル著」として発表されているのは、シャーロッキアン的には「ドイルがワトスンの著作権代理人だから」ということになっている。

(24) **『マリー・セレスト号』についての物語**　ドイルの（ホームズ物ではない）短篇「J・ハバクク・ジェフスンの遺書」のこと。

(25) **メアリ・セレスト号**　一八七二年に実際に起こった奇妙な事件のこと。商船メアリ・セレスト号が漂流しているところを発見されたのだが、つい先ほどまで人々が普通に乗り組んでいた形跡があるのに、人っ子一人見つからなかったため、謎めいた海洋奇談の代表として語り継がれている。右記のドイルの短篇はこの事件に材をとっているが、正しくはMary Celeste号であるのにドイルはMarie Celeste号としたことをホームズは指摘している。

(26) **『……されど金箱に金貨は無し……』**　『緋色の研究』ラストで引用した「世間は我を嘲笑す、されど我は家にて、金箱の金貨を眺めつつ我を誇らん」という言葉をホームズが再引用しかけたところを、ワトスンが後半を言い換えてしまった。要するに、妻に空約束をしてしまったからである。

「ボー・ピープのヒツジ失踪事件」

(1) **十二語**　ホームズの時代、電報は十二語までなら英国全土一律六ペンスで、それ以上は一語ごとに加算された。つまり最も「経済的」に電報を送っているから女性に違いない、ということ。

(2) **お尻にしっぽが、ちゃんとついてますよ！**　原典となるマザー・グースの童謡では、居眠りをしていたボー・ピープが一念発起して捜索を始め、ヒツジたちを見つけはしたものの、しっぽがなくなっていたのである。その後、木にずらりと干してあるしっぽを見つけ、彼女はそれをひとつひとつヒツジのお尻につけてやった……という歌詞になっているのである。

「真説シャーロック・ホームズの生還」

(1) **現レディ・ワトスン** ペンネーム通りに、ワトスン博士は現在、ロード・ワトスン(ワトスン卿)になっているらしい。そのため夫人も「レディ」となる。

(2) **妻の身に何があったのか、わたしは思い出すことができない** ワトスン博士は『四人の署名』事件において知り合ったメアリ・モースタンと結婚したのだが、離婚や死別などはっきりした言及のないまま、彼女はいつの間にか登場しなくなってしまった。

(3) **パープル・エンペラー** ワトスンは「紫皇帝」という意味で使っているようだが、本当は「チョウセンコムラサキ」という蝶。

(4) **スミス夫人** メアリ・モースタンの母は死んでいたし、苗字も違うから、その後ワトスンは別の女性と再婚していたということらしい。

(5) **ロバの尻に顔を向けてね** 罪人として縛られ、ロバに荷物のように運ばれて、ということらしい。

「第二の収穫」

（1）**アンダーショウ**　アーサー・コナン・ドイルが実際に住んでいたことのある場所。

（2）**シャムロック**　アイルランドの国花。

（3）**キャピタル・アンド・カウンティーズ銀行**　英国の銀行。「プライオリ・スクール」によれば、ホームズの取引銀行はこの銀行。

（4）**金衡**　トロイ衡。金銀や宝石などに用いる衡量で、十二オンス＝一ポンドとなる。一方で「常衡」は金銀・宝石・薬品以外に用いる衡量で、十六オンス＝一ポンドとなる。

（5）**ストランド街**　ロンドンの繁華街。「ストランド」誌を発行したジョージ・ニューンズ社はここにあり、同誌の表紙にはこの通りの風景が描かれていた。

「シャーロック・ホームズと〈ボーダーの橋〉バザー」

（1）**時代遅れの大衆小説家や旅行記作家**　原作の初出本に同時に架空インタビューが載っ

ていた、ウォルター・スコットとマンゴ・パークのこと。

(2) ぼくがノーウッドの建築士を親指の痕跡によって逮捕するに至った経緯　そのものずばり、正典の「ノーウッドの建築士」のこと。本作は一九〇三年十二月に発表されたが、「ノーウッドの建築士」が「ストランド・マガジン」に掲載されたのはその直前、同年十月号である。

「南洋スープ会社事件」

(1) 南洋スープ会社　the South Sea Soup Company。一七二〇年に〈南洋泡沫事件〉を起こしたSouth Sea Companyのもじりであろう。

(2) モカシン　鹿革で作った北部アメリカ先住民の靴。南極大陸産ではない。

(3) ウルワース　米国の雑貨店チェーン。

(4) 義和団《ボクサー》の乱　一九〇〇年に清で起こった反乱。インドではない。ボクシングとも無関係。

(5)『ちとせの岩よ』　英国の牧師オーガスタス・M・トップレディ作の賛美歌。

「ステイトリー・ホームズの冒険」

(1) **ステイトリー・ホームズ**　日本語表記では同じ「ホームズ」になってしまうが、スペルはHolmesではなくHomes。「家」の複数形。またStatelyという単語には「堂々とした」という意味があるので、直訳すると「堂々とした家々」ということになる。

(2) **気体遺伝子症候群**　原語を発音すると「ガス・オン・ザ・ジーンズ」。続けて読むと、二行前に出て来た炭酸水製造器「ギャソジーン」との語呂合わせになっている。

(3) **サー・ヘンリー・メリヴェール**　密室物を得意とするカーター・ディクスン（ジョン・ディクスン・カー）のミステリに登場する探偵。『プレーグ・コートの殺人』に初登場。身長百八十センチ弱、体重百キロの肥満探偵。

(4) **フェル博士**　ジョン・ディクスン・カーの生んだ、別の名探偵。『魔女の隠れ家』に初登場。時々「アテネの執政官！」と言うのが口癖。

(5) **マープルという名の老嬢**　もちろん、アガサ・クリスティの生んだ名探偵ミス・ジェーン・マープル。『ポケットにライ麦を』などに登場。

(6) **腐敗しきった小村**　ミス・マープルの住むセント・メアリー・ミード村のこと。この村では、ミス・マープルの乗り出すような犯罪がよく発生するため「腐敗」しているというわけ。

(7)**ジキル**　もちろん、ロバート・L・スティーヴンスンの『ジキル博士とハイド氏』の登場人物。

(8)**アノー**　もちろん、A・E・W・メーソン『矢の家』の探偵役、ガブリエル・アノー。パリ警視庁の警部。

(9)**ジャベール**　もちろん、ヴィクトル・ユーゴーの『レ・ミゼラブル』に登場する警部。

(10)**クァジモド**　もちろん、ヴィクトル・ユーゴーの『ノートルダムのせむし男』の登場人物。

(11)**エスメラルダ**　もちろん、『ノートルダムのせむし男』の登場人物。クァジモドの憧れの女性。

(12)**エイハブ船長**　もちろん、ハーマン・メルヴィルの『白鯨』の登場人物。

「ステイトリー・ホームズの新冒険」

(1)**小男のベルギー人**　もちろん、アガサ・クリスティの生んだもう一人の名探偵、エルキュール・ポアロのこと。『オリエント急行殺人事件』などに登場。

(2)**ウェスト**　ジョン・クリーシーの生んだ、スコットランド・ヤードのロジャー・ウェスト主任警部。これは我が国では少し知名度が落ちるかも。家族持ちの警官。邦訳は「ミステリマガジン」一九七三年十一月号の「悲鳴をあげる女」と同七六年十一月号の「二十九番地の悲劇」ぐらいか。

(3) **ハマー**　ミッキー・スピレーンのハードボイルド小説に登場する私立探偵、マイク・ハマー。〝ハマー〟は「金槌」という意味なので、「木槌」という意味の〝マレット〟と間違えたのである。初登場は『裁くのは俺だ』。

(4) **古いブリキ箱**　ワトスン博士は、シャーロック・ホームズの事件記録を古いブリキ箱に保管していることになっている。

(5) **ジザイル弾による古傷**　ジョン・H・ワトスン博士は『緋色の研究』では「ジザイル弾で肩を撃たれた」、『四人の署名』では「脚をジザイル弾で撃たれた」と記述している。ホームズ研究家の間でも「本当はどこを撃たれたか」の結論は定まっておらず、ポージスはそれを揶揄《やゆ》している。

(6) **ギデオン**　J・J・マリックの推理小説の探偵役を務める英国の警官、ジョージ・ギデオン。『ギデオンの夜』などに登場。ちなみにJ・J・マリックは註(2)のジョン・クリーシーの別名義。

(7) **ミラー**　スコットランド・ヤードの警官。オースチン・フリーマンの創作した名探偵ソーンダイク博士のもとへ、鑑識事件を持ち込む。

(8) **フォーチュン**　H・C・ベイリーの生んだ名探偵レジー・フォーチュン。シャーロック・ホームズのライヴァルのひとり。『フォーチュン氏の事件簿』などに登場。
(9)キャンピオン　マージェリー・アリンガムの生んだ名探偵アルバート・キャンピオン。「キャンピオン氏の事件簿」シリーズ（創元推理文庫）などお読み下さい。
(10)プリーストリー　ジョン・ロードの生んだ名探偵ランスロット・プリーストリー博士。『プレード街の殺人』などに登場。
(11)スペード　ダシール・ハメットのハードボイルド小説に登場する私立探偵、サム・スペード。『マルタの鷹』に初登場。
(12)ダウニング街十番地　英国首相官邸の住所。つまり英国首相にコネがあるということ。
(13)フレンチ警部　F・W・クロフツの生んだ名探偵ジョーゼフ・フレンチ警部。クロフツは鉄道技師出身のため、鉄道を扱ったミステリが多い。『フレンチ警部最大の事件』などに登場。
(14)フレンチの仕事　原文はFrench job。隠語だと「フェラチオ」を意味する。下ネタである。
(15)トラクト・ホームズ　もちろんシャーロック・ホームズの兄マイクロフト・ホームズに当たる人物。デブだとかクラブにいたりとか、キャラクター的にもそっくりである。Tractという単語には「地域」「造成用地」という意味もあり、tract homesというと「まとまった区画に立っている規格化された造りの住宅」という意味になる。
(16)リアル・エステート・クラブ　マイクロフト・ホームズのディオゲネス・クラブに相

当するものであるが、real estate は「不動産」の意味。
(17) **ヴァンス**　S・S・ヴァン・ダインの生んだ名探偵ファイロ・ヴァンス。『ベンスン殺人事件』に初登場。
(18) **トレント**　E・C・ベントリーの生んだ名探偵フィリップ・トレント。『トレント最後の事件』に初登場。ベントリーは本書所収の「ワトスン博士の友人」の作者である、念のため。
(19) **デュパン**　エドガー・アラン・ポーの生んだ名探偵オーギュスト・デュパン。「モルグ街の殺人」に初登場。本書所収の「ホームズ対デュパン」にも登場。
(20) **ウィムジイ卿**　ドロシー・L・セイヤーズの生んだ名探偵ピーター・ウィムジイ卿。『誰の死体?』に初登場。
(21) **思考機械**　ジャック・フットレルの生んだ名探偵オーガスタス・S・F・X・ヴァン・ドゥーゼン教授の通称。「十三号独房の問題」に初登場。本書所収の「犯罪者捕獲法奇譚」にも登場。
(22) **ジェリイ・ビルト゠ホームズ**　スペルは Jerry Bilt-Homes だが、同じ音の jerry-build は「安普請の」という意味なので、「安普請の家」ということになってしまう。ホームズ兄弟から嫌われているわけである。

「ステイトリー・ホームズと金属箱事件」

(1) チャンセラー教授　アーサー・コナン・ドイルのSF『失われた世界』その他に登場する、チャレンジャー教授のもじり。

(2) パガニーニ　イタリアの作曲家・ヴァイオリニスト。シャーロック・ホームズは「金属箱事件」ならぬ「ボール箱事件」で、パガニーニの逸話をワトスンに披露している。

(3) ミセス・ジョン・ブラウン　ジョン・ブラウンというのはヴィクトリア女王の馬の世話係。未亡人となって喪に服し続けたヴィクトリア女王が、後にこのジョン・ブラウンにだけ心を開き、愛情すら感じるようになった。そのため、ヴィクトリア女王は（あくまで彼と結婚したわけではないが）ミセス・ジョン・ブラウンと呼ばれた。つまり、シャーロック・ホームズがヴィクトリア女王のイニシャル「V.R.」の文字を弾痕で綴《つづ》ったのと同じことだが――すごく大変である。

「まだらの手」

（1）**グライミー・パイロット博士**　もちろん「まだらの紐」のグライムズビー・ロイロット博士のもじり。

（2）**まだらの手**　原文では「The Case of the Freckled Hand」。もちろん「The Adventure of the Speckled Band」のもじり。「Freckled」は、訳してしまうと同じ「まだら」になってしまうのだが。

（3）**イル・フェ・ボー・タン！　ボンジュール**　確かにフランス語だが、直訳すると「いいお天気ですね！　こんにちは」なので、賢人の言葉ではないだろう。

「四十四のサイン」

（1）**ブレントフォード**　ロンドン西郊の地区。一〇一六年、デーン人の王カヌートと、イングランドのエドマンド王がこの地で戦った。

（2）**エフェソスには七眠者**　イオニアの古都エフェソスに、キリスト教信仰で迫害された七人の若者が、岩穴に閉じ込められて、二百年眠った後に目覚めるとローマがキリスト教化されていたという伝説がある。

「疲労した船長の事件」

（1）**毒殺者のスラッタリー**　原典中には言及なし。語られざる事件の中の、語られざる事件というわけである。

（2）**盗品故買屋のホイットコム**　同。

（3）**わに足リコレッティ**　語られざる事件のひとつとして出て来る名前。「マスグレーヴ家の儀式書」の中で、ワトスンと出会う前にシャーロック・ホームズが解決した事件として言及されている。

「調教された鵜の事件」

（1）**エイモス・ドリントン氏の遺産の事件**　本篇と同じ *THE RETURN OF SOLAR PONS* 所収の「The Adventure of Dorrington Inheritance」事件のこと。

（2）**ミス・コンスタンス**　前記事件の依頼人。パーカー博士の未来の妻。ワトスン博士にとっての『四人の署名』のメアリ・モースタンと同じ立場。

(3) **バンクロフト・ポンズ** ソーラー・ポンズの兄。外務省関係の仕事をしていることや体型など、シャーロック・ホームズの兄マイクロフト・ホームズとそっくりである。

(4) **マジノ線** ドイツ・フランス国境に作られた、フランスの要塞線。フランス陸相マジノが発案したもの。

(5) **バーンズ氏** 自然詩などを書いたスコットランドの詩人ロバート・バーンズのことか。

(6) **エネスフェルド・フォン・クロール男爵** 「The Adventure of the Seven Passengers」に初登場する、ソーラー・ポンズの宿敵。シャーロック・ホームズにとってのモリアーティ教授の役どころ。

(7) **Komm schnell oder Alles ist Verloren.** ドイツ語で「すぐ来い、さもないと全て終わりだ」

「コンク－シングルトン偽造事件」

(1) **バート・スティーヴンズ** シャーロック・ホームズが「ノーウッドの建築業者」の中で言及した犯罪者。外見はおとなしいが実は凶悪な殺人犯。見た目があてにならないという実例としてホームズが挙げた。

(2) **メリデュー** 「空屋の冒険」で、シャーロック・ホームズの作った人名録「M」の項に載っていた人物。ホームズは思い出しても胸が悪くなると述べた。
(3)ウッドハウス　「ブルース＝パーティントン設計書」で、シャーロック・ホームズの命をつけ狙いそうな人物の一人として名を挙げられた。
(4)ヘンリー・ストーントン　「スリークォーターの失踪」で、シャーロック・ホームズの備忘録「S」の項に載っていた人物。ホームズの働きで縛り首となった。

「トスカ枢機卿事件」

(1)シンプスンズ　ストランド街にあるレストラン。シャーロック・ホームズは「瀕死の探偵」事件を解決後、ここで食事をしようとワトスンを誘っている。
(2)アルバート・ホール　サウス・ケンジントンにある大公会堂。「隠退した絵の具屋」事件で、ホームズとワトスンはここへカリーナを聴きに行っている。

「シャーロック・ホームズ対デュパン」

(1)アルプスの断崖　ホームズとモリアーティ教授の対決のことを言っているのであるが、

正確に言えばライヘンバッハの滝である。

(2) **墓から人が甦《よみがえ》る話** 「早まった埋葬」のこと。

(3) **『回廊と炉辺』** 英国の小説家チャールズ・リード(一八一四〜一八八四)の作品。夏目漱石の蔵書中にこの原書があるので、ロンドン留学中に求めたものと思われる。

(4) **パッティ** アデリーナ・パッティ(一八四三〜一九一九)。イタリア出身のソプラノ歌手。公演で巨万の富を築いた。

「シャーロック・ホームズ対勇将ジェラール」

(1) **イベリア半島** ヨーロッパ大陸南西端の半島。ナポレオン戦争の舞台のひとつ。『勇将ジェラールの冒険』中の「准将が狐を殺した顚末《てんまつ》」で、ジェラールは自分のことを「イベリア半島で最も悪名高い男となった」と述べている。

「シャーロック・ホームズ対007」

(1) **スメルシュ** 007と敵対するロシア(というかソ連)の秘密組織。原作、映画ともに登場。ショッカーのような架空の存在ではなく、実在した組織。
（2）エルンスト・スタヴロ・ブロフェルド　007の敵対する国際的陰謀団「スペクター」の首領。『女王陛下の007』ではテリー・サバラスが演じた。

「犯罪者捕獲法奇譚」
（1）フェイカー街　無論ベイカー街のもじりだが、「Faker」は「ぺてん師」の意味。
（2）ベルティヨン　フランスの犯罪学者（一八五三〜一九一四）。犯罪者の身体を測定し分類・識別するシステムを考案した。
（3）思考機械　ジャック・フットレルの生んだ名探偵オーガスタス・S・F・X・ヴァン・ドゥーゼン教授の通称。「十三号独房の問題」に初登場。本書所収の「ステイトリー・ホームズの新冒険」にも少し登場。
（4）ルコック　エミール・ガボリオの生んだ探偵で、フランスの警察官。『ルルージュ事件』に初登場。ホームズは『緋色の研究』中で「哀れな不器用者」などと述べている。
（5）ラッフルズ　E・W・ホーナング（ドイルの義弟）の生んだ泥棒紳士A・J・ラッフルズ。上流階級のクリケット選手にして泥棒。『二人で泥棒を　ラッフルズとバニー』などに登場。

(6) **アルセーヌ・ルパン**　御存知とは思いますが念のため。モーリス・ルブランの生んだ怪盗紳士。ホームズもどきの登場する『ルパン対ホームズ』『奇巌城』などあり。

(7) **ルーサー・トラント**　エドウィン・バルマー&ウィリアム・マクハーグの生んだ科学者探偵。クイーンの選んだ短篇ベストテンに選ばれたりしているが我が国では不遇で、邦訳は押川曠《おしかわこう》編『シャーロック・ホームズのライヴァルたち③』収録の「私営銀行の謎」ぐらい。

(8) **パリスとヘレン**　ギリシャ神話。最も美しい女神を裁定する黄金の林檎《りんご》をパリスがアフロディーテに渡したことから、パリスはスパルタ王の妻ヘレンと出遭い、彼女を連れ去ったことが原因となってトロイア戦争が起こった。

「サセックスの白日夢」

(1) **ザ・マスター**　シャーロッキアン用語でシャーロック・ホームズその人を指す。

(2) **S・C・ロバーツやクリストファー・モーリーやヴィンセント・スターレット**　いずれも有名なホームズ研究家。S・C・ロバーツに関しては本書収録の「トスカ枢機卿事件」参照。

解説　編訳者最後の挨拶

北原尚彦

わたしが（大人向けの本で）ホームズを読むようになったのが十代前半。ホームズ・パロディの面白さにハマったのは、十代半ばでした。そしてまだ訳されていないパロディ、それも雑誌に載ったきりの作品が幾つもあることに気付き、英米のミステリやSF専門の古書店に問い合わせては、ぽつりぽつりと収集を始めたのが十代後半でしたから、かれこれ四半世紀になります。――本書は、その四半世紀の集大成です。

もちろん、これまでにホームズ・パロディ集は幾つも編まれてきました。一番有名なのは、序でも述べたエラリー・クイーン編の『シャーロック・ホームズの災難』です（邦訳はハヤカワ文庫）。

また我が国では、（『災難』の邦訳刊行以前に）日本オリジナルで編まれた『ホームズ贋作展覧会』（各務三郎《かがみさぶろう》編／講談社文庫→河出文庫）もあります。

さらに、リチャード・L・グリーン編の *THE FURTHER ADVENTURES OF SHERLOCK HOLMES* というパスティーシュ集の収録作十一編から三編のみを訳した『シャーロック・ホ

ームズ 知られざる事件』（勉誠社）という本もあります（前記の二冊は現在でも手に入りますが、これだけ品切れのようです）。

しかしそれでも、「まだあれが訳されてないのになあ」という思いは、常にありました。そこで、思い切って自分でアンソロジーを編んでしまうことにしました。作品を選定するに当たっては、前記三冊との作品の重複は避けるように配慮したのは、言うまでもありません。

また、近年では書き下ろし（もしくはつい最近発表されたばかりの）作品を集めたホームズ・パロディ集が英米では次々と刊行されています。その一部は、原書房から邦訳が出ています。もちろんこれはこれでありがたいのですが、結果として新しい作品ばかりが紹介されています。

そこで、本書ではなるべく古典的作品からセレクトするように努めました。

とはいえ、歴史的価値だけではなく、あくまで面白さに基準を置いたつもりです。史上初のホームズ・パロディ「シャーロック・ホームズとの夕べ」の収録も検討したのですが、いまひとつピンと来ず、面白みに欠ける作品だったので、今回は見送ることにしました。

有名作家のものは、なるべく入れるように努めました。結果として、本書に収録したのは全部で二十五篇となりましたが、そのうち十九篇までが本邦初訳です。残り六篇も、雑誌やムックに一度訳されたきりで、我が国では単行本化されていなかったものです（今回の訳出に当たっては、既訳を参考にさせて頂きました）。

では、収録各篇について解説していきましょう。

「一等車の秘密」（The Adventure of the First-Class Carriage）

作者はロナルド・A・ノックス（一八八八〜一九五七）。英国の小説家で、聖職者でもあります。探偵小説作家としては、『陸橋殺人事件』（創元推理文庫）などが有名ですが、それよりも「探偵小説とはこうあるべし」という「探偵小説十戒」を規定していることの方が広く知られておりまして、それは「ノックスの十戒」と呼称されています（その十戒を序文として収録したアンソロジー『探偵小説十戒』は晶文社から出ています）。また私立探偵マイルズ・ブリードンが活躍するシリーズとして『閘門の足跡』（新樹社）、『サイロの死体』（国書刊行会）、『まだ死んでいる』（早川書房）、『三つの栓』（東都書房・世界推理小説大系）があります。

本作はホームズ・パスティーシュの中でも非常に高く評価されています。実際、翻訳していてドイルを訳している際と非常に似通った感触がありました。

初出も、ドイルのホームズ物と同じ「ストランド」誌（一九四七年二月号）です（もっとも、ドイルの時代には大型の雑誌でしたが、この時点では小型の雑誌になってしまっています）。その後、一九七三年にはピーター・ヘイニング編の『シャーロック・ホームズ・スクラップブック』に収録されます。同書は単行本としては未訳ですが、「ミステリマガジン」（早川書房に抄訳ながらも邦訳連載されたことがあります。「一等車の秘密」は、その第十回として一九七六年七月号に訳載されました（深町《ふかまち》眞理子《まりこ》訳）。

本篇はその後、傑作パスティーシュを集めたリチャード・L・グリーン編 *THE FURTHER ADVENTURES OF SHERLOCK HOLMES*（一九八五）にも再録されました（三篇だけの部分訳『シャーロック・ホームズ　知られざる事件』には未収録）。また「ストランド」誌に掲載された傑作探偵小説を集めたジャック・アドリアン編 *DETECTIVE STORIES FROM THE STRAND MAGAZINE*（一九九一）にも選ばれています。それだけ、高く評価されているということでありましょう。

ノックスのシャーロッキアーナは、J・E・ホルロイド編の『シャーロック・ホームズ17の愉しみ』（河出文庫）収録の研究「「ホームズ物語」についての文学的研究」も邦訳されています。

「ワトスン博士の友人」（Dr.Watson's Friend）

作者はE・C・ベントリー（一八七五～一九五六）。英国のジャーナリストであり、小説家であります。探偵小説作品は少ないのですが、『トレント最後の事件』（創元推理文庫）という歴史に残る作品ゆえに、ミステリ史上に深くその名を刻んでいます。同じトレント探偵が登場する作品として『トレント乗り出す』（国書刊行会）、そしてH・ワーナー・アレンとの共著『トレント自身の事件』（春秋社）があります。

作品の前口上で、「非常に貴重な作品」だと書きましたが、それには理由があります。本篇は、これまで一度も単行本に収録されたことがないのです。もちろん、英語圏ででも、です。この『シャーロック・ホームズの栄冠』が、世界初の単行本化なのであります。

初出はというと……すみません、不明です。単行本化もされておらず、初出も不明で、ではどうやってテキストを手に入れたのかと申しますと、ミステリ研究家・翻訳家の森英俊《もりひでとし》氏にご提供いただいたものなのです。

当初、森氏からはビル・プロンジーニだけをご提供頂くつもりだったのですが、その際に「それでしたら是非ベントリーとバークリーも入れて下さい」と言ってくださったのです。はて、ベントリーが書いたホームズ・パロディなんてあったっけ？　バークリーのホームズ・パロディも『シャーロック・ホームズの災難』に収録されてしまっているし――と、最初は思いました。

ところが、現物を見せていただいて驚きました。どちらも、本国から直接入手されたスクラップブックだったのです。いずれも、古い新聞や雑誌を作家別にスクラップしたものでした。その中に、ホームズ・パロディが含まれていたのです。しかも調べてみると、どちらもホームズ関係の書誌には全く載っていない、単行本化もされていない、完全に埋もれた「幻の作品」だったのです！　その価値に気付いて、腰が抜けそうになりました。

ベントリーの方は、新聞（たぶん）に発表されたものですが、紙名や号数等が入っていないため、初出が全く不明です。名義はＥ・クレリヒューですが、Ｅ・Ｃ・ベントリーの「Ｅ・Ｃ」が「エドマンド・クレリヒュー」なのであります。

ややユーモラスな、ほのぼのとした内容ではありますが、事件の謎はきちんと科学的に解決されます。ワトスン博士の友人が「シャーロック・ホームズ」という名探偵であることを誰も知らないとは、まだワトスンによる事件記録が発表される前のこと、という可能性が高そうです。

「おばけオオカミ事件」(The Adventure of the Bogle-Wolf)

作者はアントニー・バウチャー（一九一一～六八）。ミステリ、怪奇小説、ＳＦと大衆小説を広く書き、どのジャンルでも高く評価されています。雑誌編集者やＭＷＡ（アメリカ探偵作家クラブ）会長も務め、たくさんのミステリ作家を育てたため、米国で開かれるミステリ大会は彼の名前を冠して「バウチャーコン」と呼ばれています。作品は『ゴルゴタの七』（東京創元社）のほか、Ｈ・Ｈ・ホームズ名義で『密室の魔術師』（「別冊宝石」99号訳載）、『死体置場《モルグ》行ロケット』（「別冊宝石」104号訳載）などもあります（この「Ｈ・Ｈ・ホームズ」という名前はシャーロック・ホームズをもじったものではなく、実在のアメリカの殺人鬼の名前から取ったものです)。

シャーロッキアンとしても知られ、シャーロッキアン団体を舞台に殺人事件が起こる『シャーロキアン殺人事件』(現代教養文庫)も書いています。ホームズ・パロディ短篇では他に「高名なペテン師の冒険」(『シャーロック・ホームズの災難』所収)、「テルト最大の偉人」(『ホームズ贋作展覧会』所収)、「人間消失」(論創社『タイムマシンの殺人』所収)などがあります。

またパロディ以外のシャーロッキアーナではエドガー・W・スミス編『シャーロック・ホウムズ読本』(研究社出版)に「後期のホウムズは替え玉か?」があります。

本篇「おばけオオカミ事件」の初出は、J・N・ウィリアムスン編の *ILLUSTRIOUS CLIENT'S SECOND CASE-BOOK*(一九四九)です。これはパロディ集ではありませんが、ホームズ研究やエッセイ、パロディを収めた〈シャーロッキアーナ集〉です。タイトルからもお分かりの通り、これは第二集で、一九八四年には第一集との合本の形で復刻版が出ています。本篇はその後、マーヴィン・ケイ編の大ホームズ・パロディ・アンソロジー *THE GAME IS AFOOT*(一九九四)やオットー・ペンズラー編の *THE BIG BOOK OF SHERLOCK HOLMES STORIES*(二〇一五)にも再録されました。

あの御伽噺《おとぎばなし》の意外な真相は、いかがでしたか? しかも、シャーロッキアン心をくすぐるネタがたくさん、見事にちりばめられています。正典の要素を導入するだけでなく、さりげなく新説も盛り込まれているのです。

先述の「テルト最大の偉人」も実はSFなのですが、遊び心たっぷりに書かれた傑作です。機会がありましたら、是非お読み下さい。

「ボー・ピープのヒツジ失踪事件」(The Tale of "Little Bo-Peep" as Conan Doyle Would Have Written It)

作者はアントニイ・バークリー(一八九三〜一九七一)。英国の作家で、『毒入りチョコレート事件』(創元推理文庫)が特に有名ですが、他にも『第二の銃声』『ピカデリーの殺人』(以上、創元推理文庫)、『ウィッチフォード毒殺事件』(晶文社)、『最上階の殺人』(新樹社)など、作品が多数あります。

フランシス・アイルズのペンネームでも知られ、そちらの名義では『殺意』『レディに捧げる殺人物語』(以上創元推理文庫)などがあります。『レディ…』は、アルフレッド・ヒッチコック監督によって『断崖』として映画化されています。

ホームズ・パロディでは「ホームズと翔んでる女」(『シャーロック・ホームズの災難』所収)という短篇があります。これは「ユーモア作家P・G・ウッドハウスがシャーロック・ホームズ物を書いていたら:」という二重パロディになっている作品です(新訳が「文体の問題、あるいはホームズとモダンガール」としてウッドハウス選集Ⅱ『エムズワース卿の受難録』

（文藝春秋）巻末に付録の形で収録されています）。

この「誰それが○○を書いていたら」というのはバークリーのお気に入りのモチーフだったらしく、本篇「ボー・ピープのヒツジ失踪事件」も、「ドイルがマザー・グースの『ボー・ピープ』を書いていたら」という設定によるもので、同趣向の連載シリーズ If They'd Done It……の一篇です。文末に次回予告が入っており、翌週は「P・G・ウッドハウスが『ハンプティ・ダンプティ』を書いたとしたら」という作品です。うーん、これも読んでみたいものですね。ハンプティ・ダンプティがジーヴズみたいな執事になるのでしょうか。

それにしても、ホームズはどうやって犯人を見つけたのでしょうか。また、どのような推理をして、ボー・ピープの外見をぴたりと当ててみせたのでしょうか。非常に気になるところであります。

先述の通り、これも森英俊氏にテキストをご提供頂いたもので、出所はやはりスクラップブックです。ただしこちらは幸いにして誌名と号数が入っていました。「THE PASSING SHOW」誌の一九二三年二月三日号です。

マザー・グース・ミステリはヴァン・ダインの『僧正殺人事件』やクリスティの『そして誰もいなくなった』などが有名ですが、本作はその先駆けということになります。

名義は、A・B・コックス。先述の「ホームズと翔んでる女」も同名義です。ちなみに、バークリーの本名が「アントニイ・バークリー・コックス」なのであります。

そして本篇も、ホームズ関係の書誌には記載されていない、幻の作品です。幻の作品というのは、発掘されてみると案外つまらないことがあるのですが、これはなかなか可愛らしくも面白い作品で、編者としてはこの作品を収録できたことは二重の意味で非常に嬉しく思っております。

「シャーロックの強奪」(The Rape of Sherlock: Being the Only True Version of Holmes's Adventures)

作者はA・A・ミルン(一八八二〜一九五六)。正確にはアラン・アレグザンダー・ミルン。英国の小説家で童話作家、詩人で劇作家。『クマのプーさん』『プー横丁にたった家』の作者として、世界的に知られています。原作はもちろん、ディズニーのアニメーションも。一方で、推理小説『赤い館の秘密』(創元推理文庫)の作者としても、ミステリファンには知られています。また、ファンタジイ作品では『ユーラリア国騒動記』(ハヤカワ文庫FT)があります。

そんな彼が、ホームズ・パロディを書いていたのです。ミルンの自伝によれば、彼が一番最初に原稿料を稼いだのが、この「シャーロックの強奪」でした。初出は「VANITY FAIR」一九〇三年十月十五日号。名義は「A・A・M」。最初は「パンチ」誌に送ったけれども断られたのだそうです。それにしても、ミルンの最初の作品がホームズ・パロディとは、素晴らしいじゃありませんか。

その後、この作品は埋もれていましたが、有名なシャーロッキアン、ジョン・L・レレンバーグによって発掘され、「ELLERY QUEEN'S MYSTERY MAGAZINE」一九七四年二月号に再発表されました。

内容的には、「空屋の冒険」でシャーロック・ホームズが復活を果たした直後に書かれただけあって、やはりホームズの帰還をモチーフに描かれています。

我が国では、かつて「シャーロックの危難」の訳題で雑誌に載ったことがあります（井上一《いのうえかず》夫《お》訳）。大々的なシャーロック・ホームズ特集を組んだ「ミステリマガジン」一九七五年十月号です。この号は、さながらホームズ・パロディ集の雑誌版といったところですし、先述の『シャーロック・ホームズ・スクラップブック』第二回も掲載されているという豪華さなので、古本屋などで見かけたら是非入手しておくことをお勧めします。

またミルンは、ホームズの裏話的小文「ワトスン先生大いに語る」も書いています。これはワトスンが語る形式になっているので、広義のパロディにも分類されます。邦訳はJ・E・ホルロイド編の『シャーロック・ホームズ17の愉しみ』に収録されています。

『クマのプーさん』の登場するアニメーションは、その後もたくさん作られていますが、その中に『くまのプーさんおかしな探偵ティガー』という作品もあります。ここでは、ティガーがホームズ（のような）スタイルで探偵をするのです。これにはA・A・ミルンも本望でしょう。

「真説シャーロック・ホームズの生還」（The Return of Sherlock Holmes）

作者は二人で、まずはE・F・ベンスン（一八六七～一九四〇）。英国の大衆流行作家ですが、我が国では怪奇小説の作家としてよく知られています。ですから怪奇小説愛読者の方ならば、その名前にお聞き覚えがあるでしょう。一番有名なのは、『怪奇小説傑作集1』（創元推理文庫）所収の「いも虫」でしょうか。両手両足を失った男の話――ではありません、念のため（それは江戸川乱歩の「芋虫」です）。怪奇小説の古典として、我が国には既に定着しています。その他の邦訳は、単行本に『ベンスン怪奇小説集』（国書刊行会）や『塔の中の部屋』（アトリエサード）があるほか、短篇が幾つかのアンソロジーに収録されています。

ユースタス・H・マイルズ（一八六八～一九四八）については寡聞にして知らなかったのですが、アメリカ人の言語学者です。英国のケンブリッジで学び、ベンスンとは友人だったようです。当時はテニスのプレーヤーとしてもならし、アマチュア・チャンピオンでもありました。そのため、テニスをはじめスポーツや健康に関する本なども書いています。

本篇の初出は「THE MAD ANNUAL」誌の一九〇三年号。現在出ているユーモア誌「MAD」とは別物です。作品の前口上でも述べた通り、シャーロック・ホームズが「空屋の冒険」で生還を果たした年の発表ですが、内容的にみて復活前に書かれたもののようです。

しかも原題は『シャーロック・ホームズの生還』と全く同じ「The Return of Sherlock Holmes」です。ホームズが実は死んでいなかったということや、そのタイトルからして、見事に予見したものとなっています。

作品の端々で触れられているように、ワトスン博士は「ワトスン卿（ロード・ワトスン）」になっているようです。ペンネームも、そのままロード・ワトスン。他の作家は、ペンネームで発表された作品でも、通りのいい方の名前に統一させて頂きましたが、本篇に限ってはペンネームも作品の一部と判断し、ロード・ワトスン作と致しました。

それにしても、ホームズが失踪した理由、そして帰還した理由がこのようなものだったとは。

「第二の収穫」（The Adventure of the Second Swag）

作者は、ロバート・バー（一八五〇〜一九一二）。英国の作家ですが、編集者でもありまして、「アイドラー」誌を創刊して編集長を務めた人物です。

ミステリ史上では、ユウゼーヌ・ヴァルモンという〝フランス人の探偵〟を英国で初めて登場させたことで知られています。シャーロック・ホームズの登場後、ソーンダイク博士や思考機械など様々な探偵が出現し〈シャーロック・ホームズのライヴァルたち〉と総称されていますが、この探偵もその一人です。我が国では何篇かが邦訳されていますが、一番有名なのは

『世界推理短編傑作集2』（創元推理文庫）所収の「放心家組合」でしょう。国書刊行会から単行本『ウジェーヌ・ヴァルモンの勝利』も出ております。

またバーはSF「ロンドン市の運命の日」も書いており、『ヴィクトリア朝空想科学小説』（ちくま文庫）に収録されております。

ホームズ・パロディの古典「ペグラムの怪事件」の作者としても知られ、同作品は『シャーロック・ホームズの災難』の巻頭を飾っています。この「ペグラム…」および本篇は、「ルーク・シャープ」名義で発表されています。

本篇は「アイドラー」誌の一九〇四年十二月号に発表されて以来、ロバート・バーの単行本にもシャーロック・ホームズ・パロディのアンソロジーにも収録されることなく埋もれていましたが、一九九〇年になってようやくフェレット・ファンタジイ社から小冊子の形で復刻されました。

本作の舞台となるアンダーショウは、編訳者も訪れたことがあるのですが（えへん）、作中の描写と同じく、非常に辺鄙《へんぴ》な場所にありました。確かに、何か事件があっても全く判らないだろうな、というようなロケーションでした。

それにしても、被害者が×××で、犯人が○○なんですから、ホームズ・パロディ史上に残るとんでもなさです。

そのとんでもなさゆえ、我が国では『バカミスの世界』（B・S・P／二〇〇一年）なるムック本に収録されました。訳者は——わたくし、北原尚彦でした。本書に収録するにあたって、全面的に改訳しております。

内容的にはつながりはなさそうですが、タイトルはホームズの正典のひとつ「第二の汚点」をもじったもののようです。

「シャーロック・ホームズと〈ボーダーの橋〉バザー」（"Sherlock Holmes." Discovering the Border Burghs, and, by Deduction, the Brig Bazaar）

コナン・ドイル作の埋もれていたシャーロック・ホームズ短篇が見つかった（?）というニュースがネットを中心に流れたのは、二〇一五年二月二十日のことでした。一九〇二年、スコットランドのエトリック川にかかる橋が、洪水のために破壊されました。この橋を再建する資金集めのため、一九〇三年十二月十日から十二日にかけてセルカークという町でバザーが行われたのです。十二日の式典で開会の辞を述べたのが、アーサー・コナン・ドイルでした。そして資金集めのため刊行されたバザー本『The Book o' the Brig.（橋の本）』に、件《くだん》のホームズ物短篇が掲載されていたのです。

これ以前、資金集めのバザー本のためにコナン・ドイルがホームズ物の原稿を書いたことはありました。「競技場《フィールド》バザー」という作品で、経外典の一篇です（『ドイル傑作集1　まだらの紐』所収）。

今回も新たなるアポクリファの発見か――となったわけですが、それには疑問点がありました。バザー本には、確かに「サー・アーサー・コナン・ドイル」の名はありましたが、それはあくまでスピーチをするからであり、作品自体に作者名は記されていなかったのです。

本作は『橋の本』中のインタビューのひとつなのですが、他はウォルター・スコット、マンゴ・パークと、現地ゆかりの人物。そして二人とも当時すでに故人――つまり架空インタビューなのでした。しかもインタビュー全体に連続性があるため、ホームズ部分の作者も先の二つと同じである可能性が高いのです。

世界中のシャーロッキアンたちが本作を分析しましたが、その結論は作者コナン・ドイル説を否定するものが大半でした。否定していない場合でも、あくまで絶対的に否定する証拠（別な作者名など）がないためであり、「これは絶対にコナン・ドイル作！」と主張するものは見当たりませんでした。

本作は「ミステリーズ！」七十号（二〇一五年四月）に訳載しました。そして今回の『栄冠』が、我が国での単行本初収録となります。

【第Ⅱ部　もどき篇】

「南洋スープ会社事件」（The South Sea Soup Co.）

作者は、ロス・マクドナルド（一九一五〜八三）。本名ケネス・ミラー。いわずとしれたハードボイルド作家。探偵リュウ・アーチャーの生みの親として知られています。映画化された『動く標的』（創元推理文庫）など作品多数。『さむけ』（ハヤカワ・ミステリ文庫）でCWA（英国推理作家協会）シルバー・ダガー賞、『ドルの向こう側』（ハヤカワ・ミステリ文庫）でCWAゴールド・ダガー賞を受賞しています。

夫人は、やはり推理作家として有名なマーガレット・ミラー。彼女の方が先に推理作家としてデビューしたことに刺激を受けて、彼もまた処女長篇『暗いトンネル』（創元推理文庫）でデビューしました。

本作品は、彼がカナダの学校の生徒だったティーンエイジャー（十六歳！）の時に発表した、最初の作品です（ですから本名のケネス・ミラー名義でした）。発表媒体は、一九三一年に発行された学内誌「THE GRUMBLER」。この同じ号に、マーガレット・ミラーの最初の作品もまた掲載されたのです。

マクドナルドはアメリカ生まれですが、幼くして父が失踪し、母親とともにカナダの親類の間を転々としていたそうです。マーガレット・ミラーはカナダ生まれの同い歳。まだ十代の時に知り合った二人が後に結婚し、二人とも有名なミステリ作家になったのですから、まるでドラマのようです。

しかし、マクドナルドは特にシャーロック・ホームズのファンという訳ではなく、この頃にはもうダシール・ハメットの古典的ハードボイルド『マルタの鷹』（創元推理文庫）を読んだりしていたようです。ですから本篇も、あくまでホームズを「茶化した」作品となっているわけです。

それにしても、ソトワン先生、ワトスン「もどき」であるとはいえ、「頭の鈍い助手」とか「間の抜けた表情」とか「肉体的にも精神的にもサルにそっくり」とか、あんまりな言われようです。

本作は、その後マーガレット・ミラー最初の作品とともに ***EARLY MILLAR THE FIRST STORIES OF ROSS MACDONALD & MARGARET MILLAR***（一九八二）として復刻されました。我が国では一度、「創元推理」（一九九六年秋号）に日暮雅通《ひぐらしまさみち》氏の訳が掲載されています。

EARLY MILLAR の刊行は、確か「ミステリマガジン」の情報欄にてリアルタイムで知っていたのですが、限定出版（特別版を含めたった百六十五部！）のために高価で、学生の身では手が出ませんでした。後に、シャーロッキアーナ専門古書店から、大枚をはたいて買った覚えがあります。ですが、十五部だけ著者二人のサイン入りハードカバー版が存在するので、いつ

の日かお目にかかりたいものです。

「ステイトリー・ホームズの冒険」(Her Last Bow, or An Adventure of Stately Homes)

作者は、アーサー・ポージス(一九一五〜二〇〇六)。短篇ミステリ作家として知られ、中でもパズラー作品が特に高く評価されています。我が国では、「ヒッチコック・マガジン」やアンソロジーなどで古くから訳されていますが、単行本は『八一三号車室にて』(論創社)のみです。ジェラルド・カーシュやアヴラム・デイヴィッドスンの短篇集が出る昨今、ポージス短篇集も日本オリジナルでもっと作られても良さそうなものですが。

わたしはヒッチコック編のアンソロジー『蜂』(勁文社/ケイブンシャ・ジーンズ・ブックス)を中学生の時に読んで、その表題作の作者としてアーサー・ポージスの名前を覚えました。今から考えると、ずいぶんとマニアックな中学生ですね。

おっとっと、SFも書いてまして、『第四次元の小説』(荒地出版社→小学館)というアンソロジーに収録されている「悪魔とサイモン・フラッグ」という短篇の作者として、SFファンには知られています。

「ステイトリー・ホームズの冒険」は、個人的にも思い入れの深い作品です。わたしは大学時代、青山学院大学推理小説研究会というサークルに所属していたのですが、同会の会報につたないながらもこの作品の邦訳を載せたことがあるのです。原作の載っている雑誌を入手したのも、確か大学の近くの古本屋でのことでした。

当時、中身をよく判らないうちに訳し始め（乱暴ですね）、訳しながら読んでいたらあまりの面白さに、まだ英語力がとても低かったにも関わらず、一気に訳してしまいました。シャーロッキアンではない会員からも高く評価され、とても嬉しかった覚えがあります。

その後、商業誌では「ミステリマガジン」（二〇〇一年四月号）に「ステイトリー・ホームズの冒険（彼女の）最後の挨拶」のタイトルで訳載されました（日暮雅通訳）。その号は「ジョン・ディクスン・カーを読もう！」という特別増大号でした。本篇が、ホームズ・パロディであると同時に、カーのパロディにもなっているからです。

初出は「ELLERY QUEEN'S MYSTERY MAGAZINE」の一九五七年二月号で、後に *THREE PORGES PARODIES AND PASTICHE*（一九八八）に収録されました。

ホームズ・パロディに別な作家のキャラクターを何人も登場させると、ごちゃごちゃした印象になりがちですが、本作はその登場人物たちの特性を生かした、見事な作品となっています。

「ステイトリー・ホームズの新冒険」（Another Adventure of Stately Homes）

「ステイトリー・ホームズの冒険」の続篇です。よって作者紹介は略させて頂きます。

先述の通り、前作には既訳があるため、当初、本書にはこの第二作のみを収録しようかと考えていました。しかし読み直してみると、いきなり前作の犯人を明かしているではありませんか。これはまとめて収録するしかない、と考えた次第です。

初出は「THE SAINT MYSTERY MAGAZINE」の一九六四年九月号。第一作同様に、*THREE PORGES PARODIES AND PASTICHE*（一九八八）に収録されました。

さて、これまたジョン・ディクスン・カーのパロディになっており、ヘンリー・メリヴェール卿が事件を持ち込むわけです。だがステイトリー・ホームズは、相棒サン・ワットの看病で出動できない。そこで、究極の安楽椅子探偵・トラクト・ホームズの出番となるわけです。……それにしてもヘンリー・メリヴェール卿とトラクト・ホームズ、二人の巨漢を迎えたステイトリー・ホームズの下宿ですが、床が抜けなくて幸いでありました。

「ステイトリー・ホームズと金属箱事件」(Stately Homes...and the Box)

「ステイトリー・ホームズ・シリーズ」第三作です。これまた作者紹介は略させて頂きます。

初出は「DINERS CLUB MAGAZINE」一九六五年十月号。しつこいようですが、*THREE PORGES PARODIES AND PASTICHE*（一九八八）に収録されております。

それにしても、一気にナンセンスなオチに持って行きました、アーサー・ポージス先生。きっと、アメリカ合衆国郵便局に、恨みがあったのでしょう。『こわれもの――取り扱い注意』と書かれた小包を乱暴に扱われて、中身が壊れていた、とでもいうような。

以上の三作が一九五七～六五年に書かれた後、三十六年も経った二〇〇一年にステイトリー・ホームズは復活し、結局は全部で八作となりました。それら（＋α）は *THE ADVENTURES OF STATELY HOMES & SHERMAN HORN*（二〇〇八）としてまとめられています。いつの日か、全訳したいものです。


「まだらの手」（The Freckled Hand）

作者はピーター・トッド（一八七六～一九六一）。本名チャールズ・ハミルトン。週刊新聞などに発表した少年少女向け小説で活躍した英国の作家です。いわゆる文学作家ではないので、文学事典などにその名は残っていませんが、作品数は多数あります。

このハーロック・ショームズ物は長命のシリーズで、全部で九十五篇ありました。一九一五年に始まり、最後の作品が書かれたのは一九五二年です。単行本化されたのはさらに後で、一九七六年に千二百五十部限定（うち二百五十部はナンバー入り・函入りの特別版）で *THE ADVENTURES OF HERLOCK SHOLMES*（一九七六）が初めて刊行されました。収録数は全体の一部、十九篇だけでしたけれども。序文はＳＦ作家でホームズ・パロディも書いているフィリップ・ホセ・ファーマー。特別版にはファーマーのサインも入っており、わたしは普及版を先に持っていたのですが、サイン欲しさに特別版を買いなおしてしまいました。

その後、一九八九年には、遂に全九十五篇収録の ***THE COMPLETE CASEBOOK OF HERLOCK SHOLMES***（一九八九）が刊行されました。***ADVENTURES*** は、発表時のペンネームであるピーター・トッド名義でしたが、こちらのコンプリート版は、本名のチャールズ・ハミルトン名義で出ております。

このハーロック・ショームズのシリーズは、これまで一篇だけ商業誌に訳されています。「ミステリマガジン」一九七八年一月号に掲載された「ハスカービルの跳躍《バウンド》」（小尾芙佐《おびふさ》訳）です。これもやはり、物語自体がシャーロック・ホームズの原典をもじったものをセレクトしたのでしょう。まだコンプリート版が出ていない時代です。

本シリーズは、一九一五年「The Adventure of the Diamond Pin」に始まります。実はこの第一作も、わたしが学生時代に青山学院大学推理小説研究会の会報に「ダイヤモンド・ピン殺人事件」として翻訳したことがあります。ですが、読み返してみると事件が原典をもじっていないためにただドタバタしているだけの印象が強く（当時も読んだ会員からの評判はいまひとつでした）、今回は別の作品をセレクトした次第です。

本作品は、言うまでもなく「まだらの紐」のパロディです。グライミー・パイロット博士がハーロック・ショームズのもとへやって来た際のやりとりなど、原典をそのままおちょくっていますので、比較してみて頂けると一層お楽しみ頂けます。

「四十四のサイン」(The Sign of Forty Four)

作者は「まだらの手」と同じですので、略させて頂きます。

本作品も、原典をもじった作品です。『四人の署名（四つのサイン）』のストーリーは、「まだらの手」ほどそのままになぞってはいません。まあ、今回は原典が長篇ですし。

作中に触れられている「ビスケットのブリキ缶事件」は、「まだらの手」のひとつ前の事件です。参考までに、最初の部分だけ作品順を述べておきましょう。

1「ダイヤモンド・ピン殺人事件」
2「ビスケットのブリキ缶事件」
3「ハスカービルの跳躍《バウンド》」
4「まだらの手」
5「四十四のサイン」

――とこのようになっております。そして第六作が「最後の事件」をもじった「The Death of Sholmes」。第七作が「空屋の冒険」をもじった「The Return of Herlock Sholmes」。シャーロック・ホームズと違って、失踪と復活がすごく初期なんですね。しかも週刊連載ですから、復活するまで一週間しか経ってませんし。

このナンセンスさは、ロバート・L・フィッシュの「シュロック・ホームズ」物に通ずるところがあります。フィッシュは、ハーロック・ショームズ物を読んでいたのかもしれませんね。

【第Ⅲ部　語られざる事件篇】

「疲労した船長の事件」(The Adventure of the Tired Captain)

作者はアラン・ウィルスン(一九二三〜?)。英国のシャーロッキアン。作家ではなく、本業は演劇関係の仕事をしていました。シャーロッキアーナ作品は他にもあり、やはり「五つのオレンジの種」で言及されている語られざる事件「The Adventure of Paradol Chamber」も書いています。しかし一九六〇年代に本業の関係でニュージーランドへ移住し、シャーロッキアン活動も終わってしまったそうです。

本作品は、英国のシャーロッキアン団体「ロンドン・シャーロック・ホームズ協会」の会報「THE SHERLOCK HOLMES JOURNAL」一九五八年冬号と一九五九年春号に分載されました。

ここでは「船長」と訳しましたが、原語の「キャプテン」の意味についてはシャーロッキアンの間で諸説あり、船長だ、いや軍隊の大尉だ、いやスポーツチームの主将だ、と色々と述べられております。「スリークォーターの失踪」の、ラグビーチームの主将だ、という説もあります。

同じテーマを扱った作品では、「ミステリマガジン」二〇〇六年一月号にフランスの作家ルネ・レウヴァンの「疲れた船長の事件」（寺井杏里《てらいあんり》訳）が載っています。こちらではものすごーく有名なあの「船長」が登場……おっとっと、別な作品のネタを割ってはいけませんね。

本作は、ロナルド・A・ノックスの「一等車の秘密」と同様に、パスティーシュ・アンソロジー*THE FURTHER ADVENTURES OF SHERLOCK HOLMES*（一九八五）に再録されました。やはり同書の部分訳『シャーロック・ホームズ 知られざる事件』には未収録です。

「THE SHERLOCK HOLMES JOURNAL」を編集していたロード・ドネガルは、本作を「見事なまでに完璧」「一〇〇パーセント、ワトスン的である」と評したそうです。

「調教された鵜の事件」（The Adventure of the Trained Cormorant）

作者は、オーガスト・ダーレス（一九〇九～七一）。アメリカのホラー作家として有名ですが、SFやミステリも書いています。一方、出版人としては〈アーカム・ハウス〉を作ったことで知られます。H・P・ラヴクラフトの再評価を行い、クトゥルー神話を世に知らしめた人物でもあります。

邦訳は、短篇集『淋しい場所』(国書刊行会)や『ジョージおじさん――十七人の奇怪な人々――』(アトリエサード)などのほか、短篇がアンソロジーや雑誌に多数訳されています。

彼は、まだドイルが存命だった頃、「もうシャーロック・ホームズ物は書かないのですか」と手紙を出したところ、書かないという返事をもらったために、自分で続きを書こうと決意したのだといいます。それが、このソーラー・ポンズ物なのです。

名前こそあまりもじっていないものの、ポンズはホームズにそっくりです。ただし、「後を継ぐもの」として書かれているため、舞台はヴィクトリア朝ではありません。二十世紀、それも第一次世界大戦後です。ポンズとパーカー博士が初めて出会ったのが一九一九年ということになっているようです。

基本的には短篇集六冊、長篇一冊だったのですが、その後、追加作品集が出たりして、もう少し増えております(またベイジル・コパーという作家が、続きを書き継いでいます)。

我が国では、第一短篇集を中心にセレクトした傑作集『ソーラー・ポンズの事件簿』が創元推理文庫から出ています。ソーラー・ポンズを気に入ったという方は、こちらをお読み下さい。

その他、アンソロジーや雑誌などにぱらぱらと訳されてはいますが、体系的な翻訳がされていないことが残念です。

「調教された鵜の事件」というのは、「覆面の下宿人」冒頭部において、ワトスンが言及している事件です。正確には「政治家と灯台と調教された鵜の事件」であります。まるで落語の「三題噺」ですね。ダーレス作品も、見事にこの三つの要素を組み合わせています。

しかも、キャプテン・ウォルトンはすっかり疲れきってソーラー・ポンズのもとを訪れましたから、「疲労した船長の事件」まで取り込んでいるのかもしれません。

本篇にはポンズの兄バンクロフトや、宿敵フォン・クロール男爵も出てきますし、パーカー博士の未来の妻にも言及されていますから、ソーラー・ポンズを紹介するには丁度よい作品と考え、選定しました。


「コンク－シングルトン偽造事件」(The Conk-Singleton Forgery Case)

作者はギャヴィン・ブレンド。英国のシャーロッキアンです。未訳なのが残念ですが、*MY DEAR HOLMES*というホームズ研究書を書いていて、古典的名作として知られています。「青いガーネットのたどった道筋」という研究が、J・E・ホルロイド編の『シャーロック・ホームズ17の愉しみ』に収録されています。

さて本篇ですが。

……驚愕のラストには、怒らないで頂けましたか?

これは「THE SHERLOCK HOLMES JOURNAL」一九五三年十二月号に掲載されたものですが、「ホームズとワトスンの冒険における典型的なオープニング」コンテストというものが行われて、その入賞作品として発表されたのです。本篇以外にも、あと二作掲載されています。

本篇は、ニューイングランドのシャーロッキアン団体の会報「THE QUARTELY $TATEMENT」(←誤植ではありません、念のため)の一九八四年八月号にも再掲載されました。

それにしても、コンク‐シングルトンが訪ねてきて、さあこれからというところで終わってしまうのですから、「この先はどうなるんだあ」と、気になって仕方ありませんね。

本書に収録する作品を選定する作業中、資料を調べているうちに、研究家ギャヴィン・ブレンドがこのパスティーシュを書いていることに気が付きました(この時はまだどんな中身か知りませんでした)。ちょうど掲載誌が手元にあったので、どれどれ、と読んでみたのです。なんか短いな、とは思ったのですが、オープニングだけだと気がついた時には「うわあ、やられたあ」となってしまい、その驚きを読者の皆様にも味わって頂きたく、収録しました。

作品の前口上でも述べましたが、ジョン・ディクスン・カーが、同じテーマで「コンク・シングルトン卿文書事件」(創元推理文庫『黒い塔の恐怖』所収)という戯曲を書いています。違う作家のものでもよろしければそちらをお読み下さい。

「トスカ枢機卿事件」(The Death of Cardinal Tosca)

作者はS・C・ロバーツ（一八八七〜一九六六）。*HOLMES AND WATSON A MISCELLANY*（一九五三）という研究書で有名なシャーロッキアンです。邦訳されたものでは、「事件発生年代に関する問題」という評論が、J・E・ホルロイド編の『シャーロック・ホームズ17の愉しみ』に収録されています。これはロナルド・A・ノックスの「「ホームズ物語」についての文学的研究」（同書所収）に対する批評として書かれたものです。また小林《こばやし》司《つかさ》・東山《ひがしやま》あかね編訳の『シャーロック・ホームズを読む』（講談社）にも「ホームズはどう生きたか」という研究が収録されています。

パロディ＆パスティーシュでは、「The Strange Case of the Megatherium Thefts」という短篇がありますが、未訳です。また、「クリスマス・イヴ」という戯曲も書いており、こちらはクイーン編の『シャーロック・ホームズの災難』に収録されております。

実は本篇、ワトスン博士の書いた未発表の事件記録の断片が発見された、という設定で書かれています。前半のあと、やや唐突に結末になってしまうのはそのためです。

初出は、「THE SHERLOCK HOLMES JOURNAL」一九五三年六月号。その後、前掲書 *HOLMES AND WATSON A MISCELLANY* に収録されました。

トスカ枢機卿をタイトルにした本が、確かうちの本棚にあったな……と探してみると、ありました。アルデン・ノウラン＆ウォルター・レアリングの *THE INCREDIBLE MURDER OF CARDINAL TOSCA*（一九七八）でした。これは戯曲の形で書かれており、モリアーティ教授まで登場してしまいます。

【第Ⅳ部　対決篇】

「シャーロック・ホームズ対デュパン」(The Unmasking of Sherlock Holmes)

作者はアーサー・チャップマン(一八七三～一九三五)。アメリカの新聞コラムニストで、カウボーイ詩でも有名な人のようです。

初出は、「THE CRITIC」一九〇五年二月号。その後、エドガー・W・スミス編の *THE INCUNABULAR SHERLOCK HOLMES*(一九五八)に収録されています。またシャーロッキアン会報にも何度か再録されています。最近では、マーヴィン・ケイ編の *THE GAME IS AFOOT*(一九九四)に収録されました。

シャーロック・ホームズは、『緋色の研究』の中で、デュパンについて言及しています。やり方がわざとらしくて浅薄だとか、ポーが考えていたほどの大天才ではない、といった具合に、少々批判的です。とはいえ、ホームズはワトスンにポーの短篇の一節を読んで聞かせたりしているそうですから(「ボール箱」)、全く無視しているという訳ではないようです。

では、実際に顔を合わせてみたらどうなるか……というのが、このパロディです。デュパン物だけでなく、他のポー作品にまで言及がなされるところなどは、ミステリファンは思わずニヤリですね。

シャーロック・ホームズがオーギュスト・デュパンの影響を全く無視することができないのは確かです。とはいえ、文学史的に言えば、デュパンが推理小説の原型を造り、ホームズがそれを完成させ、一般化させたというところでしょう。両者とも、ミステリ史上においては大いなる存在なのです。

ホームズとポーのダブル・パロディでは、ルネ・レウヴァンの ***LE DÉTECTIVE VOLÉ***（一九八八）という長篇がフランスで出版されています。わたしも持ってはいるのですが、残念ながらフランス語は読めませんもので、中身はよく判りません。是非、どなたか訳して下さい。

「シャーロック・ホームズ対勇将ジェラール」(Sherlock Holmes and Brigadier Gerard)
作者は不詳。本書では、なるべく名のある作家の作品を選定するように努めたのですが、本篇はそのネタゆえに、無記名作品にもかかわらず収録することに致しました。
アーサー・コナン・ドイルのジェラール物を読んだことがない、読んでみたいという方は、創元推理文庫の『勇将ジェラールの回想』『勇将ジェラールの冒険』をどうぞ。この二冊で、ジェラール物は（一篇だけ除いて）全て読めます。歴史物はちょっと、という方でも、この作品は肩の凝らない冒険小説ですから、オススメです。

本篇の初出は「TIT-BITS」一九〇三年十月三日号。一九八一年にジョン・ギブスン＆リチャード・L・グリーン編の *MY EVENING WITH SHERLOCK HOLMES*（一九八一）という古典的なホームズ・パロディを集めたアンソロジーに収録されました（この本の表題作こそ、史上初のホームズ・パロディ「シャーロック・ホームズとの夕べ（未訳）」です）。

シャーロック・ホームズが、アーサー・コナン・ドイルの創造した他のキャラクターと顔合わせをする、という趣向の作品は、幾つかあります。例えばマンリー・W・ウェルマン＆ウェイド・ウェルマン『シャーロック・ホームズの宇宙戦争』（創元SF文庫）では、ホームズは『失われた世界』のチャレンジャー教授と共同戦線を張っています。しかし、時代がずれているために、ジェラール准将と、というのは珍しいようです。

それにしても、ホームズはジェラールの行動をどのようにして推理したのでしょうか。そこのところも、是非説明して欲しかったところですね。

ちなみに、『勇将ジェラールの冒険』最終話が発表されたのは「ストランド」誌の一九〇三年五月号のこと。本篇は、その五か月後に発表されたわけです。

ただし、実はジェラールも一回だけ「復活」しているのです。この五年後、一九一〇年にエピローグ的に発表された「准将の結婚」というエピソードです（『回想』『冒険』には未収録。創元推理文庫の『ドイル傑作集第四巻　陸の海賊』に収録）。本篇でシャーロック・ホームズを非難したジェラールも、まさか自分の身に似たような運命が降りかかるとは思いもしなかったことでしょう。

「シャーロック・ホームズ対007」(Holmes Meets 007)

作者はドナルド・スタンリー(一九二五〜?)。アメリカの新聞人です。

初出は「THE SAN FRANCISCO EXAMINER」一九六四年十一月二十九日号。その後、一九六七年に限定復刻されました。二百数十部しかないのに、シャーロッキアンと007の熱心なファンの両方が欲しがるために、古書市場でも非常にレアとなっています。

本書の【対決篇】の中でも、もっとも問題作なのが、本篇でしょう。「シャーロック・ホームズ対デュパン」「シャーロック・ホームズ対勇将ジェラール」には、パロディの形を借りたドイル批判のような側面もありましたが(それでも面白いのですが)、本作はあくまでこの両者を対決させることを眼目としたものです。

実は本書を作るに当たって、編訳者が一番苦労したのがこの作品でした。翻訳にではありません。本を見つけるのに時間がかかったのです。……いえ、持っていなかった訳ではありません。持っているのに、見つからなかったのです。と言いますのも、限定復刻版は十ページにも満たない薄いパンフレットのような本なのです。引っ越し直後、所在の不明になっている本が結構あったのですが、この本を発掘するのには本当に大変でした。積み上げてあるダンボールの箱を下ろしては開き、中身を出して確認しては詰め直し、また積み上げる、という作業を何度やったか判りません。それでも、テキストが家の中で見つからないというナサケナイ理由で収録を見送ることだけはしたくなかったので、執念で探し出しました。

以前、とても面白く読んだ覚えがあったのですが、今回、訳してみてやはり面白かったです。苦労した甲斐があったというものです。

【第Ⅴ部　異色篇】

「犯罪者捕獲法奇譚」(Sure Way to Catch Every Criminal. Ha! Ha!)

作者はキャロリン・ウェルズ(一八六九～一九四二)。アメリカの女流探偵小説作家です。探偵フレミング・ストーンの生みの親で、八十冊以上の長篇を発表しています。

本篇の初出は「HEARST SUNDAY」紙の一九一二年七月十一日号。その後、一九八一年に*SHERLOCK HOLMES IN AMERICA*に再録されています。この本は、アメリカにおいて活字や映像に登場したシャーロック・ホームズを集大成したものです。ただ紹介するだけでなく、本篇のように作品そのものも多数収録しています。シャーロッキアンにとって必携の一冊といえましょう。

さて、キャロリン・ウェルズは、本篇の他にもホームズ・パロディを書いており、クイーン編の『シャーロック・ホームズの災難』には「洗濯ひもの冒険」が収録されています。と申しますか、これも実は本篇と同じ探偵たちの協会の話なのです。メンバーが少し違っているのですが。さらに未訳ですが、「The Adventure of the 'Mona Lisa.'」というホームズ・パロディもあり、これまた同シリーズです。

パロディ以外のシャーロッキアーナでは、「ベイカー・ストリートのバラード」がエドガー・W・スミス編『シャーロック・ホウムズ読本』に収録されています。

本篇に出て来るシャーロック・ホームズ以外の探偵メンバーは、お分かりいただけましたでしょうか？　ルーサー・トラントだけ、我が国ではちょっと知名度が低いですねえ。「洗濯ひもの冒険」にも、登場しているのですが。エラリー・クイーンの選ぶ短篇ベストには入ったりしているようですので、あちらでは（あくまで古典として、ですが）もう少し知られている模様です。

本篇のような「探偵オールスター」作品は、他にもあります。モーリス・リチャードスンの「世界最後の探偵小説」などもこれに当たります。邦訳は、ものすごくレアな同人誌で恐縮ですが、S・Rの会発行の「密室　活版記念号」（一九五六年一月）に掲載されています。

探偵ではなく、ワトスン役が勢ぞろいするものではウィリアム・ハイデンフェルト「〈引立て役倶楽部〉の不快な事件」（各務三郎編『ホームズ贋作展覧会』所収）などという作品もあります。これは色々な意味で大傑作ですので、是非お読み下さい。

「小惑星の力学」(The Dynamics of an Asteroid)

作者はロバート・ブロック(一九一七〜九四)。アメリカの作家で、ミステリ、怪奇小説、SFと広く手がけました。代表作は、やはりヒッチコックによって映画化された『サイコ』(ハヤカワ文庫)ということになるでしょう。邦訳はサスペンス長篇『ろくでなし』『殺意の記憶』(以上早川書房)、SF長篇『都市国家ハリウッド』(ハヤカワ文庫)など。しかしその本領は、『血は冷たく流れる』(早川書房)などにまとめられた怪奇短篇にあると思います。H・P・ラヴクラフト及びクトゥルー神話大系のファンの方には、クトゥルー物の書き手の一人として知られているでしょう。またアメリカのテレビ番組『ミステリーゾーン』(『トワイライトゾーン』)のファンの方には、原作者の一人として有名でしょう(それ以外にも、様々なテレビドラマのシナリオを幾つも書いています)。

ホームズと同時代の犯罪に材を取った作品としては、短篇「切り裂きジャックはあなたの友」「斧を握ったリジー・ボーデンは…」、長篇『アメリカン・ゴシック』(早川書房)などがあります。

そして、ホームズ・パロディたる本篇です。シャーロッキアンである方々には、このタイトル、そして老人の経歴を少し聞いただけで、それが誰であるかすぐにお分かりでしょう。そう、シャーロック・ホームズの宿敵モリアーティ教授です。

本篇が書かれたのは、一九五〇年代。ヴィクトリア時代は、まだ半世紀前です。ですから、ヴィクトリア朝人が生き残っていても、不思議は無かったのです。

モリアーティ教授がライヘンバッハの対決後も、死んでいなかったという設定の小説は、ジョン・ガードナーの『犯罪王モリアーティの生還』『犯罪王モリアーティの復讐』（以上講談社文庫）をはじめ、多々あります。しかし、再びホームズと対決したり、場合によってはホームズと協力したりする作品が多い中、本篇ではそのまま姿を消した、という設定になっています。また、「小惑星の力学」とは何だったのか、を探る作品も色々とあります。アイザック・アシモフの『黒後家蜘蛛の会』（創元推理文庫）の一篇「終局的犯罪」もそのひとつです。本篇での解釈も、なるほどと頷けます。

しかし本篇のミソはやはり、彼の正体をよく知らずに介護をしていた女性が語っている、というところにあるでしょう。

初出は「BAKER STREET JOURNAL」一九五三年十月号。その後、ミステリのアンソロジーにも、ホームズ・パロディのアンソロジーにも収録されています。ミステリファンにも、シャーロッキアンにも高く評価されたからだと言えましょう。

「サセックスの白日夢」(Daydream)

作者はベイジル・ラスボーン(一八九二～一九六七)。英国出身ですが、ハリウッド俳優としてとても有名になりました。『怪傑ゾロ』『海賊ブラッド』『フランケンシュタインの復活』など出演作は多数ありますが、なんといってもホームズ映画でシャーロック・ホームズ役を演じたことで知られています。『シャーロック・ホームズの殺しのドレス』など、たくさんあります。また、アントニー・バウチャー原案のラジオドラマでも、長くシャーロック・ホームズ役を務めました。NHKでも放映されたジェレミー・ブレット版のシャーロック・ホームズが登場するまでは、視覚的にはベイジル・ラスボーンのホームズのイメージが非常に強かったのです。本人は、誰もが自分のことをシャーロック・ホームズとしてしか見ないことに嫌気が差していたのですが、やがて悟りを開いて積極的にホームズとしての仕事をしていたようです。

彼がワトスン役としてコンビを組んでいたのは、ナイジェル・ブルース。これまた彼のワトスンのイメージが長らく残っていましたが、やや「間抜けな引き立て役」という側面があったため、シャーロッキアンからは批判も受けました。

さて、本篇はホームズ役者たるラスボーンが書いたホームズ・パロディです。初出は「BAKER STREET JOURNAL」一九四七年十月号。その後、雑誌や単行本に何度も再録され、近年ではマーヴィン・ケイ編の*THE GAME IS AFOOT*（一九九四）に収録されました。

ひとつ前の「小惑星の力学」では、一人の女性が年老いたモリアーティ教授に遭遇する話でした。そしてこの「サセックスの白日夢」では、一人の男性（しかも途中でスコットランド・ヤードの警官だと判明します）が、年老いたシャーロック・ホームズに出遭うのです。

しかし、最終的にはある種のリドル・ストーリーとして終わっています。語り手が出遭ったのが本当にシャーロック・ホームズだったのか、ホームズのような人物に過ぎなかったのか、明らかにされないのです。そんな辺りも、自らがシャーロック・ホームズと一体視されてしまったラスボーンらしい作品と言えましょう。

余談になりますが、ラスボーン本人が登場してしまう推理小説もあります。ステュアート・カミンスキーのハリウッド・ハードボイルド・シリーズの一冊『ハワード・ヒューズ事件』（文春文庫）がそれです。これもまた、異色のホームズ・パロディと言えるでしょう。

「シャーロック・ホームズなんか恐くない」(Who's Afraid of Sherlock Holmes?)

作者はビル・プロンジーニ（一九四三〜）。アメリカの有名なミステリ作家で、本書に収録した中では、唯一現役で活躍している小説家です。ネオ・ハードボイルドに分類される〈名無しのオプ〉シリーズで知られています。この名無しのオプはパルプ・マガジンのコレクターという設定なのですが、プロンジーニ自身も熱心なパルプ・マガジン・コレクターだそうです。

初出は、「MIKE SHAYNE MYSTERY MAGAZINE」一九六八年四月号。それ以降、短篇集、アンソロジーなど、一切単行本に収録されていません（雑誌での再録もありません）。今回が、初の単行本収録ということになります。

アメリカの犯罪現場で、警察官が捜査をしているところに突如として現われたシャーロック・ホームズ。果たしてどういう方向に話が進むのかと思っていると――ホームズの出現には、ちゃんと理由があったことが最後に明かされます。ホームズ・パロディとしても、普通のミステリ短篇としても、非常によく出来た作品です。

この作品の存在は書誌で以前から知っており、プロンジーニの書いたホームズ・パロディということで読みたくてたまらず、掲載された雑誌を長年探していたのですが、ずっと入手できぬままでした。それを、ふと森英俊氏にお持ちでないか訊ねてみたところ、なんとお持ちだということで、お借りすることができました（そして、これをきっかけにベントリーとバークリーの貴重な作品までテキストをご提供頂くことになったのは、先述の通り）。読んでみると非常に面白く、即座に本書への収録を決めた次第です。

もしかすると、シャーロック・ホームズを好きで好きで崇めている、という方は、ホームズの扱いについて眉《まゆ》をひそめる作品かもしれません。ですが、そこはひとつ広い心で受け入れて頂きたく存じます。

本書の作品選定においては、ロナルド・B・デ・ワールの書誌 *THE UNIVERSAL SHERLOCK HOLMES*（一九九四）を大いに参考にさせて頂きました。

また既述の通り、テキスト入手に当たっては一部、ミステリ研究家の森英俊氏のご協力を頂きました。森氏のご協力がなければ、画竜点睛を欠いた内容となっていたと思います。

この『シャーロック・ホームズの栄冠』をきっかけに、未訳のシャーロッキアーナをこれからも紹介していければ、と思っております。

本書は二〇〇七年、論創社より刊行された書籍の文庫版です。文庫化にあたって、「シャーロック・ホームズと〈ボーダーの橋〉バザー」を新たに収録しました。

検印
廃止

編訳者紹介 1962年東京都生まれ。青山学院大学卒。主な著書に『首吊少女亭』『シャーロック・ホームズの蒐集』『SF奇書天外』があるほか、翻訳家やアンソロジストとしても活動、〈ドイル傑作集〉(西崎憲との共編)などがある。

シャーロック・ホームズの
栄冠

2017年11月30日　初版
2019年3月1日　3版

著者　R・A・ノックス
　　　A・バークリー他

編訳者　北《きた》原《はら》尚《なお》彦《ひこ》

発行所　(株)東京創元社
代表者　長谷川晋一

162-0814/東京都新宿区新小川町1-5
電話　03・3268・8231-営業部
　　　03・3268・8204-編集部
URL　http://www.tsogen.co.jp
暁印刷・本間製本

乱丁・落丁本は、ご面倒ですが小社までご送付ください。送料小社負担にてお取替えいたします。

ISBN978-4-488-16907-7　C0197